谁在说小芥的坏话?

风歌且行 著

下册

江苏凤凰文艺出版社

捌　日后跟着哥哥混

　　陆书瑾的视力恢复之后，不动声色地扭头看了看周围的环境，发现这地方像是座废弃的屋子，地上长着杂乱枯黄的野草，屋里除却面前的桌椅外，就没有别的摆设了。
　　外头天完全黑了，只有叶洵手边的一盏灯照。
　　叶洵两侧站着两个身穿深蓝色衣袍的随从，而自己身后两边也各有一个，皆低着头，一言不发。
　　"你可看够了？"叶洵笑眯眯地问他，"你看起来倒是不害怕啊。"
　　陆书瑾反问："我若是表现出害怕，你可会放了我？"
　　叶洵摇摇头，说道："你这么聪明，猜猜我为何抓你。"
　　陆书瑾说："我以为我方才所说的话叶大人都听到了，倒不如明说，何必遮掩。"
　　陆书瑾与叶洵一点儿过节都没有，被抓到这里无非就两个原因，一是因为萧矜，二是因为自己拿走了齐家猪铺的账簿。
　　那日萧矜烧齐家猪场时，叶洵的脸色极其难看，说明这事定然也牵扯到了叶家，所以自己前脚刚把账本拿出来，后脚就被叶洵抓来，为的就是账簿。如今被抓到这里，若是改口不承认自己拿了账簿，对叶洵来说就是无用的人，那就没命活着出去了，倒不如承认拿了账簿，并以此为筹码掌握主动权。

叶洵的嘴角勾着笑，但眼里却没有笑意："我不太喜欢跟脑子灵活的人打交道。"

陆书瑾没说话，等着他继续说。

"你将账簿藏在了何处？"叶洵问。

那账簿就藏在萧矜的床榻底下，叶洵定是派人仔细搜过，既然没找到，只能说明萧矜已经先动手将账簿拿走了，陆书瑾便装模作样道："账簿被我烧了。"

"你！"叶洵当即破功，急声问，"谁给你的胆子烧了账簿？"

"那东西我看不懂，拿在手中也是危险的玩意儿，干脆就烧了。"陆书瑾看着他道，"依照叶大人的反应，账簿似乎对你很重要？"

叶洵冷冷一笑，说："你最好说实话，你若是当真烧了账簿，那我就在这里烧了你。"

陆书瑾想起上一个账房先生小吴，想必他也是在这种人手底下做事，待没了用处后便惨遭灭口，叶洵说烧了他，那就必不可能是玩笑话。

"账簿是没有了，不过……"陆书瑾道，"我已经将账目全部记在脑中，叶大人若是需要，我可复刻一本。"

叶洵微惊，睁大眼睛道："当真？"

"绝无虚言。"陆书瑾又说，"不过字体暂时只能仿个五分像，若再像点儿，还需一些时间练习。"

叶洵打量着他的脸，似乎想从他的神色中推测出他话语的真假，但他面无表情，看不出一点儿破绽，便道："你先写一些给我瞧瞧。"

他吩咐身边的随从："上笔墨。"

陆书瑾说："还得给我松绑。"

叶洵见他矮小瘦弱，也知道他不会武功，便没有任何警惕心，轻微抬了抬下巴，使唤随从给他松绑。

身后两人便走上前，一人解捆在陆书瑾身后的绳子，一人解拴在陆书瑾脚踝上的绳子。

陆书瑾的手腕刚被松开，手心忽而被塞了一个东西，他下意识握住，察觉到是折起来的字条。陆书瑾的心跳陡然加速，不着痕迹地看了叶洵一眼,佯装若无其事地用手指夹住字条,往袖中一塞。

手脚松绑后,陆书瑾重获自由。但由于被捆了许久,一动手脚就颇为酸痛,他拧着眉揉了几下,又发现身上所穿的洁白院服沾满了泥土。

这衣裳的布料昂贵,穿在身上很舒适,陆书瑾平日里极其爱惜,洗的时候都不舍得下重手,现在乍然一看,上面布满泥灰,不免心疼起来。

陆书瑾揉着手腕休息了片刻,笔墨纸砚也被送了上来,桌子在叶洵手边,他道:"过来写。"

陆书瑾慢慢爬起来,走到桌边坐下,掸了掸两袖的灰,将烛台往面前拉近了一些,才提笔开始写。

那本账簿上记录了四月到十月初的买卖,陆书瑾并没有能耐在那么短的时间里全部背下来,但他之前算过账,知道总账是二百一十九两,他不需要写得跟账簿一模一样,只需写到所有账目加起来是这个数就足够了。

前面几页他看了几遍早就记下了,所以写得颇为流畅。

写完一页后,叶洵将纸抽过去查看,目光从上扫到下,沉吟了半响,说道:"陆书瑾,你说你自杨镇而来,我先前派人去杨镇探查过,根本没查到你这号人。"

陆书瑾眉头一跳,仍旧低着头,敛起双眸道:"杨镇虽不大,但民户也有近万家,我不过是普通贫困之户出身,置于人海便查无此人,叶大人探查不到也属正常。"

"自然也有这种情况,"叶洵道,"但你学识不浅,脑力超群,又有这一门仿人字体的能耐,按理说不该一点儿名声都没有。"

陆书瑾先前十六年,大部分光阴都是在那一方小院子里度过的,根本没有出门的机会,杨镇的人甚至都不知柳家的宅子里有个姓陆的姑娘,加之他给自己改了性别和名字,去杨镇打听的人,就算累死也打听不出门道来。

陆书瑾抿着唇不言。

叶洵道:"我先前怀疑你是哪方势力培养的暗棋,故意让你进学府接近萧矜的。"

陆书瑾觉得荒谬，说："叶大人多虑了。"

叶洵停顿了一会儿，才说："不管你是哪一方养的暗棋，至少你与吴成运并非一伙，那我就放心了。"

放心什么？陆书瑾岂能听不出这话的意思。这表明吴成运并非叶洵的人，但他出手打晕了自己，并将自己带给叶洵，应当是合谋行动，叶洵颇为忌惮吴成运那方的势力，就表明吴成运背后的势力至少比云城知府的要大，让叶洵都觉得颇为棘手，而陆书瑾与吴成运不是同一伙的，他便没那么多顾虑，已然对陆书瑾下了杀心。不管自己有没有写出账簿，结局都是死。

陆书瑾并不慌乱，对他的话恍若未闻，仍低着头一笔一画写着，他心里惦记着有人方才给他塞的字条，须得找机会拿出来看看才行。

叶洵不比萧矜，跟他说话的兴趣本就不大，又见他不搭理自己，便不再开口，一边喝着茶一边瞧他写出来的账目。

写了五页后，外面忽然传来一道尖锐的声响，继而一朵烟花在空中炸开，发出不小的声响。

叶洵的脸色猛然一变，先是朝陆书瑾看了一眼，再转头看向窗外，下令道："出去看看。"

随从立即动身往外走，刚打开门，就碰上了急匆匆往这里赶的人，嘴里喊着："少爷，有人闯入！"

叶洵沉着声音问："什么人？"

"尚不知，但他们在外宅放了烟火，想必正在逼近。"随从回道。

叶洵紧紧地拧着眉，脸色变得相当难看，显然他完全没想到会有人闯入这里，一瞬间的犹豫后，他对屋内的随从道："你们带着他往南边走，于宅外东方十里的林子会合！"

"是！"随从应了一声，拽着陆书瑾的胳膊将他扯了起来，墨笔一甩，莲白的院服多了几滴墨迹，他痛惜地抽了一下眉毛。

叶洵飞快地离开，陆书瑾则被两个随从带着从另一个方向离开。外面黑得伸手不见五指，月光被厚重的乌云遮住，放眼望去，什么都看不见。

陆书瑾被人拽着胳膊，就这样磕磕绊绊地往前走，也不知道被带到了什么地方，陆书瑾正想办法脱身的时候，其中一个随从猛然出手，对另一个拽着他胳膊的人迎面一击，那人的反应也快，立刻松开他后退，他先是躲过一击，然后双方交起手来。

"快走！"先出手的随从转头对陆书瑾低喝，"墙上有挂牌，自己寻路！"

陆书瑾被吓了一大跳，但也知道此刻万万不可耽搁，只来得及道一声多谢，转头就撒开腿跑。

这地方明显是一处废弃的旧宅，地上野草杂乱，入目之处一盏灯都没有，被云遮住的月亮朦胧不清，待眼睛适应了黑暗后，依稀能够辨别出道路来。

待身后的打斗声消失，他才从身上摸出火折子，吹燃之后捏在手中，将之前藏在袖中的字条拿出来，展开之后上面只有三个字：南三院。

陆书瑾对字体敏感，一眼就看出这与之前那封放在他桌上的信出自同一人之手。

陆书瑾不敢停留，即刻举着火折子往前走，百来步后，果然在墙上看见了老旧的挂牌，上头写着：南二院。

陆书瑾跨过拱门继续往前走，废弃老宅里有不少不速之客，若是碰到野猫或者小耗子倒还好，就怕有蛇藏在暗处，黑灯瞎火的看不清楚要是不慎踩到，往他腿上咬一口，后果不堪设想。

陆书瑾提心吊胆地小步往前跑，南三院的格局都差不多，走了一段时间后，看到了墙上的挂牌，只是面前这个比方才那个高点儿，且上面的字已模糊不清，他将快要熄灭的火折子高高举起，踮起脚尖凑过去仔细分辨时，一只手突然从后面伸过来，猝不及防捂住了他的嘴。

这突如其来的动作把陆书瑾吓得魂飞魄散，手一抖，火折子就掉在了地上，他还来不及反应，火折子就被一只从后面伸来的脚碾灭，周围又陷入一片黑暗中。

他的心跳如擂鼓，本能地挣扎起来，不想身后的人察觉到他的挣扎，用了更大的力气来钳制他。

身后的人明显比陆书瑾高大许多，捂着他嘴巴的同时将他整个人拢入怀中，轻松地卸了他所有的力道，他垂下头往他耳朵上一贴，低低的声音传入耳中:"别动!"

陆书瑾一听,立刻不挣扎了,因为他听出来这是萧矜的声音。

一瞬间,悬在心头的巨石落了地,翻滚不止的心海也逐渐趋于平静,他松了一大口气,整个人放松下来时,才察觉自己方才其实怕得厉害,手都在微微颤抖,也不知为何,萧矜来了,他就觉得安全了。

萧矜感觉到他不挣扎了,钳制的力道也松了松,他带着他慢慢往后退去,直到差不多贴近墙根的位置,才慢慢松手。

陆书瑾见他这么谨慎,意识到周围是有人的,就尽量不乱动弹,只转头去看他。

此刻夜幕中厚重的乌云散去,皎月从后面探出来,洒下微弱的月光,半边拢在萧矜脸上。

他身着玄黑劲装,袖子用绸带一圈圈缠起,显露出小臂结实而流畅的线条来。乌黑光亮的长发高高束在后脑,看起来极干净利落,他低头看他时,脸微微一偏,只有半边脸颊和耳朵拢了月光,一双眼睛在黑暗中稍显深邃。

他面色凝重,看起来有些不高兴,将陆书瑾的手臂捏了捏,又粗略地在他身上扫了一眼,没发现什么明显的伤口,这才稍稍缓和了脸色,对陆书瑾比了一个手势,然后放轻脚步往前走。陆书瑾会意,踮起脚尖跟在他后面。

两人贴着墙穿过拱门,面前是一条约三十丈远的道路,尽头则是一扇闭着的大门。

南三院的拱门比方才南二院的要大一倍,拱门旁还有石阶,萧矜站在石阶旁,低头凑近陆书瑾,轻轻问道:"你的腿脚可有受伤?"

陆书瑾摇头。

萧矜看着他,眸子微微垂着,难得的正经衬得他的面容越发俊俏,完全没了往日那纨绔小少爷的模样,尤其是双眸专注地盯着他时,有股摄人的气魄。

他问:"你相信我吗?"

这话问得没头没脑,陆书瑾一时反应不过来,只下意识地点头,根本不知要相信他什么。

萧矜得了这个回应后，就掏出一个东西蹲下身，握住他的右脚踝，往前一拉，然后将这个东西系在他脚上。

陆书瑾弯腰去看，隐约看见是一个串了绳的铃铛，比铜板大一些，尽管如此摆弄着，它却一点儿声响都没有。

萧矜将铃铛系好，手指在铃铛上抠了一下，打开了暗扣，小心地放下，这才站起身，他压低声音，贴在陆书瑾耳边说道："你听好，待会儿我从上面往下面扔石头，你就动身朝对面跑，不要停下，不要回头。"

陆书瑾一听，心里当即咯噔一响，直觉不太妙。从方才萧矜的反应来看，这附近应该是有人的，他现在脚上系了铃铛，若急速奔跑，那声音岂不会将附近的人全部引来？他不就成了活靶子？但对上萧矜的眼睛，尽管光线昏暗，也能够从他的眼中看出认真，他绝不是在闹着玩的。

"你听懂了吗？"他又问。

从陆书瑾的角度去考虑，这个行为百害而无一利，但想起方才萧矜盯着他问的那句"你相信我吗"，便不再考虑其他，点了下头。

萧矜没再说话，手掌按在他的头顶，轻轻拍了两下，而后动身走上石阶，悄无声息就走了上去。

陆书瑾面朝对面的门，心里紧张起来，屏息等待着萧矜扔下石头。

片刻后，只听一声闷响，石头落在了旁边，这就是萧矜所说的信号，听到声音的一瞬，陆书瑾没有任何犹豫，撒开了腿朝对面狂奔。

清脆无比的铃铛声犹如利剑刺破夜的宁静，在周围猛然响起，声音尖锐而清晰，在整条巷里回荡。

夜风迎面扑来，陆书瑾的余光看见有黑影从两边的高墙一晃而过，朝自己的侧面疾速奔来，手中的利刃散发出寒光。身后起了夜风，陆书瑾的恐惧猛烈涌起，后脑生寒，甚至腿都有些软，却还是咬紧牙关，克制想要往旁边躲闪的本能，一个劲儿地往前跑，眼看着身侧的黑影眨眼便至。

就在黑影往陆书瑾身上扑的一刹那，一支箭羽从后面疾速飞来，破风而至，直直扎进那人的侧颈中，血液瞬间喷涌，溅在陆书瑾的耳朵上。

紧接着嗖嗖两声,箭羽接二连三地飞来,无一落空,全部扎中奔着陆书瑾而去的黑影,有一人在他的斜前方,陆书瑾看到那锋利无比的箭羽狠狠射中那人的胸膛,当场扎了一个窟窿,那人痛叫一声,飞身摔倒在地。

萧矜说,不要停下,不要回头。陆书瑾只听了前半句,慌乱中他猛然扭头回望,只看见皓月当空,南三院的那道大拱门上站着持弓而立的萧矜,身后刮来的夜风将他长长的发尾撩起,一袭银光披于黑衣之上,英姿飒爽。

他站得笔直,如此显眼,此刻他拉满了弓,在陆书瑾回头与他对上视线的一瞬间,箭羽破弦而出,射中了正要对陆书瑾下手之人的喉咙。

陆书瑾只看了这一眼,画面却狠狠印在脑海里,只感到震撼。回头时,面前的门猛地被人撞开,瞬时拥进来七八个人,直奔他而来。

正当陆书瑾以为这些人是来抓他的时,那七八个人却在他周边散开,呈一个保护圈,与两边从高墙翻来的人交上了手。

陆书瑾的脚步没停,一口气跑到门边,大口地喘息起来,眼前一阵阵发黑,只看见季朔廷从门口探进来半个身子,拽了一把他的手臂,径直将他拉出了门。

见陆书瑾安然出门,萧矜这才放下弓,哼笑一声,说:"说了不让回头,这么不乖?"

陆书瑾在门外喘息了好一会儿,然后急忙对季朔廷道:"萧矜他……"

陆书瑾的话都还没说出来,季朔廷就点了点头,说:"我知道,你先把铃铛取下来。"

陆书瑾哦了一声,赶忙蹲下身把铃铛解开,季朔廷接过去按了一下暗扣,咔嗒一响,铃铛又没了声响。

身后一人突然开口:"小少爷把信铃给了你,自己一人在宅中恐有危险,我进去寻他。"陆书瑾转头去看,才发现原来方晋也站在旁边,正一脸焦急,显然极担心萧矜。

"先别急,按照我们原本的计划,没有信铃他不会贸然进宅。"季朔廷伸手将他拦住,"且先等一等。"

"他向来不按计划行事。"方晋显然对萧矜不是很信任。

"那他就活该被砍。"季朔廷说。

刚说完,萧矜的声音就从头上落下来:"谁活该被砍?"

三人同时抬头,就见萧矜不知道什么时候翻到了墙头,用手一撑跳了下来,说:"一个都不剩了,先走吧,免得让更多的人看见。"

陆书瑾直愣愣地盯着萧矜看,想着他那句"免得让更多的人看见"是什么意思。

季朔廷点了点头,说道:"马车停在那边的拐角墙后,你带陆书瑾先走,我和方晋留下来把人处理干净。"

"叶洵估计是跑了,若是撞上了就放他走,先不动他。"萧矜一边说一边拉起陆书瑾的手臂,"你们当心点儿。"

他带着陆书瑾往马车的方向走,脚步还挺快,陆书瑾跟得有些跌跌撞撞。

陆书瑾的心中虽有疑问,但没问,萧矜也没说话,两人暂时保持着安静。陆书瑾回头瞧了瞧,季朔廷和方晋行动得也极快,没一会儿那门口就一个人都不剩了。

两人走到拐角处,看见一辆马车停在墙边,马车上挂着灯,周围躺着几个人,血流了一地。

萧矜脸色一沉,往陆书瑾肩膀上轻推一把,说:"你贴着墙站好。"

他继续往前走,只见一阵凉风掠过,车帘猛地被撩动,几个人飞速从马车里跳出来,同时朝萧矜攻来!

萧矜身形一闪,率先抓住一个刺客的手臂,使劲一拧,就将那人弄得猛转半边身体,收手的同时,摸上刺客的头颅,眉间的凶戾一闪而过,只听咯吧一声响,那刺客像被丢垃圾一般丢在地上。

萧矜的动作干净利落,一点多余的招式都没有,轻巧地避开攻势的同时,能精准拿捏对手的命脉,几个刺客皆命丧当场,而萧矜的手却干干净净,滴血不沾。

陆书瑾从未见过这样的萧矜,浑身散发着肃杀之气,与平时旷学、喝花酒、在课堂上打瞌睡的他判若两人。

这时候陆书瑾才意识到,萧矜先前打刘全根本就是小打小闹。

他不知从何处摸出一柄两掌长的小弯刀，将上头裹着的布一圈圈解开，露出锋利的刀刃，开口道："出来，你还藏着干吗？"

陆书瑾赶忙往周围张望了一下，就见一人从马车后面走了出来，笑着说："萧矜，可算露出你的尾巴了。"

来人正是吴成运。陆书瑾与吴成运做了半个月的同桌，只觉得这个人平日里说话啰唆，神神道道，每次都逮着萧矜的事说上半天，提到萧矜的那些事迹就露出惊吓的表情，看起来胆小又嘴碎，然而现在站在萧矜面前，眉目间俱是懒散的笑，气势半点儿不落下风。

两副面孔，陆书瑾看着面前相对而立的两人，心想这两人也算半斤八两，一个比一个会装。

萧矜道："那你怎么不赶紧去向你的主子禀明，杵在这儿做什么？"

"我这不得想办法拿出点儿证据来？"吴成运指尖一翻，两柄匕首出现手中，说道，"顺道探探你的底。"

萧矜说："若你丢了性命，我可不管。"

他的话音刚落，吴成运就应声而动，身影快得几乎看不清楚，两柄利刃一左一右冲着萧矜刺去。

萧矜的身体往后一仰，转动右手的弯刀，往吴成运的脖子上还击，出手皆是奔着要命去的。

有了武器后，萧矜的战斗力明显提升，弯刀在他手中灵活无比，偶尔脱手，在空中转出一个弧度来，触及吴成运的身体之处便会留下伤口。

陆书瑾虽然不懂武功，但很快就看出萧矜与吴成运的攻击路数不同。

萧矜是半攻半守，他虽然招招都直奔要害，但同时也非常注意保护自己，不可下手的攻击就立即回撤，并不强攻；但吴成运不同，他是只攻不守，招招狠厉无比，只为杀人而去，完全不在乎自己是否受伤，他几次在萧矜身上留下伤口，都被萧矜回击。

萧矜是正儿八经的将门之后，学的都是将士的本领，而吴成运是被培养的暗棋，学的只有杀人的本领。

陆书瑾看得胆战心惊，生怕萧矜落了下风，恍然间，他看到萧矜的左肋被刀划过，刀痕较深，血瞬间便流了出来，陆书瑾捂着嘴惊呼。

同时，萧矜的弯刀一下刺进了吴成运的右胸，往里一推，就往左胸划去，直奔心口。

吴成运再如何只攻不守，也是怕死的，他立即抽身往后，捂着胸膛奔涌的鲜血，龇牙咧嘴地对萧矜道："小子，好大的能耐。"

他身受重伤，不敢再停留，急忙翻身上墙，飞一般逃窜了。

萧矜喘息着，用手背擦了擦方才溅到脸颊上的血，拖出一片血痕来，眉眼间的凶戾退去，被鲜红的血液一衬，倒有几分妖冶。

他的身形晃了一下，陆书瑾赶紧上前扶住他的胳膊，低头一看，左肋果然伤得不轻，鲜血浸得黑衣黏稠一片。

陆书瑾心里狠狠一揪，一晚上的惊恐害怕加上现在的心疼，眼里瞬间就蓄满了晶莹的液体，颤声道："你怎么受了这么重的伤。"

萧矜累极了，顺势把胳膊架在陆书瑾肩膀上，对这些伤像是习以为常，只说道："一般知道我这些事的人，都要被灭口。"

陆书瑾一双杏眼睁得大大的，抬头看向萧矜，眼眶承载不住饱满的泪珠，眼泪滑落下来。

萧矜仿佛见不得他哭，都疼得直抽气了，还要笑着逗他："如若你叫我一声哥哥，那我可以暂且留你性命。"

萧矜看着眼前的人垂下眼眸，又密又长的睫毛轻颤着，上面挂上了晶莹的泪珠，泪珠从白嫩的脸上滑下来，模样相当狼狈，陆书瑾浑身都是泥土，洁白的衣裳也染了墨迹，耳朵到脖颈都是血滴，唯有一张脸还算干净。

陆书瑾颤颤巍巍地伸出手，轻轻地按在萧矜左肋的伤口上，似想止血，但没一会儿手上就都是温热黏稠的血液，陆书瑾的手抖得厉害。

萧矜见他这副模样，心中泛起一阵阵怜惜。

他先前不觉得自己有错，将陆书瑾拉入这危险中也是为了锻炼他，他自小接受的家训便是如此。

宝剑锋从磨砺出，儿郎自当练就在危险中镇定行事、化险为夷的本事，方能成就大事，一些小磨难、小伤痛对男子来说根本算不得什么，如此才能一步步成长起来。想是这么想，但他看到这副模样的陆书瑾，心肠就硬不起来，觉得自己做错了，觉得陆书瑾不该承受这种磨炼，小书呆子被吓坏了。

他一把抓住陆书瑾颤抖而冰凉的手，说："无妨，我伤得不重，你先上马车。"

说完，他轻轻推了陆书瑾一下，力道不重，却差点儿将他推得跟跄。陆书瑾用手撑了一下马车，才慢慢往里面爬。

马车周围全是尸体和鲜血，月光透过窗户洒进来，鞋底踩的血让整个马车里都是血脚印，看起来触目惊心。陆书瑾的情绪仍未恢复，随后萧矜举了灯盏探进来，车里顿时变得明亮，陆书瑾赶忙起身，接下了灯盏，同时扶了一把他的胳膊，他顺势抓住他的手臂，借力上了马车。

他的行动还算自如，看起来并不像受伤的样子，但坐下来时发出吃痛的低喘。

萧矜抬手便解上衣的盘扣，刚解了两颗就看见陆书瑾双眉紧皱，盯着自己，面上的担忧和惊慌毫不掩饰，陆书瑾抱着灯盏，小小的身体缩成一团，看起来真真可怜极了。

他心念一动，当即改变了想法，痛吟一声，说："我身上的伤口不小，动一下就痛，你来帮我。"

陆书瑾赶忙将灯盏搁在桌子上，爬去对面的座椅上，坐在萧矜身边却又不敢靠得太近，鼻子里蹿进浓重的血腥味，轻声问："需要我如何做？"

"座下的暗屉里有药瓶，你把靠近左边暗格的蓝色瓶子和白布拿出来。"

陆书瑾蹲身去找，摸到暗屉，拿出蓝色的瓷瓶和白布放在灯盏边，抬眼去看萧矜。

萧矜眉毛轻动，说："你把我的上衣脱了，现在必须先给伤口止血。"

陆书瑾的目光落在萧矜那解了的两颗衣扣上，整个人的动作顿了一下，但很快他就伸手过去，专注地盯着他的衣扣。

虽说这行为多少有些暧昧，但是萧矜受伤了，万事以他的伤势为重，陆书瑾完全没有其他想法。

衣扣在他纤细的手指下被一颗颗解开，露出了里面雪白的里衣，只不过被血染了好大一片，看起来像极了艳丽的花朵。外衣的衣扣全被解开，陆书瑾不敢用力，轻轻地捏着两边的衣襟往下掀。

陆书瑾低着头，萧矜垂眸就能看到他小巧的鼻子和往下垂的睫毛，没有先前那动辄就脸红的旖旎，他此刻非常认真，萧矜配合地将手臂抬起来，让他脱下外衣。

陆书瑾看起来太可怜了，须得让他做些什么分散一下注意力，否则他会一直沉浸在恐惧中，甚至会给他留下心理阴影。

萧矜让他参与进来，为的就是让他明白，这件事并没有看上去那么可怕，不过是受了些伤罢了，不是什么大事。

陆书瑾又将他的里衣脱下来，这下能看清楚了。

萧矜的身体尚有着少年的稚气，但臂膀呈现出漂亮的肌理轮廓，肤色是那种不晃眼不细嫩的白，但左肩胛、右小臂皆有细小的伤口，正往外面渗血。最严重的还是左肋那处，被割出了约莫一指长的伤口，血红的肉微微翻卷着，看起来狰狞血腥。

血还在往外流，染红了健壮的腰身。

"你把药撒上去，包起来就行。"萧矜说。

陆书瑾那漂亮的眼睫毛沾了水珠，听后立刻拿来瓷瓶，里面是淡黄的粉末，一股苦涩的药味扑鼻而来，他想倒在手上，但看见自己的手掌心都是血，且往伤口上抹的时候必然会扯动伤口，于是就拿着瓶口俯身过去，对着伤口小心地撒着药粉。

这药粉的药性显然很烈，刚撒上去的瞬间，萧矜的腰腹瞬间一抽，他倒抽一口凉气，痛得不轻。

陆书瑾也被吓了一跳，手狠狠一抖，不敢再撒了。

萧矜咬牙挺着，硬是一声未哼，剧烈的疼痛过后，他见陆书瑾僵着不敢动，勾起一个有气无力的笑，声音沙哑，缓缓说道："你应该听说过我爹吧？"

陆书瑾抬头去看他，说："萧将军，晏国无人不知。"

"我爹十二岁就随祖父去了边境，十五岁上战场，至今已有四十七岁，大半辈子都是在战场上杀敌。"萧矜微微仰起头，目光游离，忆起往事,"我七岁那年,因为练武磕破了头,流了很多血,哭着闹着再也不肯拿剑,那日我爹便脱了上衣给我看,他的身上布满了大大小小的伤疤,无一处好的地方,有一道伤甚至从肩胛处划到腰际,贯穿整个背部。"

"这些伤险些让他丧命,但他命硬,一次次活了下来,"萧矜道,"我爹说,这些伤痕便是安宁盛世的勋章,任何一道伤都有意义。"

他一把握住陆书瑾的手,语气温柔一转,多了几分板正的教训:"你的手别抖,直接把药倒上去,要有男子汉该有的样子。"

陆书瑾不是男子汉,也摆不出男子汉该有的样子,他盯着萧矜看了半晌,撇了撇嘴,小心翼翼地将药粉撒在伤口上。

萧矜顿时抽了一口气,赶忙用咳嗽去掩饰,结果这么一咳,又扯动了左肋的伤口,疼得他一抽一抽的,他闭上了眼睛,到底没忍住,咬牙暗骂道:"该死的,给小爷等着……"

陆书瑾撒完药粉后,便抻开白布,俯身上前用手臂虚虚地环住他的腰身,将白布一圈一圈地缠绕上去,裹住伤口。陆书瑾实在没有别的心思,但每次靠近时他的鼻尖都堪堪擦过他的肩膀,除了血腥味,还伴着萧矜身上一贯的香薰味道。

马车里半点儿杂音都没有,从他皮肤上散发出来的热意几乎贴着他的脸颊,心脏的跳动声也微弱地传来,扑面都是少年独有的气息。

陆书瑾红着耳朵,在萧矜的指示下将伤口简单地包扎好,血往白布上渗了一小片后终于止住了。

萧矜笑了笑,说道:"你看,这不好了吗?不过是小伤而已,没什么好怕的。"

陆书瑾也觉得神奇,他现在完全镇定下来了,似乎是被萧矜的情绪带动的。他又将萧矜身上其他细小的伤口抹了药,才帮他重新穿上外衣。

刚处理完伤口,就有人在外面敲了敲车壁,快三下慢两下。

"我在。"萧矜应声。

紧接着车帘被撩开,季朔廷脸色极差地探身进来,一眼就看出萧矜受了伤,转头吩咐随从赶马启程,自己爬进了车厢:"怎么回事?"

萧矜自己将盘扣系上，表现得不在意，说："能怎么回事，搁马车这儿蹲着呢。"

"是什么厉害人物？"季朔廷着急忙慌地问，他已经许久没见过萧矜吃这样大的亏了。

"你见过的，吴成运，被我打跑了。"萧矜说，"上回应当就是他在学堂里翻我的书，先前见到他时，我就觉得他的眼神不对劲。"

"是不是？"萧矜转头问陆书瑾。

陆书瑾想起那日早起去学堂，的确是吴成运翻萧矜的书，便点头回应。陆书瑾一直想不明白吴成运为何要翻那话本，但此刻好像不大适合询问，自己在这马车里本身就是多余的，季朔廷应该是有话要跟萧矜说的，但忌惮他在场，翻来覆去只问了萧矜的伤势。

萧矜嘴上说着伤得不重，表现得满不在乎，但实际上他的精神头儿迅速消失，脸上已经没有了血色，连唇色都变得苍白。

季朔廷脱了自己的外衣给萧矜穿上，剩下的路程谁都没说话，让萧矜闭目休息。

陆书瑾恍然转过头，瞧见了萧矜额头上细细密密的汗，知道他正经受着伤口疼痛的折磨，但他的面容仍然平静，连眉毛都没皱一下，呼吸平稳。

陆书瑾心念一动，从怀中掏出帕子，叠成方块，探身过去，用轻缓的力道去擦萧矜额头和鼻尖的汗珠。

萧矜懒怠地看了他一眼，露出一个淡淡的笑。

季朔廷瞟了一眼，说道："你再撑一会儿，应当快到了。"

萧矜没应声，他被伤痛折腾得不太想说话。

马车驶入宽敞的大道中，海舟学府这条路上没有夜市，家家户户俱已闭门，只余街道上的灯亮着，马车匆匆穿过大道后，在学府门口停下。

学府宵禁，此时大门紧闭着，季朔廷亲自下去跑了一趟，让人将门打开，马车直往舍房而行。

陆书瑾原本以为会直接将萧矜送去萧府，没想到却来了舍房，陆书瑾撩开帘子往外看了一眼，马车已经行入舍房的大院，停在门前。

季朔廷起身,刚想去碰萧矜的肩膀,将他晃醒,陆书瑾却记得那处有伤,手疾眼快地将季朔廷的手拦下,然后摸到萧矜的手指,稍微用力地捏了捏,喊道:"萧矜,醒醒,到了。"

陆书瑾连喊了两声,萧矜才慢慢地睁开眼睛,半敛着眸子,往外面看了一眼,这才慢慢起身往下走。

下去之后,陆书瑾才发现舍房里的灯点着,里面似乎有人。陆书瑾站在门口往里看,果然看见有两人站在房里,一老一少,桌上摆着装满瓶瓶罐罐的药箱,显然他们是季朔廷请来的医师。

舍房本就小,人都进去就拥挤了,萧矜进去前脚步停了停,转头看向陆书瑾,轻声叮嘱:"你在门口等着,别乱走。"

他的气息稍乱,说话已经没有平日里那种精神气儿了,额头的汗擦了又冒出来,似乎忍到了极限。

陆书瑾点点头,留在了外面,与其他随从待在一起,门一关上,里面的声响一点儿都听不见了。陆书瑾在门口的台阶上坐下来,双手抱着膝盖发呆。

萧矜方一进门,眉毛就紧紧地拧起来,抬手开始脱衣,强撑了一路终于忍不住了,骂道:"该死,好痛。"

季朔廷赶忙唤医师:"杜老先生,快给他看看伤口。"

杜医师虽然上了年纪,动作却很利索,他让徒弟帮忙解开萧矜腰上已经被血染红的白布后,只瞧了一眼便道:"伤口深,须得缝合。"

"缝缝缝,动作快点儿。"萧矜催促道。

"你着什么急。"季朔廷训他一句,转头对杜医师道,"先用药吧,直接缝针他扛不住的。"

杜医师颔首,让徒弟去打水,开始给萧矜清理伤口。

伤口上糊满了黄色的粉末,与血肉黏在一起,看起来乱七八糟的,但好歹将伤口暂时堵住了大半,止了血。

杜医师先将伤口上的药清洗干净,萧矜咬紧了牙关,脖子涨得通红,青筋尽现,愣是没哼一声,最后擦去多余的水分和血。杜医师将红色的药膏往伤口上抹,这药稀少而金贵,但给萧矜用却没有半点儿节省的意思,一下就用了大半,约莫等了一刻钟,伤痛几乎感觉不到了,萧矜恢复了一些精神,说道:"动手吧。"

杜医师拿出极细的针线,用火炙烤后,才动手缝合萧矜的伤口。

有镇痛药的加持,疼痛比方才小多了,萧矜低着头一言不发,眼看着自己被划开的左肋被一针一针缝上,擦尽了血又涂抹了几层药,最后裹上新的白布,才算彻底处理好了伤口。

杜医师擦了一把头上的汗,长舒一口气,说道:"小少爷可要爱惜自己的身体,将军不在云城本就挂念你,若是知道你受了这么重的伤,怕是又要心疼了。"

"无妨,我会注意的。"萧矜道,"杜医师辛苦,这大半夜的劳烦你了。"

"尽老夫之责罢了。"杜医师摆摆手,提着药箱,带徒弟出了舍房。

伤处理完,季朔廷一屁股坐在床边,拧着眉看了他好一会儿,才说道:"你到底怎么想的?为了陆书瑾,值得吗?"

"跟他有什么关系?"萧矜瞥他一眼。

"怎么就跟他没关系了?吴成运难道不是用他逼你出手?若不是你这些日子与他走那么近,又如何露出破绽来?"季朔廷道,"你辛苦隐藏了那么多年,就这么一下让他逼出来了。"

萧矜许是受了伤,脑子也不大灵活了,不知道是不是真的没听出话里的意思,说道:"这事儿跟陆书瑾没关系,你别怪在他头上。"

季朔廷被气笑了,说:"我是在怪他吗?你看看你把别人害成什么样了,若不是你将他拉进来,他会遭遇这些事吗?人家老老实实读书,安安分分考科举,何苦卷入这旋涡。"萧矜这下听明白了,季朔廷这是让他离陆书瑾远点儿,别把人家拖下水,但他梗着脖子不吱声,面上全是不乐意。

季朔廷又问:"你问过人家的意愿了吗?"

"问了,他愿意。"萧矜说。

"什么时候?"

"昨晚,在床上。"萧矜说,"我问他有没有怪我,他说不怪。"

季朔廷的神情一下子变得古怪,惊奇又疑惑地盯着萧矜看,仿佛无法相信他能说出这样的话:"在床上?"

萧矜睨他一眼,无奈地说:"昨夜我去他租的大院找他,下了大雨,不便回府,就睡他那儿了。"

季朔廷叹了一口气,说:"我觉得你还是重新问问吧,不是谁都愿意蹚这趟浑水的,萧矜,你比我明白,这世上最难做的就是好事,若他并不想做好人呢?你不能以你的标准去要求别人,若是他就乐意科举之后混个小官,分去县府,平日里捞点儿油水,安稳度过一生,你也无权干涉。"

萧矜知道季朔廷并非在恶意揣测陆书瑾,他说这话只是在告诉他,陆书瑾可能不喜欢这样的生活,能力越大就意味着责任越大。

季朔廷与他一起长大,两人相伴十数年,很多时候萧矜的行为即便不说,季朔廷也能猜到。

他们这些官宦子弟,嫡系出身,打小肩上就担着重担,说直白些,将来封侯拜相,权倾朝野,一念便决定百姓的生死。陆书瑾不同,他出身平凡,虽有能力却无背景,即便挤入官场一角,若无人提拔,也极有可能只能在那个乡县里捞个微不足道的小官,窝一辈子。

萧矜若是拉他一把,让他参与这件事,哪怕他做得并不多,届时封赏也少不了他的一份。

"你到底对陆书瑾是怎么个想法?"季朔廷直白地问。

萧矜看向他,从他的神情里找出一丝暧昧来,他好笑道:"你不是知道我一直想要个弟弟吗?"

"怎么,你打算让陆书瑾改姓萧?萧伯同意吗?"

"朔廷,"萧矜停了停,而后道,"陆书瑾没有爹娘,是一个孤儿。"

季朔廷神色一怔。

"之前他求我在玉花馆里救一个被拐骗的女子,说可以给我二十八两七百文,我当时就疑惑他为何会说一个如此精确的数目,细问之下才知道他全部家当只有八两七百文钱,那二十两还是旁人的。"萧矜说道,"食肆里最便宜的那种饼,说难听一点儿,给狗吃狗都会嫌弃,却是他的每日三餐。"

"我知这世间万般苦难,穷困之人数不胜数,我自没有'安得广厦千万间,大庇天下寒士俱欢颜'的好心肠,"萧矜语气平静,慢慢地说着,"但陆书瑾到了我面前,我就是看不得他如此可怜,看不得他不声不响地在无人注意的角落里孤独困苦。"

"待官银一事了结,我打算给我爹送信,让他收陆书瑾做干儿子。"萧矜道。

季朔廷本就很少干预萧矜的决定,加上他此刻的神色又这般认真,完全不像是开玩笑,季朔廷就道:"此事你看着办就好,但依陆书瑾现在的能力和阅历,远远不配在朝廷立足,若愿意,好好培养也不是不可以。"他的话锋一转,说道,"吴成运棘手得很,他很可能是朝廷的人,今日那座废宅的人全部清理干净了,叶洵从另一条路逃走,应该只余吴成运一人了。"

萧矜道:"吴成运先放一边,他暂时翻不出风浪,先将齐家处理了。"

杜医师出门的时候,陆书瑾就赶紧站起来,伸长脖子往里面看了一眼,却什么都没看到,此刻门又被闭上了。陆书瑾平日里并不是喜欢主动跟别人说话的人,但这会儿却站到杜医师面前,微微作揖,问道:"请问大夫,萧少爷的伤势如何了?"

杜医师看他一眼,说:"你也是睡在这舍房的人?"

陆书瑾点头。

杜医师下了台阶,说道:"伤得不轻,但没到致命的程度,伤口已经缝合上了药,今晚比较危险,我开了安眠的药,一定要让他睡前吃。夜间要辛苦你多注意,若是他发热了,便立即将他喊醒,给他喝退热的药,再用凉水降温,万不可让他出汗,浸湿了伤口。"

"药早晚换一次,若是明早起来他没有持续高热,那便无事。"他道。

陆书瑾说:"舍房里没有熬药的炉子。"

"这你不必担心,待会儿自有人送来,今夜恐怕要麻烦你了。"

陆书瑾将这些话一一记下,忙道:"不麻烦。"

杜医师离开后,陆书瑾又在门口等了一会儿,季朔廷才开门出来,见到他之后,季朔廷冲他露出一个笑来,说道:"今夜情况惊险,你应该也被吓到了,好好休息去吧。"

陆书瑾与季朔廷道了别，终于能够进屋子了。

屋里充斥着浓郁的药味，萧矜躺在软榻上，上半身没穿衣服，白布一层层整齐地从右肩上绕过，将整个腰腹缠了起来，伤口处没有血迹，他的脸色也好了不少。这会儿药效还没褪去，伤口并不痛，他恢复了一些精神，转头看向陆书瑾，冲他招手。

陆书瑾合上门，轻手轻脚地走过去，蹲在软榻旁，看看萧矜的伤口处，问道："你的伤如何了？"

这话虽然已在门口问过老医师了，但到了萧矜跟前，还是忍不住再问一遍。

"用了药，已经不痛了。"萧矜随手从旁边拉了一张椅子过来，拍了拍，说，"你坐。"

陆书瑾到底是姑娘，比方才那群大老爷们细心点儿，看见萧矜用完药后没有穿衣裳，便去萧矜的床上抱了一床软软的薄被来，轻柔地覆在萧矜的身上，低声说："夜间寒气重，你刚受了伤，身子虚弱，别冻着了。"

萧矜愣了愣，任由他将被子覆在身上，看着他忙完，才在软榻边的椅子上坐下，没有说话。陆书瑾也没说话，不知道说什么，却不想起身离开，就想在萧矜这边坐着。

半响，萧矜先开口了，用十分正经的语气说："陆书瑾，我郑重地向你致歉，是我擅自将你拉入这么危险的事情中，否则你也不会遭受这些，"他顿了顿，说，"对不起。"

小少爷垂下了高傲的头颅，放低了矜贵的姿态，失血过多让他脸色苍白，眉眼无力，平添几分平日里绝不会出现的脆弱和自责。

陆书瑾看着他，不知为何，眼睛一热，眼眶有些红了。

"你不说，我自己也能想明白。"陆书瑾说，"先前你就说过齐铭盯上了我仿写字迹的能力，就算没有你，齐铭迟早也会找上我，你只是顺着波澜将我推到门口，选择是我自己做的，不论齐铭什么时候来找我，我的选择都不会变，偷出账本是早晚的事。叶洵一样会因为账簿找上我，今晚发生的这些，错不在你。"

"究其根本，从你纵容我利用你惩治刘全那会儿开始，我就已经踏入了这些危险中,又如何能怪到你身上?"陆书瑾的语速很慢,但能将自己的意思表达清楚。

陆书瑾后来细想,萧矜若当真有这般运筹帷幄,算计齐铭在先、坑骗叶洵在后的能耐,又怎会看不透他当初利用他惩治刘全一事?所以萧矜从一开始就心知肚明,却只字不提,顺着他的计谋狠狠地揍了刘全一顿。

从陆书瑾说出能模仿萧矜的字迹,为他代笔策论起,齐铭安排在萧矜身边的内应就已经知道了此事,若没有萧矜,陆书瑾甚至可能会被齐铭的伪善蒙骗,做下错事。如今身受重伤的人反而给自己这个完好无损的人赔不是,陆书瑾心里头闷闷的,不知道该怎么说。

萧矜看了看他发红的眼睛,清了清嗓子,想了想,说:"这些事错综复杂,危险不小,若你不想经受这些,我可保你全身而退,日后再也不会将你扯入这些事情里。"

陆书瑾说:"我先前已经给过回答,若能为云城受难的百姓出一份薄力,于我来说荣幸至极。"

萧矜眸光轻动,忽而想起方才有句话忘记跟季朔廷说了。陆书瑾此人看起来虽然弱小,但内里却相当坚韧,有一颗赤子之心,若是把逃离困境、安稳度日和以身犯险、为民除害的选择摆在他面前,他定会毫不犹豫地选择后者。就像当初他愿意拿出全身仅有的八两银子,想尽办法去青楼救一个毫不相干的人一样,他不是想当英雄,只是不想在不公与黑暗面前当一个懦夫。

萧矜笑了笑,抬手摸上陆书瑾的脑袋,说:"前年阳县黎县一带遭遇特大洪涝灾害,颗粒无收,死伤无数,不少百姓流离失所,朝廷拨下来二十万两赈灾款,到云城过一遍再分下去,就只剩下十万两,其中一半不翼而飞。"

"去年我便查到这笔钱是被云城官府合伙私吞,刘全的二爷爷是云府通判,只吞了其中一万两,余下的九万两全在叶家手中。齐家与杨家合办养猪场,在叶家的暗中扶持下逐渐垄断云城的猪肉买卖,去年报给官府的明账总额就高达十二万两,今年上半年报的是五万两,这些账目报给官府之后,就由叶家庇护,无人敢再翻账。"萧矜说道,

"但我同季朔廷、方晋暗中计划此事,得到了齐家部分账簿,清算了齐家所有猪肉店铺上半年的账目,却只有三万两。"

"杨家地下的布坊、盐铺合计起来也不过一万两的账,报给官府却有三万两,三家合伙将官银藏在这些假账中,将凭空多出来的九万两化为正常收入。此前朝廷有派人来云城翻账的意向,他们听到风声后,齐铭便动了改账的心思,所以才找上你,想用你仿写笔记的能力将之前的所有账目重新写一遍,将收入银两改为真正收入。"

"与此同时,他们暗中将别处的中等猪苗投下瘟毒,再用极低的价格收入,等得猪瘟的猪死之后再拿去售卖,以此低收高卖获取暴利,填补假账的空缺。"萧矜一口气说了这么长一段话,受不住力,有些喘息,缓了一会儿才又说道,"叶家卸磨杀驴想撇清关系,阻止齐铭重做账簿,才有了将你抓去一事。"

"他应该是问你账簿的事吧?"萧矜问。

陆书瑾点头道:"我跟他说账簿烧了,账目我记在了脑海里,他便让我写给他看。"

"我就知道,你这么聪明,肯定会与他周旋来争取时间。"萧矜扯了一下嘴角,饶有兴趣地问,"不过你当真全记下来了?"

"骗他的。"陆书瑾说。

萧矜笑起来,有些扯动肋骨的伤,笑一半又停住了,说道:"如今齐家倒台,官银的藏地也已找到,用不了多久就能结了这桩贪污的案子,届时我父亲会向皇上求赏,你便是这桩案子的大功臣。"

有了功名傍身,陆书瑾将不再寂寂无闻。

"为何城中人皆说你是纨绔子弟?"陆书瑾问出了心中积压许久的问题。

萧矜早知道陆书瑾会问,面色如常道:"萧家世代为国,种种功绩数不胜数,早已在晏国积攒了无数好名声,如今我爹更是官拜一品,掌兵权且势力庞大,我上头的两个兄长一为进士及第的五品文官,一为武将在我爹手下做事,庶姐在后宫正受荣宠,树大招风的道理人人都懂,萧家成为众矢之的,被皇帝忌惮防备。"

"萧家不可完美无缺,"萧矜道,"我既是萧家的唯一嫡子,是萧家的未来，也是萧家的破绽。有我这个不成器的嫡子在，萧家就是将要倾倒的大树，溃散的蚁穴，我越混账，就越能稳住他们。"

"他们光是想着萧家将来会交到我的手上，便不会煞费苦心地对付我爹，等将来我爹死了，对付我不是更轻松吗？"萧矜咧着嘴笑，这会儿他长记性了，不敢笑出声。所以他才会披上伪装，令人识不清真面目。

陆书瑾感到一阵心酸，暗道即便是出身名门望族的少爷，也活得如此辛苦，十几年如一日地戴着假面具，蒙骗云城所有人，把自己的名声搞臭。

"开弓没有回头箭，你与我站在一起，便不再是从前那个无父母依靠，独自前来求学的寒门学子，"萧矜盯着他，目光炯炯，"你会成为我萧矜的人，成为那些与我敌对势力的眼中钉肉中刺，将要面对许多意想不到的危险，你还愿意继续吗？"

"我愿意的。"陆书瑾与他对视，眼尾还有些红，在白嫩的脸上相当明显，陆书瑾说道，"我是为民，也是为你。"亦是为我自己，他在心中说道。

看得出来萧矜对他的答案相当满意，肉眼可见地高兴起来，眸光也变亮不少，他一把抓住他，说："我会保护你的。"

陆书瑾也跟着笑了，正要说话，便有人叩门。陆书瑾起身去开门，随从将小炉子和熬药所用的工具送了过来，陆书瑾将它们摆在自己的桌上，将药包拆开，倒入罐中，兑上干净的水，又把炭塞入小炉子底下，点了火，将窗户推开些许，开始熬药。

陆书瑾将杜医师给的药丸倒出两颗，递给萧矜，说："这是杜医师给的能够让你安眠的药，你快吃了休息吧。"

萧矜这会儿心情好，原本还想与陆书瑾多说几句话，但伤口的药效逐渐过去，疼痛又涌上来，加之他的确因失血过多体虚异常，又说了那么多话，体力耗尽，只得先休息。他吃了药，唤来随从倒水，草草地洗了脸和脚，就起身躺回了床榻上。

房里又静下来，灯被陆书瑾熄灭了两盏，只余下桌子上和萧矜床边的亮光。他别过头，看见他的身影在屏风后面轻动，意识逐渐在细碎的声音中模糊。

陆书瑾先是脱了脏衣服，好好洗了个澡，擦着湿漉漉的头发出来时已是深夜，他往萧矜的床榻上看了一眼，见萧矜已经闭上眼睛睡去，就转身去看药，炭火不旺，慢慢熬煮着，思及杜医师说的萧矜今夜情况危险，便不敢怠慢，他扯着自己的被褥，轻手轻脚地来到萧矜的床榻边，不敢有大动作，怕将他惊醒，就随意摊在地上，坐上去靠着床沿。

萧矜微弱的呼吸声传进他的耳朵，他别过头看着，就见他虽然睡着了，但双眉微蹙，显然极不舒坦，俊美精致的眉目变得脆弱，让人看了心头发软。

陆书瑾把手轻轻贴在萧矜的脸颊上，骤然感受到滚烫的温度，他的心猛地一沉，果然发热了。

陆书瑾不敢大意，想到药还没熬好，就马上起身，放轻了动作，拿盆打水，用水把布巾浸湿后拧得半干，来到床边，轻轻地擦拭萧矜的额头和脖颈。

刚擦到锁骨处，他的手腕一紧，萧矜忽而睁开了眼睛，见到是他，眸中的锐利瞬间散去，卸下所有防备，哑着嗓子问："怎么了？"

陆书瑾半弯着腰，湿润的发尾垂在萧矜的肩胛骨旁边，小声说："你发热了，我先给你擦擦身体降温，待药煮好了再给你喝。"

萧矜松开他的手，只觉得肩胛骨被湿湿凉凉的发尾扫过有些痒，他挠了一下，浑然不在意，声音含糊道："发热而已，睡一觉出出汗就好了，你不必管我，快去睡觉。"

"不成，"陆书瑾道，"杜医师特地嘱咐过，此事马虎不得，你继续睡吧，我就在这儿守着。"

萧矜正是意识迷糊的时候，也不知有没有听到，他重新闭上了眼睛。

陆书瑾将布巾拿去洗了洗，从他的肩膀一路擦下来，小心地避过伤口，擦了手肘手腕，而后将他的手置在掌心。他的手比他的大一圈，手指匀称修长，掌心处有薄茧，血液凝固在指甲缝里，他洗得不仔细，没洗掉。

陆书瑾就坐在被褥上，将他的手指一根根仔细擦着，用极其轻柔的力道去擦指甲缝里的血，十足的耐心，整只手擦完，费了好一番工夫，捏在手中有一种湿乎乎的感觉。

陆书瑾看着萧矜的手指，心想这双手看起来那么漂亮，刀子耍得也厉害，为什么字写得那么丑呢？后来转念一想，他左手写字丑，指不定右手写的字是另一番模样。

陆书瑾又把他的手翻过来，借着微弱的光去看他的掌心纹路，指尖往其中一条线上描摹过去，他想起院中的老嬷嬷说掌中的这条线越长，命就越硬，他掌中的这条线就很长。

柔嫩的指腹滑过去，许是萧矜觉得掌心痒了，他手指微微蜷缩，像是隐隐将陆书瑾的手握在掌心里。

陆书瑾怕惊醒了他，赶忙抬头去看，忽而对上他的眼睛，稍浅的眸色中倒映着牙白色的光芒，他正直直地看着陆书瑾。

萧矜的眼睛没那么黑，色泽要比常人浅淡一些，往往这种眼瞳的人盯着人看时，难免会让人觉得凉薄。但萧矜并非如此，许是跟他平日里的性格有关，他眼睛里总是带着温度，这会儿盯着陆书瑾，即便脸上没什么表情，也显得相当专注和温和。

陆书瑾的心跳猛地一滞，不知是被抓包之后的慌张还是什么，他匆忙撒开了萧矜的手。

萧矜眨眨眼，恍然回过神，声音还是喑哑的："你怎么不去睡觉，这大半夜的，忙活什么？"

陆书瑾起身又将布巾洗了洗，借着昏暗的光线，掩饰有些慌乱的眼眸，稍微平复了心绪后才转过身去，说道："杜医师说，万不能让你出汗浸湿了伤口，他走前特意叮嘱我，今夜要仔细照料你。"

陆书瑾又在被褥上坐下，床榻的高度正好及他的下巴，让他与躺着的萧矜平视，朝萧矜摊开手掌，说："把另一只手给我。"

萧矜没把手给他，还将手握成拳头往里面藏了藏，说道："杜老头就是太大惊小怪，总觉得我的身子骨差，我好着呢，今夜你受了惊吓，合该好好休息才是。"

陆书瑾捏着布巾，看了他一会儿，没再与他争辩，而是敛起眼眸说道："既然你不愿让我擦，那我将门口的随从喊进来一个，他们总归

269

不能对你发烧坐视不理。"说着陆书瑾便要起身,忽而衣袖被拽住,低头望去,就见萧矜微微皱眉,放缓了语气:"我没有不愿让你擦,只是不想你劳累。"

"我不累,我又没受伤,何须你来担心我?"陆书瑾又坐下来,顺势将他的另一只手捞过来,说,"这种降温的方法是很有用的,我以前生病发高热吃不了药,就是用凉水一遍遍擦身体,才不至于烧坏脑子。"

萧矜觉着左肋的药效退了,疼痛一阵一阵地涌上来,让他的情绪变得狂躁,但他别过头看去,见陆书瑾坐在床边,露出脑袋,捧着他的手细细地将指甲缝里干涸的血迹擦尽,他身上那股因疼痛掀起的躁意又消散了。

"为何吃不了药?"萧矜问。

陆书瑾从容地回道:"因为没人给我买药呀。"

萧矜听后却沉默了许久,说道:"日后你想吃什么药,我都给你买。"

"多谢。"陆书瑾一个没忍住,笑出了声,漂亮的杏眼弯起来,道,"但我不怎么想吃药,你可别咒我。"

萧矜没笑,他的身体动了一下,也不知是想干什么,但瞬间就扯到了伤口,痛得他又倒回去,拧着眉抽了一口气。

陆书瑾赶忙道:"你千万别乱动。"

陆书瑾将布巾洗了一遍,重新擦了擦萧矜的额头,见他脖颈处隐隐暴起青筋,将那剧烈的疼痛咬牙扛过去之后,他的眼眸竟有些湿漉漉的,平添些许可怜之色。

陆书瑾心念一动,随口问道:"很痛吗?"

问完,又觉得自己在说废话,剖肉刺骨怎么可能不痛,也正因为如此,才闹得萧矜睡不着。

陆书瑾正想着,就听萧矜轻哼一声,说:"不过尔尔,感觉不到疼痛。"

陆书瑾又想笑了,他从前情绪寡淡,对人笑又是出于礼节,但在萧矜这儿,不知为何,听他说话,看他的神色,陆书瑾都想笑。

"我去看看药。"他怕萧矜看到,误会自己在嘲笑他,便搁下布巾,转身去了屏风另一头的书桌旁。

汤药咕噜咕噜地滚着,热气直往上飘,陆书瑾用布垫着打开盖子,浓郁的中药气息迎面扑来,药已熬成了褐黑色,陆书瑾把药倒在碗中,放在窗口边,尽快晾凉。

然后他又回到床边坐着,萧矜还睁着眼睛,这会儿倒没有先前马车里那副有气无力的模样了,可能睡着之后恢复了些许精神,他眼睛一转,又盯住陆书瑾,说道:"你爹娘什么时候过世的?"

陆书瑾没想到萧矜会好奇这些事,愣了愣,说:"我出生后没多久,他们就因为走商突遭横祸,再也没回来,四岁之前,我都是被祖母养着的。"

"后来呢?"萧矜又问。

陆书瑾接着道:"后来祖母过世,家中无人,姨母便将我接去了她家,我便是在姨母家长大的。"

萧矜像是存心想了解他的过去,问题一个接一个:"你姨母如此苛待你,又为何让你念书识字?"

"我去过两年书院,学了识字,之后便再没去过了。"陆书瑾说,"我住的那个小院,以前是一间书房,后来被废弃了,里面搭了一张床,便让我住着,那些架子上的书我都可以拿来看。"

"你这般聪明,你姨母就没有想过好好栽培你,指望你出人头地?"

"我很少能见到姨母,我住的地方偏僻,她不常来。"陆书瑾语气如常。

萧矜却觉得不能再问下去了,即便陆书瑾的神色没有半分变化,一副毫不在意的模样,可他却越听越心闷,一想到陆书瑾被扔在无人问津的角落里生活了十来年,病了连药都没人买,心中就好像憋着一股气,但这股气落不到陆书瑾头上,更不可能往那素未谋面的姨母撒。

萧矜哎哟一声,觉着肋骨的伤又开始痛起来。

陆书瑾见他难受,又帮不上忙,心中也有些闷闷不乐,便对他道:"待会儿你喝了药,再吃一颗安眠的药丸。"

"我喝了药,你就去休息,知道吗?"萧矜说。

陆书瑾点头。

"把药端来吧。"他道。

陆书瑾去端药,夜间寒冷,药在风口吹了那么一会儿,就凉了大半,药端到萧矜面前,他立即要半坐起来。但起身时需用到腰腹的力量,必会扯动伤口,他一动身上就钻心地痛,额头上冒出一层细密的汗珠。

陆书瑾赶忙按了按他的肩膀,说道:"你别乱动呀。"

陆书瑾先把药碗放在窗边的桌子上,用布巾过了凉水,将他的额头耳后脖颈擦了一遍,他时刻谨记着杜医师说的万不能让他的汗浸湿了伤口。

陆书瑾的动作已经熟练,萧矜却不配合,还将头一低,夹住了他的手,说道:"不碍事,你先让我喝药,别忙活了。"

萧矜坐不起来,更不可能躺着拿碗倒,于是陆书瑾就拿了汤匙来,说:"我喂你吧。"

萧矜当即不乐意了,皱眉说:"我都多少年没被别人喂着喝药了,我没那么娇气。"

"但是你现在情况特殊,万不可乱动,万一崩开了缝合的伤口,该如何是好?"陆书瑾搅了搅汤药,盛起一勺送至萧矜嘴边,"这药没多少,很快就能喝完。"

萧矜心知他说的话有道理,但就是不张嘴,两人僵持着。

陆书瑾心里明白,萧矜不乐意让他喂药是因为觉得两个男子之间这样太过别扭,且他还是被喂的那个。陆书瑾心道先前给自己暖脚的时候,怎么没见他觉得不合适呢?陆书瑾到底不是男子,搞不懂男子对正常接触和越矩的界限。

"少爷,你吃了药我才能去休息。"陆书瑾无奈道,"不然你给我五两银子,就当是雇我当照顾你的短工,我做的这些都是需要报酬的。"

"五两?"萧矜一脸疑惑。

陆书瑾想了想,改口道:"算了,二十两吧,我把门从里面锁上了,你躺着也喊不来别人,只有我能照顾你。"陆书瑾心想,反正萧矜是财大气粗的阔少,且这段时日为了齐铭账簿的事,自己的确花了不少银子,正好从萧矜这里讨回来。

萧矜却对他这一招坐地起价相当满意，只觉得自己之前教的东西陆书瑾都听进去了，便也不再别扭，张开了嘴，说："行，明日我再给你结算银子。"

陆书瑾低低地嗯了一声，将药送进他的嘴里，苦得萧矜当场就把脸皱成一团，但随即他又想起自己的小弟还守在边上，就舒缓了眉头，强装无事道："我极少患病，喝不惯这些药。"

陆书瑾顺口接道："那你的身体还真是强壮。"

"那当然，"萧矜稍微有些得意，"我寒冬腊月脱了衣裳在河里游一圈上来，都不会患病。"

陆书瑾心想，在寒冬里去河里游泳而不生病，身体确实是健壮，但脑子肯定有病。

"等到了冬天，我也带你去游一次试试。"萧矜又说。

陆书瑾又往萧矜的嘴里喂了一勺药，萧矜不说话了。

房里寂静下来，陆书瑾一勺勺地喂着萧矜，勺子磕在碗上，发出微弱的响声，除此之外，再无旁的声音。起初萧矜的神色还相当不自然，但后来就被药苦得在意不了别的东西了。

一碗药喂完，陆书瑾又拿了安眠的药丸给他吃，他含着药，含糊道："你快去睡觉。"

陆书瑾应了声，将东西简单收拾了一下，再一回头，萧矜已经睡着了。他放轻动作，坐在萧矜床边，困意来袭，他的眼皮开始打架。但他试探着萧矜的体温，觉得热意未退，不敢就这样睡去，为了打起精神，他起身去拿了本书，将书面朝着光，低头去看。他强迫自己集中注意力，低头看了许久的书，待第三次去探萧矜的温度时，已然感觉高热退下了，他的呼吸平稳，他终于松了一口气，放下书，卷着被褥当场睡去。

这一觉也不知睡了多久，陆书瑾只觉得自己做了一个旧梦。

陆书瑾梦到六岁那年，姨父来云城做生意，顺道带上了姨母和侧房所出的几个孩子，陆书瑾也有幸在其中。

他们去了宁欢寺。那座寺庙宏伟而广袤，红墙黛瓦，石柱雕画，陆书瑾从没见过那么漂亮的建筑，像迷了眼似的在其中乱转，很快就与其他人走散。

她顺着人群去了寺里,看见里面有许多高大无比的神像,它们摆出各种姿势,站在高台上,接受人们的跪拜与供奉,空中飘散着香烟的气味。她听见有人求子,有人求富裕,有人求安康,有人求仕途。

陆书瑾发现其中一座神像前祭拜的人很少,她走过去,站在边上看了许久,直到一个小沙弥走到她面前,递来一个签筒,说:"施主有何祈愿,可向神明禀明,再摇一签,便能得到答案。"

她接过签筒,什么心愿都没许下,摇晃着签筒,可不知是签筒堵住了还是什么,摇了好多次都没摇出签子。

忽而有人从背后撞了一下她的肩侧,那人的手肘敲到签筒,而后就掉出一根签子,落在地面上,正面朝上,上头是两个晃眼的字:大吉。

那根上上签其实是她偷来的。

画面一转,她走在前头,身后有人一声叠一声地唤她:"陆书瑾,陆书瑾……"

陆书瑾回过头,就看到萧矜捧了满怀的银子对她说:"你的银子掉啦。"

陆书瑾说:"这不是我的,我没有这么多银子。"

"就是你的。"萧矜一股脑地将所有银子给她,银子源源不断地落在她身上,很快就将她的半身淹没了,他说:"这些全是你的,你快拿好。"

陆书瑾迷迷糊糊,伸手去接,手刚抬起来,身边突然传来一声笑,她恍然一睁眼,梦醒了。

陆书瑾一睁眼就看见萧矜半倚在一旁的软榻上,正支着脑袋看着他笑,见他睁开眼睛,就问:"你伸着手,要接什么呢?"

陆书瑾睡眼蒙眬,用手揉了揉眼睛,转头看向窗户,才发现天已大亮。竟不知自己睡得这么沉,就连萧矜什么时候起身下床去了软榻都不知,便爬起来问道:"你现在感觉如何了?"

"没什么事,不过是皮外伤。"萧矜经过这一夜的休息,显然恢复了不少,他用下巴指了指地上的被褥,"我让你睡觉,你就睡这儿?"

陆书瑾道:"昨夜为了方便,就将被子扯到了此处,也懒得再搬回去了。"

陆书瑾其实是担心萧矜又发高热,在床边睡也方便,夜里起来探了几次他的体温。

陆书瑾从未受过这种伤,更不懂如何照料,只是按照杜医师所言去做,今日一睁眼,看到恢复了精气神儿的萧矜,他的心里是高兴的。

"你去洗漱,"萧矜说,"膳食备好了。"

陆书瑾听后便去束发洗漱,出来的时候就见随从在给萧矜换药,白布解开,露出了伤口,有一指长,被线缝住,泛着血红的颜色和白色的药膏,在白皙的皮肤上如此刺眼。

杜医师的技艺很好,伤口缝得整齐,但到底是在人身上,光是瞟一眼就让人触目惊心,陆书瑾不敢再看第二眼。

萧矜却丝毫不在意,低着头盯着自己的伤口,看着随从将药糊上去涂抹开,还有心思打趣:"杜老头将来若不看病了,去绣些小玩意儿拿去卖,想来也能养家糊口。"

陆书瑾觉得杜医师若是听了这话,恐怕要当场呕一口血出来。

看到陆书瑾出来,萧矜指了一下桌子,说:"饭在桌上。"

陆书瑾绕过去一瞧,桌上的小炉子正熬着药,另一边则摆着两盘菜一碗汤。

陆书瑾食量不大,一开始萧矜让人端上膳食的时候没个度,每次陆书瑾拼死了吃也吃不完,被随从收走时总是一脸心疼,后来萧矜留意了一下他的饭量,适当减少了饭菜的分量,自己才每次都能吃饱吃完。说实话,陆书瑾还是很想念萧府厨子做的饭菜的,若有机会跟厨子见面,当面夸赞一下对方。

陆书瑾吃到一半,季朔廷就推门走进来,说道:"萧矜,死了没有啊?"

萧矜正慢悠悠地穿衣裳,应了一声:"活得好好的,暂时死不了。"

"你这是准备去哪儿?"季朔廷问。

"去学堂。"萧矜说。

"多新鲜,萧少爷还有勤奋好学的一天?"

"我若不去学堂,受伤的事不就坐实了?他们见不到我,定会起

275

疑心。"

"你旷课不是常有的事吗？这么着急干什么？"季朔廷道，"就算这几日你不去学堂，也不会有人怀疑，你又不是陆书瑾。"说完，他转头冲陆书瑾道，"对吧，小状元？"

小状元这种称呼，都是萧矜带起来的，陆书瑾已经习惯了，扒了一口饭进嘴里，点点头没说话，看表情也不赞同萧矜去学堂。

萧矜于是又脱了外衣，找了个舒坦的姿势躺下，刚换了药，他的伤口不痛，脸色极好："官银找到多少？"

"连夜清点，统共还剩下四万余两，叶家为撇清自己，彻底舍弃了齐家，今儿一早，齐家上下皆锒铛入狱，杨家也跑不掉，虽没有将叶家扳倒，但这下也算让他们遭受重创，且得消停了。"季朔廷说道。

齐家的账簿对不上报给官府的数目，叶家为了保全自己，递出了官银藏匿处的消息，如此一来，齐杨两家定罪，官银一案了结。

"哦，还有一个好消息，"季朔廷道，"晌午那会儿，齐家低价购买瘟猪的消息传出来了，吃了瘟猪肉患病的人被统一拉去了城南医治，所有肉铺将面临严格检查和清扫，你的名声暂且清白了。"

萧矜道："这倒无妨，我主要是想知道我偷藏女子的鞋拿回去闻的谣言到底是谁传出来的。"

"我有一法子，可破此谣言。"

"且听贤兄一言。"萧矜双眸一亮。

"你可以藏了男子的鞋回去闻，如此城中人便知晓你其实对男子的鞋更感兴趣，"季朔廷煞有其事道，"至少能保全人家姑娘的名声。"

萧矜脸一黑，说："滚，那我不就变成又藏女鞋又藏男鞋，男女不忌的怪人了？我的名声就没人在乎了？"

"你的名声早就烂透了，谁在乎？"季朔廷问在场的第三人，"你在乎吗？"

陆书瑾很认真地点头，季朔廷和萧矜都颇感意外。

季朔廷问："他的名声，你在乎什么？"

"因为物以类聚，人以群分。"陆书瑾说，"跟猪关在一起的，不都是猪吗？"

这话听着奇怪，萧矜和季朔廷同时沉默了，片刻后，萧矜道："不一定，猪圈里也能养羊啊，猪又不吃羊。"

陆书瑾觉得有几分道理，点点头不再说话，将吃饭的碟子和碗叠放在盘中，端出去送还随从。

季朔廷见他出去，一脸奇怪道："你接这话干吗？你是猪啊？你跟他养在一个圈里？"

"也无妨啊，近'猪'者赤你没听过吗？陆书瑾跟我在一起，学的都是好东西。"萧矜理所当然道。

季朔廷："……"

他一时找不出话来应对，只觉得萧矜伤的不是肋骨，是脑子，有点儿听不懂他在说什么。

舍房被随从重新清理了一下，陆书瑾的被褥全部换成新的，由于院服脏得不能再穿，今日一早便被陆书瑾洗了，换上深灰色的布衣，踩着一双布鞋，收拾去学堂要用的东西。

萧矜一边皱着眉毛喝药，一边看他。

陆书瑾背上小书箱站在门边，回过身冲萧矜说："萧矜，我去学堂了。"

萧矜眉毛轻扬，回道："路上慢点儿走。"

陆书瑾点了几下头，转身离去。

季朔廷走到门边，看他走远了，又绕回来，疑惑道："他就这样喊你？"

"好多啦，"萧矜说，"先前他还一直叫我萧少爷。"

"你想把人当弟弟，人不乐意喊你哥哥。"季朔廷哧笑道。

萧矜一口气喝完药，强压着口中的苦涩，说道："他昨儿守了我一整夜，我今早起来下床差点儿踩到他，他就在我床边的地上睡的。"

"你平日少给他银子了？"季朔廷道。

萧矜想起昨夜昏暗的灯光下，陆书瑾用温软的手捏住他的指头，趴在床边，一点儿一点儿地擦他指甲缝的模样，不知如何去说。他咂咂嘴，放下药碗，对季朔廷道："你抽空买几身衣裳给他，整日就是两套破布衣换来换去，给了银子也不舍得花。"

季朔廷瞪大眼睛,说:"你养弟弟,我花钱?"

"我给你银子!"萧矜骂道,"小肚'季'肠。"

当陆书瑾赶去学堂时,就听到了各种各样的议论,才知道学府外的云城已然翻天。

齐家卖瘟猪的消息一传出来,瞬间便引起了恐慌,不少人将买的猪肉处理了不敢再吃,先前咒骂萧矜的人也一边倒,说他虽然行事荒唐,但误打误撞竟然救了云城不少人,也算积了大功德。

陆书瑾知道事情的真相,听到周围人皆在讨论,一个个眉飞色舞,说得好像当场所闻所见似的,心中不免感慨。

若非陆书瑾亲自参与了这些事,恐怕也会跟大部分人一样,听信这些传闻,当真以为萧矜是阴差阳错救了云城百姓。但这世上哪有那么多巧合?不明真相的人,在真相揭露之前会一直被蒙骗。

蒋宿见他来了,立即高兴地回到位置上,兴奋道:"陆书瑾,你知不知道萧哥做了什么大事?现在城中的百姓都在夸赞他感谢他!"

陆书瑾笑弯了眼眸,说:"是吗?"

蒋宿激动得不行,拉着陆书瑾语无伦次地说了很久的话,同时非常痛心地表示当初火烧猪场一事萧矜竟然没有带上他,又追着陆书瑾问他知不知道萧矜的下落,他又为何旷课。

陆书瑾光是应付他一人就足够头大,书也没看进去多少,下学的钟声一敲,恨不得拔腿就跑,却又被蒋宿拦住。

"你都问一下午了,我真不知道。"陆书瑾极其无奈。

蒋宿摆摆手,说道:"不是萧哥的事,我突然想起有件正经事要你帮忙。"

陆书瑾很佩服蒋宿,他说了一下午废话,都没想起正经事儿?

"什么事?"陆书瑾问。

蒋宿张了张嘴,脸色忽而变得为难,有些欲言又止,陆书瑾将他看了又看,并不催促,许久后,终于下定决心似的说道:"挺麻烦的,但我当真需要你帮忙。"

"但说无妨。"陆书瑾说。

"下月初不是咱们晏国一年一度的祈神日吗?我小舅这段时间追查

瘟病和逮捕齐家有功，被提拔为允判，刚上任就与方大人一同接手了神女祭一事儿。"蒋宿皱着眉，缓慢地说，"神女祭当日，神女游街，须得找模样漂亮的人扮作神女，这是云城一贯的传统。"

"但游街之事，总不好让姑娘出面，所以一直以来都是男子扮演，现在还缺人手，我小舅刚上任，接的第一个工作自然要办好，但他找不到人，着急得不行，"蒋宿看着陆书瑾问道，"你可否帮我这个忙？"

"扮神女？"陆书瑾问。

蒋宿摆手道："不不不，只是扮站在神女后头的神使，不过有一点较为麻烦，要在耳垂上扎洞。"

陆书瑾皱着眉，一脸疑惑。

"因为要戴耳环。"蒋宿把头别过来，扯着耳朵给他看，"我去年就扮过一次，这是当时扎的，不疼，但扎完之后就不会愈合了，会一直留着。"

陆书瑾打眼一瞧，果然看见蒋宿的耳垂上有个小洞，但平日里根本看不出来。陆书瑾想拒绝，但对上蒋宿充满希冀的目光，婉拒的话却说不出口。

先前为了救杨沛儿，陆书瑾曾两次求助蒋宿的小舅，蒋宿二话不说就答应了，欠下的人情到现在都还没还，再加上在丁字堂的这些时日，蒋宿对自己颇为照顾，哪怕与萧矜冷脸的那几日，蒋宿为了不叫他孤身一人，还特地喊他一起去食肆吃饭，不管是还人情还是朋友的情谊，似乎都不该拒绝。

蒋宿见他沉默，又努力地劝说："我也会参与的，且还有银子拿，我可以找我小舅多要些给你，你就当陪我做个伴儿——"

蒋宿拖起长腔调央求他，像姑娘一样撒娇，陆书瑾的耳根子软，禁不得人软磨硬泡，但没有轻易答应，只道："容我回去仔细考虑考虑，过两日再给你答复吧。"

陆书瑾回去的时候，萧矜正斜倚在软榻上看书，书的封面对着大门，一眼就能看到上面明晃晃的几个大字：《俏寡妇的二三事》。

陆书瑾欲言又止，往萧矜手上看了又看，最终还是没开口。

萧矜瞥见他这副犹豫的模样，便将书往下放，率先开口："学堂如何？有热闹事没？"

陆书瑾将书箱放下，随口答道："一如既往，不过现在都在说瘟猪一事。"

"在朝廷的旨令颁发之前，他们是不会知道官银一事的。"萧矜朝窗外看了一眼，发觉天色已晚，这才坐起身，解开上衣，自言自语道，"我忘记换药了。"

陆书瑾正好听到这句，说道："我给你换。"

陆书瑾挽起衣袖，先去洗了洗手，而后从屏风那边绕过来，就见萧矜已经解开了身上绑着的白布，膏药的气味在空气中散开，伤口似乎结了血痂，看上去有些刺眼。

萧矜扭动了一下脖子，朝自己的手臂上嗅了嗅，说："我已有三日未曾净身，身上该不会有味道了吧？"

陆书瑾如今能够坦然地看着萧矜的身体，他目光从他精瘦结实的肩胛处滑过，想起每回见着萧矜，他都是锦衣华服，衣襟雪白，袍摆平整，身上还飘着淡淡的香味儿，有时候一天之内还会换两套衣裳，想来是极爱干净的。

他看着自己的肩膀，脸上流露出些许嫌弃的情绪。

"伤口不可沾水，我给你擦擦吧。"陆书瑾突然提议。

萧矜别过头，看了他一眼，似乎短暂地思考了一下，说道："无妨，让随从给我擦就行。"说完，冲着外面喊道，"陈岸！"

陈岸立即推门而入，笑起来脸上挂着酒窝："少爷，您唤我？"

"备水，过来给我擦擦身体。"萧矜吩咐。

陈岸应了一声，转身去准备水。陆书瑾见状，在边上站了一会儿，什么也没说，回到了自己的书桌前，顺手将药熬上，他忽然感觉自己之前可能会错了意。

由于陆书瑾之前并没有扮成男子的经验，且本身与男子接触的机会并不多，从小到大，只与几个表哥、表弟有过寥寥几次会面，来了学府后，便一直有意去学习男子之间的相处方式。先前他见萧矜对他举止亲密，甚至还给他暖脚，与季朔廷整日也是勾肩搭背、搂搂抱抱，还以为男子之间如此算是正常行为。

但从昨晚给萧矜喂药和方才提出要给他擦身体,他的脸上浮现出别扭尴尬的表情来看,他似乎一直都将与人相处的边界把握得很好,是陆书瑾闹不明白,搞不清楚,一不小心就会越界。

好难啊,陆书瑾在心中埋怨,扮成男子当真不容易。

陈岸端了水进来,将门一关,在屏风的另一头忙活。陆书瑾听到水声,将目光从药罐上移开,转头看向屏风。

那边的光将软榻上的影子投在屏风上,萧矜坐着,陈岸站着,两人的影子几乎交叠在一起,陈岸一边小心地给他擦着身体,一边说话,萧矜则声音低低地回应着。如此一看,这距离和动作确实亲密得很,陆书瑾便收回了目光。

"少爷,这本书你都看了一个月了,还没看完吗?"陈岸一脸疑惑。

"晦涩难懂,须得慢慢看。"萧矜回道。

陆书瑾听到后,思绪不经意就偏了,想起刚进门的时候看见萧矜捧着"俏寡妇"读,那陈岸所问必定也是这一本书。

陆书瑾不大明白,话本有何晦涩难懂的,难不成萧矜已经到了读书识字都困难的地步?

天黑下来,陆书瑾点了灯,坐在边上开始看书。另一头,陈岸帮萧矜清理完身体,抹完药之后,就退出了房间,房里又只剩下两个人。

"平日我在舍房你不理我也就罢了,现在我都受伤了,你也不来跟我说说话。"萧矜突然扬声说。

房里没有其他人,陆书瑾知道他的话是对他说的,于是放下书,起身绕过屏风,就看见他换了身宽松雪白的棉质长袍,衣襟的扣子也只系了几颗,露出白皙的锁骨来。长发刚洗过,擦得半干,披在身上,湿润的发尾耷拉在衣袍上,留下点点湿痕,俊俏的眉眼带着淡淡的笑意,他对他道:"我今日一整天都在房里,你不在,我很无趣。"

陆书瑾顿了顿,抬步走到他面前,问道:"这样的伤约莫多久才能恢复?"

萧矜道:"起码要四五日才行。"

"那也没多久。"陆书瑾找了一处地方坐下来,将话题一转,问,

"你在云城装成不学无术的纨绔十多年，为何突然动手查官银之事？"

萧矜勾了一下唇角，如今他已经把陆书瑾当自己人了，并不避讳谈那些问题，便答道："萧家是何行动与朝廷的风向息息相关，朝政瞬息万变，萧家就应其万变……"他说到一半，忽而停了停，看着陆书瑾的眼睛说："我这样说，你听得懂吗？"

陆书瑾心想，我可不是连话本都觉得晦涩难懂的人，陆书瑾点点头。

萧矜想起往事，笑了笑，说："其实我母亲刚过世那会儿，我爹是想带我去京城的，但我叔伯堂亲皆在京城，每回聚在一起都要被堂表亲嘲笑，我自不乐意去京城当个纨绔，还是在云城逍遥自在。"

陆书瑾突然问："那过年的时候岂不是很热闹？"

萧矜怔了怔，他似乎在陆书瑾的神色里看到了好奇和向往，他约莫也是喜欢热闹的春节的，只不过从来没有体会过。

他皱起眉，一脸烦躁地说："热闹什么啊，吵死了，就是一些大人自顾自地闲聊喝酒，孩子们相互攀比吵架，没什么特别的。"

陆书瑾没说话。

萧矜又说："不过云城的春节是很热闹的，有趣的地方也有很多，你今年留在云城过年，我会带你玩个遍。"

陆书瑾的眉眼明显地攀上了欢喜，他笑弯了眼睛。萧矜见他笑起来，姿态才放松了一些，随口与他说起了云城好玩的地方，陆书瑾就坐在一旁静静地听，完全没有不耐烦，直到萧矜说累了，生了困意，两人才各自歇息。

这几日，陆书瑾面临的最大的问题就是要不要答应蒋宿去参加神女游街。

蒋宿对他颇为殷勤，虽然嘴上再没提此事，但总是用一种充满期盼的目光盯着他，又是喊他一起吃饭，又是给他带一些外头的零食，话里话外都在夸赞他。

这日下学后，陆书瑾喊住了蒋宿，问道："我能问问你，为何一定要我参加那个活动吗？"

蒋宿看着他，好半晌才说道："好吧，我直说了吧，这次神女祭的天衣是去年重制的,当时找的人里有一个身量与你相差无几的,不过半个月前,他说因事来不了,所以才紧急找人填补空缺,但他那个身量的人找了一圈,要么年龄不符合,要么身量差不多但没你模样漂亮,所以才麻烦你帮这个忙。"

好吧,陆书瑾算是听懂了,合着是自己个子矮,正好能顶替其中一个神使的扮演者,其他身量差不多的,大多是孩子,不能参与神女祭。

陆书瑾问:"若是扮作姑娘参加神女游街,会被人嘲笑吗?"

蒋宿的眉毛一下子扬高,凶道:"谁敢嘲笑?"

"萧哥说过,神女游街是向神明传达我们的美好祈愿,是积功德的大好事,没人敢嘲笑的。"蒋宿拍拍胸脯,道,"去年有人笑我,被萧哥揍了,你放心,谁若是嘲笑你,我必会拔了他的牙!"

陆书瑾看见他义愤填膺的模样,没忍住笑了一下,说道:"好啊,那我答应帮你这个忙,也算是还你之前帮我的人情。"

蒋宿高兴极了,一把揽住他的肩膀,乐道:"太好了!咱们兄弟之间说什么人情不人情的,太见外了,既然你答应了,那我现在就带你去穿耳洞,这个玩意儿需要一段时间恢复的,到下月初刚好。"

陆书瑾正好也有想买的东西,便与他一同出了学府。

穿耳洞的时候,陆书瑾还有些紧张,而且并非如蒋宿所言的不痛,穿过去的那一下是很疼的,但也就那么一会儿,待茶叶梗塞进耳洞,只要不去触碰就不会感觉疼痛。陆书瑾并不抵触穿耳洞,以前看到表姐妹的耳朵上晃着漂亮的坠饰时,说不想要也是假的,只不过从前没有人给他那些东西。

穿了耳洞出来,陆书瑾又去买了一些话本和寻常用的东西,直到天黑才回学府。

陆书瑾回到舍房的时候,萧矜并不在房里,但他那边桌上的灯盏却燃着,上面摆放着笔墨纸砚。

陆书瑾走近一看,发现纸上写满了字,且笔就随意地搁在砚台边上,这是很稀奇的事,因为自打萧矜住进这个舍房开始,陆书瑾就没看过他坐在桌前写过字。

陆书瑾将话本放在桌上,不经意地往纸上瞥了一眼,本来也无意窥探纸上的内容，但就这么一眼却移不开了，纸上是整齐而漂亮的行楷，字里行间透着股懒散的肆意，一笔一画都相当遒劲有力。更重要的事，陆书瑾一眼就看出这字体与先前放在他桌上那封写了账簿黑话的信和叶洵抓他时，内应塞到他手里的字条上的字体是一样的，而写了这字体的纸，就摆在萧矜桌上。

陆书瑾愣住了，有些失态地盯着纸看，恍然看见纸上最后一段写的话是：儿新交一友，天资出众，勤学苦读，性情温和宁静，与儿脾气甚投，只不过他家世凄惨，亲人刻薄，儿想请父亲将他收做义子，学府休课后，儿想将他接到萧府暂住，望父成全。

陆书瑾当即吓了一大跳，此时也顾不得偷看别人东西的礼数了，将最后这段话反复读了两遍，脑子瞬间卡壳。

这萧矜似乎是想让萧将军收自己当干儿子？这也太荒唐了，萧矜平常自个儿当好人还不过瘾，愣是要把他父亲也拽上。他还真是打定了主意把自己当弟弟？这是要出大事的！

正当陆书瑾心乱如麻时，浴房门被打开了，萧矜光着上身，一边擦着颈间的水珠一边走出来，抬眼一瞧，见他站在桌旁，立马问道："你去哪儿了？怎么现在才回来？"

陆书瑾愣愣地回答："与蒋宿出去采买。"

萧矜擦尽身上的水珠，才开始解腰腹上缠着的布。他身体强壮，又正值少年，伤口恢复得很快，已经能够行动自如。

伤口消了肿，缝线的地方只余下些淡淡的红色，似乎再过几日就能拆线。

他随手披上外袍，走到陆书瑾身边，见他脸色不大好，问道："怎么了？"

问完还不等陆书瑾回话，自己先咦了一声，他往前一步，身体一倾，头朝着陆书瑾靠近。

对于突然拉近的距离，陆书瑾顿时心里一慌，下意识往后退了半步，却见萧矜歪了歪头，眸子盯着他的耳垂道："这是什么？你为何在耳垂穿孔？"

陆书瑾把头别过去，与他拉开一步距离，说道："蒋宿说他小舅立了功,被提拔成了允判,负责下月初神女祭的事,由于缺人手,蒋宿便喊我去帮忙。"

"哦——"萧矜面色如常,笑了笑,说,"我知道此事,找你倒也合适,这是一件积德的好事,蒋宿去年就被选中了,什么都不用做,只站在上面游城就行。"

"嗯。"陆书瑾应了一声,指了指桌上的书转移话题,"我在外面买了话本。"

"给我?"萧矜一脸疑惑,拿起话本,翻开看看,说道,"你为何突然给我买话本?"

"前几日我听你说现在看的话本晦涩难懂,你又出不了门,我便……给你买了别的,"陆书瑾的耳根有些红,强装镇定道,"但这些都是正经话本。"

萧矜盯着他,看着他的耳朵一点点变红,笑着说:"正经话本我可不爱看。"

"应当是好看的,店家说这三本卖得最好。"陆书瑾劝说。

萧矜将话本放下,忽而从柜上取下了那本他一直捧着读的《俏寡妇的二三事》,随手扔给陆书瑾。陆书瑾下意识将它接在怀中,只觉得接了个烫手山芋,上回自己不小心从里面瞥到的两句话又浮现在脑海里,登时闹了个大红脸,说话都不大利索了:"我……我不是要跟你交换,我不想看这个……"

"你翻开看看。"萧矜说。

陆书瑾刚想拒绝,但见萧矜眼角带着笑,并不像是捉弄人的表情,便将信将疑,随手将书翻开,一看才发现上面的内容与当初吴成运翻开的完全不同。

这上面布满了密密麻麻的拓印字体,且俱是古语,一眼扫过去,陆书瑾还找出了几个不认识的字,隐约看懂的字也只明白这上面记载的内容是关于水患的,陆书瑾一下子蒙了,没想到话本里竟是这些东西。

萧矜看他的反应,没忍住笑出声,说:"这本书的前半部分收录了古代伟人提出的治理水患的方法和实践活动,以及相应的后果和结论,后半部分则是农事和土地的管理策论，古语甚多且错综复杂，所以不大好懂。"

难怪萧矜会说这书晦涩难懂，这根本就不是话本，只是包了"俏寡妇"的封皮而已。

陆书瑾恍然大悟，明白了这也是萧矜的伪装之一，上次吴成运翻开的那本，其实是萧矜故意设下的圈套。

看陆书瑾愣怔，萧矜没忍住，揪了一把他的脸颊，说道："你这话本我就收下了，礼尚往来，去桌子上看看我送给你的礼物。"

陆书瑾放下书，揉了揉脸，一脸疑惑地去了自己桌前，就见桌上摆着垒放在一起的三个扁平的红木锦盒，陆书瑾上前打开最上头的那个，发现里面竟是用料极为上乘的布。

陆书瑾将布拿出来展开，叠得整齐的衣袍松散开来，是一件织锦的杏色长衣，衣领和袖边都点缀着银丝纹样，盘扣打了漂亮的结，这东西一看就很昂贵。陆书瑾的眼睛猛地一亮，下意识地将手抬起来，怕这件做工精致、用料金贵的衣裳掉在地上，粗略一瞧，似乎是贴合自己的身高尺寸的，盒子里还有雪白的内褂和裤子，似乎是一套。

"萧矜，"陆书瑾冲那头问，"这是给我买的吗？"答案是很明显的，但就是忍不住想再确认一下。

"是啊，你穿上试试，"萧矜有些懒散的声音传过来，"不合身再拿去改。"

陆书瑾脱了外袍，将这件颜色纯粹的杏色长衣套在身上，腰间的暗扣是用来束腰带的，他不会系，就随手打了个结，低头看去时，桌上的烛光照在衣服上，散发出温和的光泽，一丝一线都显得极为华贵，漂亮极了。

陆书瑾这十来年收到的最好的衣裳就是那年姨母送的鹅黄长裙，不过后来他跪了一下午，那衣裙就再也没有穿过。

这杏色比鹅黄色要浅淡许多，有种不张扬不晃眼的朝气，衣料也比那件鹅黄衣裙好上百倍，陆书瑾穿在身上，只觉得又暖和又舒服，毫无察觉间，陆书瑾的眉眼俱是欢喜的笑意。

"修身吗？"萧矜站在屏风边问。

陆书瑾抬头冲他道："修身！"

就一身衣裳，陆书瑾竟能高兴成这样，萧矝在心中腹诽着，不自觉间也跟着笑起来，他冲他招手："你过来。"

陆书瑾走过去，萧矝就拽着他的腰带将他往自己这边拉了拉，然后解开他随手打的结，将腰带上的暗扣与衣裳的暗扣合上，正了正腰带，说道："这几件衣裳算是给你这几日照料我的谢礼，都是从季朔廷嫂子娘家的店里拿的，花不了多少银子，日后再给你添。"

陆书瑾眸光盈盈，是不加掩饰的开心。

萧矝的心里很不是滋味，也不知道陆书瑾以前过的到底是什么日子，不管是给银子给功名还是受人欺负，都宠辱不惊，怎么得了一身衣裳就如此喜形于色，欢喜得不行？

他用手挤了挤陆书瑾的脸颊，说道："往年那些可怜日子都过去了，日后跟着哥哥混，定不会再叫你再受委屈。"

玖 喝醉酒后的萧公子

陆书瑾十岁之前是不知道过年要添新衣的。

十岁那年,姨母给她指派了一个丫鬟,又正赶上过年,那丫鬟问她新衣在何处,拿出来晒晒太阳,大年初一好穿。

陆书瑾说她没有新衣时,丫鬟大为惊讶,此后她才知道,过年都是要买新衣服穿的,再贫穷的人家,也会买布料给孩子做新衣裳的。但她没有爹娘,也从未在新年时收到过一身漂亮的新衣裳,或许四岁以前有,但是她不记得了。

所以当她看到三个装了新衣裳的盒子摆在桌上时,心中的喜悦是很难抑制的,那是她这么多年来收到的最好,也是一直盼望的礼物,尽管是三身男装。

衣裳的尺寸大了一些,但因为是冬衣,所以往里面添两件衣裳后,也算合适,陆书瑾在萧矜的催促下,将三件外衣都试了试。

除却第一件杏色衣袍,下面的两件,一件是海棠一样的颜色,赤红鲜艳,袍摆走了一圈金丝线所绣的云纹,看起来喜庆又庄重,仿佛是什么大场合所穿的衣裳;另一件则是黑白两色,雪白的长袍上绣了傲然的竹影,色彩纯粹纹样简洁。

昂贵的东西,总归有昂贵的道理。

陆书瑾爱极了这三套新衣,他本想叠放起来好好爱护,但又怕叠起来衣裳会有折痕,便学着萧矜的样子将外衣挂在床边。

陆书瑾高兴得不行,但萧矜却不大满意。衣裳换了,鞋子也得换,发带也得换,还要配玉佩发簪,如此陆书瑾才能彻底地改头换面。但这些东西若是喊季朔廷去买,他又要唠叨个不停,萧矜想着反正过两日要拆线,他自个儿出去买。

他坐回去,将没写完的信收了个尾,待墨迹干了之后折起来,塞进信封里,又盯着看了一会儿,他尚在犹豫。

萧矜的确有将陆书瑾留在身边的想法,这是一个需要慎重考虑的决定,他爹那边倒不难办,更重要的是他必须征求陆书瑾的意愿,若是陆书瑾不愿意,他也没辙,但他暂时开不了口,总不能给陆书瑾买几套衣服,管几顿膳食,张口就要把人拐回家吧?

萧矜想了想,将信放入柜中的书本下,还是再等等吧,反正此事并不着急。

夜色渐深,萧矜桌前的灯仍然亮着。

他很少有如此正经的时候,这张桌子搬到舍房后,他几乎没用过。但眼下齐家和刘家作为盗洗官银的从犯,杨家作为胁从方,这中间零零散散的关系牵扯以及许多账目,须得好好算清楚才行。

叶洵为何这么着急把陆书瑾抓去,就是因为当初合伙盗取官银的时候,这几家定是暗中做了什么约定,并有相互制衡的把柄,一旦有人反水,其他人就会被牵扯进去,反水的那方会成为众矢之的,被联手对付,但萧矜目前还没找到这个把柄。

当然,这几家人的联合也不仅仅是为了贪污官银,他们做的事远不止这些。

萧矜为了理清思绪,将想到的东西全部写在了纸上,思考累了,他起身将纸递到烛台处,火苗开始吞噬这满满都是字的纸,瞬间消失不见。

忽而一声小小的痛呼传来,并不明显,但在如此寂静的房间里,还是让萧矜捕捉到了,他微微别过头。

陆书瑾老早就睡了,许是因为心情好,陆书瑾睡得很沉,不承想翻身的时候压到了耳朵,刚穿的耳孔还未长好,坚硬的茶叶梗被压得狠狠往耳朵上戳了一下,剧烈的疼痛将他从睡梦中扯出,一睁眼,发现房中还亮着光。

耳朵上传来湿润的感觉,他赶忙坐起身,用手一摸,借着微弱的灯光一瞧,指尖都是血,没忍住,低呼一声。

他披上外衣下床,摸出一块绢布去擦耳垂的血,轻轻一碰,就传来钻心的疼痛,按了按,拿下来一看,绢布被血染了一小块。他颇感头痛,第一次给耳朵穿孔,他并不知道这种情况应该怎么应对。

正烦着时,旁边忽而传来轻敲屏风的声音,他下意识抬头看去,就见萧矜站在不远处,懒散地倚着屏风,身影拢在昏暗的光线里,语气有几分轻柔:"怎么了?睡不着?"

陆书瑾轻轻地摇头,这么一晃,耳垂上的血珠就落了下来,滴落在他的肩膀上。

萧矜看见了,登时明白是怎么个情况,他牵着嘴角笑了一下,说:"你过来我瞧瞧。"

陆书瑾将外衣系好,绕到另一边,就见萧矜站在象牙灯罩前点灯,光一亮,视线也变得清晰。

萧矜拿出两个小瓷瓶,指了一下软榻,说:"你坐过去。"

闻言,陆书瑾听话地坐下,随后萧矜也跟着坐在边上。陆书瑾将整个身体都转向另一边,将滴血的耳垂对着他。

萧矜凑近后,就见那个耳洞源源不断地往外流血,当中卡着的茶叶梗似乎也因外力歪了,他用手轻轻地捏住陆书瑾的耳骨,将茶叶梗拔了出来。

疼痛是一刹那的,陆书瑾没有防备,身体抖了一下,本能地闪躲,如此落在萧矜手中的耳朵就被扯了一下,虽然力道不重,但瞬间就染上了红色。

萧矜用手按住他的后脖颈,道:"你别乱动。"

指头落在陆书瑾的后颈上,瞬间传来一阵酥麻,陆书瑾僵住了身体,不敢再动,看起来有些紧张。

萧矜也不知道他紧张个什么劲儿,笑了一下,将两个瓷瓶都打开,将药粉和药膏混在一起,用食指抹了些许,他先把流出来的血用湿布擦干净,然后迅速将药膏抹上去,虽然动作轻柔,但还是让陆书瑾痛得皱眉。

"怎么能用这玩意卡着耳孔呢?"萧矜拿着茶叶梗小声说。

陆书瑾回头看了一眼,茶叶梗已经被血浸透,回道:"若不戴着它,明日一早这耳孔约莫就封住了。"

萧矜盯着他的耳垂,原本是想看看还会不会有血珠冒出来,但恍然间他就走了神,心里疑惑这小子的耳朵怎么这么秀气?他转念一想,陆书瑾好像不仅仅是耳垂秀气,他的鼻子眼睛嘴巴,似乎都透着一股秀气,难怪会被春风楼的小香玉说与小倌相像。

萧矜经常进春风楼,见过不少小倌,他们有的会穿罗裙戴珠钗,用温软尖细的嗓音说话,身上一股子浓重的香味儿,看起来跟女子无异。

陆书瑾在本质上就不同,他是一个文人,身上没有香味儿,只有书卷气息。

正想着,视线里的耳朵一动,陆书瑾转头看向他的眼睛,打断他的思绪:"怎么了?"

萧矜敛了眼眸,起身找出先前季朔廷带来的一罐茶,随手捏出一点儿,挑了其中一个较为笔直的茶叶梗,说:"你若不想耳孔封住,就暂且用这个吧,明日再换。"

陆书瑾点点头,歪着头配合,萧矜俯身过去,轻浅的呼吸落在他的耳朵和脖子上,痒痒的,很不适应,他只得强忍着缩回肩膀的欲望。

萧矜的动作很快,一下就将茶叶梗穿在耳洞里,顺道给另一个耳洞也擦了擦药膏,换了新的茶叶梗,这才让他去睡觉。

他留下一盏小灯照明,两人各自回床上睡觉。

第二日晚上下学回舍房,陆书瑾就得到了一对银制的小细杆,像是萧矜找人特制的,陆书瑾从没见过这种东西,第一眼看到时都不知道是做什么用的,然后这对银制的细杆就代替茶叶梗戴在了耳洞里。

耳朵上多了一对东西,被光照到还会闪一下,陆书瑾为了掩饰,便将平时都束起的头发放下来,一半绾成发包,一半垂下来遮住耳朵。

头两日,萧矜见他不穿自己送的新衣,试探着问了两句,才发现陆书瑾打算将衣裳留到大年初一再穿,甚至说出了一个准确的日期,显然是经过认真考虑和安排的。但在萧矜的强烈要求下,陆书瑾只好换上了那件杏色的衣袍。

杏色是浅淡但又富有朝气的颜色，陆书瑾将雪白内裆的扣子扣到最上头，半遮细嫩的脖颈，杏色的衣袍套在外面，垂下来的乌黑长发披散在上乘衣料上。陆书瑾系了一根白色发带，长缨坠在肩头，腰带束着纤细的腰身，袍摆落在小腿靠下的位置，只露出一双黑色的锦靴来。

陆书瑾身上有一股沉稳的劲儿，从头到脚换了衣裳后，乍然一瞧，还以为是哪个富裕世家养出来的小公子。

萧矜将他细细看了好几遍，越看越满意，便领着陆书瑾去了学堂。

他刚拆线，本应再躺两天，但连着旷了好几日课，也没在城中鬼混，不宜再躺下去，便带着伤去了学堂。

两人一前一后进了学堂，陆书瑾这身行头与之前的天差地别，一亮相，顿时惊呆了学堂里的人，大家纷纷盯着他看，纵使他来之前有过心理准备，但接受到那么多目光也忍不住羞赧，他快步回到了自己的位置上。

萧矜落在后面，他一出现，学堂里登时又热闹起来，大家纷纷喊着萧哥，朝他拥来，没一会儿，后头就围满了人，大肆吹捧赞扬他火烧齐家猪场的事，三言两语间，将他捧成了大英雄。萧矜笑着应下，对别人的谄媚欣然接受，俨然一副尾巴翘上天的得意模样。

陆书瑾收回视线，摸出书本来看，没多久蒋宿就来了，他清楚陆书瑾手上没多少银钱，平日里吃穿用度都抠门得很，不可能买如此做工精细、用料上乘的衣裳，当即明白是萧矜送的，高兴地逮着他一顿问。问完后，他心里又不平衡，跑去找萧矜讨东西去了。

早课便在吵吵闹闹中度过，陆书瑾合上书，刚想休息一下，就有人在门口唤他，来人往门外指了指，说："有人寻你。"

陆书瑾在学府里并无其他朋友，先前有吴成运，不过他因之前发生的事再没来过学府，实在想不到在这学堂里谁还会来找自己。

陆书瑾疑惑地起身，正好与进学堂的季朔廷迎面碰上，季朔廷将他打量一番，笑弯了眼睛，说："小状元，这衣裳可还修身满意？"

陆书瑾微微抿唇，知道萧矜前段时间根本出不了学府，这衣裳是季朔廷买了送进来的，便道："多谢季少爷，很修身。"

季朔廷摆摆手,拍了拍他的肩膀,说道:"客气什么,萧矜平日给你的银子,该花就得花,不必攒着,有什么短缺的直接提,他保准给你买,这小子打七岁起就念叨着要个弟弟,这么多年也算圆了心愿了。"

陆书瑾又想起萧矜偷摸给他爹写信,想让他爹收自己当干儿子的事,显然这个想法他没瞒着季朔廷。

陆书瑾正想着,季朔廷将脸别开,看向旁边站着的人,说道:"那人是你之前的朋友?"

陆书瑾也跟着看去,发现一旁的树下竟然站着好些日子不见的人,吃了一惊,道:"梁春堰?"

"就是他寻你,快去吧。"季朔廷说了一句,随后走进了学堂。

他进去的时候,正看见萧矜伸着脖子往外张望,他笑嘻嘻地走过去,说:"你看什么,恨不得把脖子拉成鸭脖?"

萧矜一脸疑惑,道:"谁找他?"

"甲字堂的'小美人儿'。"季朔廷往他旁边一坐,说道,"先前他被刘全打得躺了许久,这伤好了没几日就找来了。"

萧矜自然知道他说的小美人是谁,梁春堰模样阴柔,在海舟学府是出了名的,丁字堂这些人私底下就不三不四地叫他"梁美人"。

"他找陆书瑾干什么?"萧矜问。

"我哪里知道,你操心那么多干吗,别人还不能有个朋友啊?"季朔廷瞥他一眼,说,"他们二人都是寒门学子,跟我们相比更有话聊。"

"我就问问。"萧矜收回了视线,又像是不大赞同地说,"陆书瑾跟我也很有话聊。"

另一头,陆书瑾心中很奇怪,自己与梁春堰虽然之前都在甲字堂,但两人一点儿交集都没有,上回见,还是他被刘全打得不省人事时,这好些日子过去了,瞧着伤是完全好了,就是没想到他会来找自己。

陆书瑾站在梁春堰面前,隔了三四步的距离,问道:"是你找我?"

先前在甲字堂,陆书瑾一句话都没跟梁春堰说过的,但却对他印象很深,主要就是因为梁春堰长得漂亮。他肤色白皙,容貌精致,有一种很明显的阴柔,加之左眼下有一颗乌黑的小痣,使得他整张脸都有几分难以形容的美丽,若非他身量够高,声音并不尖细,陆书瑾还真以为他是一个女子。

梁春堰看着陆书瑾，忽而冲他躬身颔首，作揖道："我本该早点儿来谢陆公子，但前些日子因为一些事情耽搁了，致谢来迟，还望陆公子见谅。"

陆书瑾一脸纳闷地道："你谢我什么？"

"先前在百里池，多亏陆公子出手相救，否则我还真不知道当日能不能活下来。"梁春堰冲他露出一个笑容，看起来有几分腼腆，"我本想备上一份薄礼，但这段时日瞧病治伤，盘缠已然用光，这才空着手来，实在抱歉。"

陆书瑾想起当日的事，摆手道："你不必谢我，当日不是我救的你，是萧矜。"

说起来陆书瑾心里还有些愧疚，因为当时他到百里池的时候，正看见刘全找梁春堰的麻烦，但由于他算计刘全必须等到萧矜到场，所以他们对梁春堰动手的时候，他无能为力，只得躲在树后看着，没想到梁春堰伤好后会特意来感谢他。

梁春堰目光诚恳，道："当日你能站出来喊停刘全的暴行，对我来说已是莫大的帮助。"

陆书瑾笑了笑，说："刘全那厮已经得到了应有的惩罚，日后你可以安心念书了。"

梁春堰也道："我已听说，不过此番我来找你，是另有一事。"

陆书瑾目露疑惑，梁春堰说："我听闻你参加了下月初的神女游街？"

陆书瑾讶然道："你如何听说的？是蒋宿告诉你的吗？"

"并非，"梁春堰颇为不好意思地挠了挠头，红着耳朵说，"前段时日夫子来找我，说云城下月初有神女祭，须得找模样俊秀的男子扮作神女，夫子说我容貌出众，正缺神女一角，我受伤那段时日，夫子对我关照颇多，我便不好推拒，应下了此事，昨日听闻你也在其中，所以才来寻你一问究竟。"

陆书瑾抬眸一看，并未看到他的耳垂有茶叶梗，心想要么他还没穿孔，要么他早就穿了孔，已经愈合了。

陆书瑾道："确有此事，不知梁兄寻我何事？"

梁春堰道："明日我要去戏楼试穿神女祭当日的衣裳，我想和你结伴同行。"

"明日？蒋宿没跟我说啊。"陆书瑾道。

"是吗？那陆兄回去后可再问问他，"梁春堰笑容温和道，"明日放常假，辰时我便去你的舍房找你，若是你明日不去，我就自己去瞧瞧。"

陆书瑾暂且点头应了。

陆书瑾回去问蒋宿，果然有此事，他来之后光盯着他的新衣裳，倒把这事给忘了，听说梁春堰要与陆书瑾同行，蒋宿便道："那正好不用我来接了，梁春堰与那戏楼的人似乎有些亲戚关系，他知道路，让他带你去就行。"

陆书瑾对此没什么异议，当日下学回去，正看着书时，萧矜从外头回来，站在桌边，搁下两根簪子——一支是雕成云朵的白玉簪，一支是雕成竹子的翠玉簪，色泽柔润无瑕。

这段时间，萧矜陆陆续续送了不少东西，且十分霸道地不允许他推拒，说两句他就横眉瞪眼要发怒，陆书瑾只能收下道谢。这两支簪子一放，他神色无奈道："你究竟要送我多少东西？"

"这是最后的了。"萧矜含糊过去，将话题扯开，"梁春堰今日找你所为何事？"

"是神女祭的事，他被选作神女，明日要去戏楼试衣裳，便想喊我同行。"陆书瑾又道，"还有前段时间刘个打他一事，他托我向你致谢。"

"哦，这事啊……"萧矜想了想，说，"梁春堰以前在自己村的时候，也在年节扮过天女，他应当是有经验的，正好让他传授你些许，明日你去看看情况，若是不开心不舒服，就不去了。"

陆书瑾点头，心里却不赞同。他本就不是为了开心舒服才参加神女祭的，他是为了还蒋宿的人情，且耳朵都穿孔了，还能因为一点儿小情绪就作罢？他又不是那等娇纵之人。

萧矜说完没有走，站在边上沉默了片刻，似乎还有话想说："我有一事，想问问你……"

"什么事？"陆书瑾道。

陆书瑾心中有点儿谱，觉得萧矜是想问他愿不愿意当他义弟一事，但他尚有顾虑，所以话到嘴边一直没有说出来，他犹豫了半晌，最后才道："算了，此事先放下，过几日我兄长回来，我带你与他见见面，认识一下。"

萧矜的打算是，到时候哥哥若是也喜欢陆书瑾，且两人相处融洽的话，他再去问陆书瑾愿不愿意。

他既没说，陆书瑾当然也不会主动去问，就随口应下。

第二日一早，梁春堰果然来寻陆书瑾，陆书瑾走的时候，萧矜还在睡觉。

兰楼是云城有名的戏楼，已开业二十余年，城中凡有寿席婚庆，都会请兰楼的戏班子，楼中的花旦青衣也颇受追捧。云城的神女祭与兰楼早在七八年前就有合作，每年都要借用兰楼的房间让神女游街的小子们换衣裳，还请来楼中戏子为他们上妆。整个流程已经相当成熟，所以陆书瑾去的时候，一切都已经安排好。

神女游街，其中神女一人，神使八人，再加上神将十人，统共租了五个房间，他们到时，提前分配好了，陆书瑾被分配在叁号房。

陆书瑾刚推门进去，就看到房中站着两人，其中一人穿着雪白的广袖长裙，裙裾卷着边，好似一朵绽放的花，腰间的裙摆坠着一圈镂空的银铃，垂下来长长的飘带，外面笼着几层泛着银光的细纱，乍一看上去还真像不染纤尘的神女，随时要飞天而去，陆书瑾被这一身漂亮的衣裙晃了眼，直到那人回过身，看到了蒋宿的脸，才猛然回过神。

蒋宿见了他，笑着冲他招手，得意地转了转身子，说："你快过来，我这一身瞧着如何？"

"美极了，"陆书瑾不吝夸赞，走进去道，"这是神女的天衣？"

"不是，神女的是金色的，神使是银色的。"蒋宿往身上看了看，说，"还有一些杂七杂八的小饰品，我嫌麻烦就没戴，你等会儿也只试试衣裳就行，那些东西戴起来太琐碎，就先不试了。"

陆书瑾点了点头，照着蒋宿指的方向找到了里头的房间，进去之后，就看到面前的一排架子上挂了几件银白的衣裙，于是反手关门，落了门闩。

衣裙上都挂了编号，陆书瑾找到自己的编号，取下来时才发现这天衣也就看上去轻盈，实际上沉得很。陆书瑾将衣裳放在旁边的桌子上，一层又一层地穿了许久。

蒋宿并没有穿全，其实外头还有一件很厚实的银白外衣，然后再套上那件看起来好几层，实际上才一件的雪纱衣，其他一些零碎的饰品，如铃铛璎珞之类的陆书瑾都没戴，穿上衣裳试着走了几步，发现别的都还好，就是肩膀有些宽了，且裙摆过长，拖在地上。陆书瑾费了老大劲儿换回自己的衣裳，出了一身薄汗，出去之后将这些问题说给了蒋宿听。

蒋宿对没看到他换衣之后的样子很失望，又说此事不难："本来你就有一双高底子的鞋，毕竟我们神使间的身高差距也不能太过明显。"

陆书瑾没什么别的问题了，就坐在屋里等着梁春堰。梁春堰在贰号房，他也试了相当长一段时间，赶来的时候，鼻尖还有汗珠，看得出他的衣裳穿起来也不大容易。

两人跟蒋宿道了别，离开兰楼之后，梁春堰问："陆兄可还有其他事要忙？若是无事，能否陪我买些东西？"

出都出来了，不买东西倒也不划算，陆书瑾点头应了。与梁春堰在街头闲逛起来，走了个把小时，脚跟都磨疼了，刚想提议回去，却在街头看见了萧矜。

与其说是街头，倒不如说是春风楼门口，萧矜身穿杏色长衣，身量很高，模样又俊俏，站在人堆里十分扎眼，所以陆书瑾一眼就看到了他。

不过他面前还站着一个身着粉色衣裙的姑娘，正仰着头跟他说话，由于背对着陆书瑾，陆书瑾看不见女子的样貌。

陆书瑾正犹豫着要不要去打声招呼，却见萧矜不经意地将目光一抬，倏尔与他的视线对上，他有一瞬间的惊讶，接着就冲他招手，唤他过去。

陆书瑾只得带着梁春堰走过去，到了跟前，萧矜往他这里迎了两步，紧跟着与他说话的姑娘也转脸过来，陆书瑾认出这人是叶洵的妹妹，叶芹。

萧矜往陆书瑾跟前一站，还没开口，陆书瑾就发现了一件有些尴尬的事儿，自己今儿出门穿的也是杏色衣袍，此刻两人站在一块时才发现，这两件衣裳显然出自同一家店铺，除却衣襟袖摆处略有不同，一眼看去，倒像是一模一样。

萧矜却完全没在意这些，他站在陆书瑾面前，日光从他身后打过来，将他颀长的影子落在陆书瑾身上，他说："你试完衣裳了？为何没回学府？"

陆书瑾的目光落在叶芹脸上，说道："我随梁兄买些东西，正打算回去。"

萧矜将头一别，仿佛才看到梁春堰，冲他露出一个淡淡的笑，谦和中带着些傲慢，问："你东西买完了吗？我可差遣马车送你们回去。"

都到这份上，梁春堰纵然还有东西没买，也不好继续闲逛了，便拱了拱手，道："不劳烦萧少爷，我们二人走回去即可。"

萧矜忽而一展臂，揽上陆书瑾肩头，将他半揽入怀中，道："我忽而想起还有些事要与陆书瑾去办，不如你先回去吧？"

梁春堰怔然一瞬，看向陆书瑾，似在等他的答案。

陆书瑾的肩膀被这么一压，臂膀贴住了萧矜的胸膛，那股似有似无的清香又往鼻子里蹿，倒没用多长时间考虑，赧然一笑，道："梁兄，抱歉，不能与你同回学府了。"

陆书瑾如此说，梁春堰当即没再多说什么，笑了笑，道："无妨。"

萧矜一言不发，待梁春堰转身离开后，才松开陆书瑾的肩膀，一声轻哼飘过来："什么梁兄，让你叫我一声萧哥都难如登天，随便哪儿钻出来的阿猫阿狗，你又是洪哥又是梁兄的，倒是叫得顺口。"

陆书瑾起初还没反应过来，随后一想，他所说的"洪哥"是先前在猪肉铺记账时的那个店铺掌柜，当初为了故意与孙大洪拉近关系，陆书瑾才一口一个洪哥地喊，没想到萧矜连这都知道，而且不仅知道，还耿耿于怀。

陆书瑾别过头看去，就见萧矜别过脸，露出半个后脑勺对着他，正皱着眉跟叶芹说话："你还不回家去吗？"

他的语气不大好，约莫是因为这件小事生气，太过孩子气的模样让陆书瑾忍不住笑起来。

叶芹的眼眸也很大，在陆书瑾和萧矜的身上来回转着，一看她脸上的表情就知道她不太聪明，也不知道在想什么，她看了陆书瑾好几眼,最后说道:"那我就先走啦,小四哥,答应我的事一定要算数!"

"算算算,"萧矜挥挥手,不耐烦地打发道,"你赶紧回去,别在街上闲逛。"

叶芹将头一歪,说:"小四哥不差遣马车送我吗?"

"你叶家缺这一辆马车?"萧矜反问。

她吐了吐舌头,一副俏皮的样子,对陆书瑾露出一个笑容,而后转身,一蹦一跳地离开了。

陆书瑾想起了她的同胞哥哥叶洵,那个看起来满脸阴谋的男子,与叶芹天差地别,一点儿看不出来是亲兄妹。

叶芹走后,萧矜转头看他,嘴角还是绷着的,瞧起来不是很高兴,陆书瑾仰着头与他对视,以为他高低要训斥自己两句,结果等了一会儿,却听到他问:"你走累了没?"

陆书瑾双眉轻动,按照她的性格,这时该回一句尚好,但对着萧矜的眼睛,话在嘴边晃了一圈,再出来就变成了实话:"后脚跟有些痛。"

"我就说嘛,闲着没事干吗自己去买东西,云城那么大,想买的东西全买齐也不知道要转多久。"萧矜轻叹一口气,说道,"那今日先回去,改日再买。"

他转身要走,陆书瑾却拽了一下他的衣袖,说:"无碍,我还不累,你要买什么东西?"

"你还走得动?"萧矜不经意地看了一下他的双脚。

陆书瑾点头道:"自然,我曾徒步从杨镇走到隔壁镇子,走了两天一夜。"

萧矜双眸一怔,绷紧的嘴角沉了下去,他知道陆书瑾并非故意说这些来卖可怜,正是因为他用非常若无其事的口吻说出来,才让萧矜心里很是不舒坦。

他揉了一下陆书瑾的头,说:"那行,再转一会儿。"

陆书瑾跟上他的脚步,心绪飘忽起来。

陆书瑾也是刚刚才知道萧矜的想法。萧矜是真心拿自己当弟弟,他甚至给自己身上施加了一种莫名的责任,他给陆书瑾买了很多东西,衣食住行都考虑安排，甚至还要带他去见自己的兄长，写信给他爹，恳请大将军收他为义子，陆书瑾觉得这些都是萧矜仔细考虑后做的决定，他并非一时冲动之人。所以他是很介意自己不肯叫他一声哥哥的，从前没察觉，如今知道了。

陆书瑾有自己的原因，并非不可说，但在大街上聊起来不大方便，就决定今晚回去再与他说。

萧矜带着他去了玉石楼，在里面挑了一些玉佩发冠，也不管他要不要，通通买下来，接着又买了不少书和冬日里换洗的棉衣，说马上要入冬，这些东西不可或缺。

许是知道陆书瑾脚疼，他也没抓着陆书瑾逛多久，连人带着买的东西一并让马车送回了舍房。

陆书瑾抱了东西回去，整理了许久才发现，他所在的地方东西已经放不下这些东西了，必须将以前的那些东西移出来才行，他将堆在了桌脚，打算下次放常假带回大院那边。

趁着今日阳光好，陆书瑾将被褥棉衣都挂出去晒，在屋子里忙活了一下午，临近夜间时，萧家随从陈岸忽而来传消息，说自家少爷今晚不来学府舍房了，叮嘱陆书瑾睡觉时锁好门窗。

陆书瑾睡觉前一直都会将门窗锁好，只有在萧矜来了之后，每夜有随从轮班守在门口时，才偶尔不锁门。

陆书瑾原本有事要与萧矜说，但他既不回来，也不急于一时，便将此事暂时搁下，想等着萧矜回来的时候再说。

不过很快，陆书瑾发现这个想法存在一个错误。

萧矜一开始搬来舍房的原因尚且不明，但这段时间他一直住在这里，是因为他为隐瞒受伤之事，但现在他的伤势大好，也无旁的事，自然回家去了，他来舍房，自然不能用"回"。

陆书瑾隔日在学堂里被萧矜喊去吃午饭的时候，萧矜用很随意的语气说了这件事，仿佛从舍房离开是一件再正常不过的事，自始至终他都是暂住。

陆书瑾的神色怔忪许久，最终应了，没再多说。

这是好事，因为从一开始陆书瑾就在烦恼怎么把萧矜赶走，前段时间他甚至还想办法要搬出去住，为此白白折了五两银子，现在萧矜离开了，心头的一件难事算是解决了，但不知为何，他一点儿都高兴不起来，有一种难以言说的情绪笼在心头，分不清是什么。

直到这几日舍房都只有他一人，睡觉时再也没有一盏灯在屏风那边亮着，也听不到萧矜从那头传来的声音后，陆书瑾后知后觉地明白这种情绪叫孤单。奇怪的是，从小到大他从不惧怕孤单，不知道为什么现在却不适应了。

好在白日里在学堂还是非常热闹的，萧矜还是照常喊他吃饭闲聊，蒋宿也天天在耳边叽叽喳喳，季朔廷也开始与他熟络，每回来学堂都给他带些东西，不是一些珍藏的书籍，就是品质上乘的墨。

萧矜看在眼里，暗地里悄悄警告陆书瑾，不准喊季朔廷哥，不然他真的要生气，陆书瑾对他这种幼稚的行为见怪不怪，并未放在心上。

十月的最后一日，萧矜下学的时候将陆书瑾拽出了学府。

海舟学府坐落于云城中央偏东一带，是十分热闹的繁华地带，闹中取静。学府附近有些房舍是用来出租的，价格都比较昂贵，非寻常人家能够租得起，上次陆书瑾也是犹豫了好久才咬牙做了决定。

再往东，有条名为春竹的街道，与那片租赁的房屋隔得并不远，其中一个宅子藏在敞亮的巷子后头，相当僻静。且房舍建造得精细，二进门的院落，正堂厢房暖阁还捎带后院。当初建造时是为了给富家子弟藏娇所用，被叶洵的兄长看上了，还交了一笔定金，但那会儿萧矜正在处处找事，便二话不说，加价把这屋子抢了过来。

当初只是为了气一气叶洵的兄长，这宅子抢来之后一直在闲置，根本没用上，萧矜一直惦记着给陆书瑾找房子的事，前段时间就定下了此处，其间他命人将里面的东西都翻新了一遍，这两日方完工。

他带着陆书瑾去了巷子后的宅院。

陆书瑾没有爱攀比的心思，也不会因为看到好东西就表现出没出息的模样，但萧矜将房门推开后，他一眼看过去时，还是看呆了。

城北租赁的大院暂且不提，就是舍房和陆书瑾后来想要租的房屋与面前这个宅子相比，都不足其中一毫一厘。

这宅子算不上大，但前院种花后院栽树，游廊旁边有汪小池子，河面上还有一座红木直桥，池子边上围了一圈艳红的花，地上铺着白石路，随着游廊往后走，连通着后院。

正堂大敞，其中桌椅摆放整齐，墙上还挂着字画，香炉摆在正中的位置，一眼扫过去，皆是华贵之物，瞧不见凡品。

"这宅子的主要房屋里都放置了这种炉子，是冬日用来烧炭取暖的，你可别乱摸，当心烫伤，前院的这几间房暂时先空置，寝房和书房都在后院，所有东西都备齐全了，即日你便可搬过来住。"萧矜站在他身后，看着他在正堂绕了一圈，想了想又道，"正堂是议事待客之用，凡有上门者，在正堂等着就好，届时我给你配几个使唤的下人和随从，这宅子我便送予你，一切都由你自己做主。"

陆书瑾以前奢想过有朝一日能有一栋属于自己的房子。在她的记忆里，她的蜗居之所便是那拥挤的书房，一面墙壁堆满书籍，床榻和桌子并在一起，都没舍房宽敞。房中的窗户被书柜挡住，常年暗无阳光，到了阴雨天，便潮湿得厉害，被子都能拧出水来。夏季热如蒸笼，冬季冷如冰窖。

陆书瑾曾想，日后若是有机会，她要住一个向阳的房间，不需要多么大多么气派，至少冬暖夏凉，干净宜人，有一扇可以随时打开通风的窗户。

却没想到这一日来得这么快，这座宅子比他奢望的那些要好上百倍，他恍若置身梦境里，一切都变得不真实。

"我不能要。"陆书瑾说出了这句话，随后意识瞬间回归，他清醒了。

非亲非故，陆书瑾已经收了萧矜太多东西，那些衣裳、玉簪虽是上乘东西，但并非昂贵到他完全买不起，但房子就另当别论了。这房子若收下了，恩情是还不清的，陆书瑾就真的得被按着头认萧将军当义父，认萧矜当义兄了，陆书瑾并不打算如此，所以一张口便拒绝了。

萧矜轻挑眉峰，掐着陆书瑾的下巴，迫使他抬起头，两人对上视线，说："嗯？我是不是说过不准拒绝我给的东西？"

陆书瑾看着他，黑眸明亮澄澈，不见丝毫怯弱："你已经给了我太多东西，有来有往才为交往，而不是你一味地赠予，我一味地索取，这房子已超出我所能够偿还的范围，所以我不能收，何况如今我在舍房住得很好，不需要再另寻住处。"陆书瑾又补充了一句。

萧矜听了他的话后，松开了他的脸颊，看了好一会儿，忽然说道："这些东西并非为了给你才给你。"

陆书瑾完全听不懂，歪了歪头，露出疑惑的神色来。

他微微皱眉，像是有些苦恼不知该怎么去解释，用了些时间才将心中的想法表达出来："陆书瑾，我送给你这些东西，对我来说并非只有付出，更多的是得到。"

"此话何解？"陆书瑾问。

"不管是钱财、衣物、玉佩，抑或这栋屋宅，这些东西我都不缺。说得直白点儿，我出身萧家嫡系，萧家累积数代的财富将来皆会落在我手中，所以自小我爹就不曾管束我银钱上的事，这些送你的东西在我眼里不值一提。"萧矜并非在故意炫耀家世，他用一种平静的语气说着，"但我送你这些，并非只是因为我觉得你需要，另一方面，也是为了取悦我自己。看见你穿着新衣服，戴着新发簪，吃着我送你的膳食，用着我送的笔墨纸砚，对我来说都是一种享受。"

"我会因此满足，因此愉悦，你的接受对我而言就是回报。"萧矜唇角轻扬，语气变得轻快，使两人的氛围完全没有沉重的感觉，"所以我不在乎你考虑的那些东西，我只想看到你欣然接受，当然，你如若愿意喊一声'谢谢哥哥'，那就更好了。"

陆书瑾听完这番话直接呆住了，他表达的意思是：我送你东西是为了让自己开心，跟你没太大关系。

陆书瑾还是头一次听到如此荒谬又霸道的言论，有些着急地说："我们的关系不是平等的吗？你送我我还你，如此来往才算朋友吧？"

"对，"萧矜点点头，又看着陆书瑾的眼睛说，"但金银玉器，山珍海味，我都不稀罕，而你的那些欢喜和满足化作情绪回馈于我，对我而言才是珍贵的。"

他说这话的时候，肆意的情绪里掩藏着不大明显的认真，看起来像是胡说八道又像是出自真心。好似有一股风卷进了陆书瑾的心底，将平静的湖泊掀起层层涟漪，把心里那些原本坚定的道理和想法彻底吹乱了，陆书瑾想反驳萧矜，竟一时词穷，不知如何说。

愣了许久，许是萧矜也觉得自己的言论太过霸道，他退让了一步，放软了语气，说："好嘛，你现在不住也行，但再过些时日学府就会休课闭门，舍房就住不得了，难道你还想住城北那个破院子？云城的流浪汉都知道把栖息的废庙打扫干净，那晚若不是你睡在边上，我还以为睡进了耗子洞里，连口热水都喝不上，阴雨天还用冰凉的水洗漱。你好歹是一介文人，怎么能住那种闹市之地，你还要留在云城过年，若要我在大年三十去那破地方找你，我可不依。"

虽然只住了一晚，而且当时并没有表现出什么，但从这番话里陆书瑾感受到萧矜其实对那个大院有着极强的怨念和不满。

陆书瑾没忍住笑道："倒也没有那么差，至少比耗子洞好上一点儿。"

萧矜见他有所动摇，就又退了一步，跟着笑道："你不愿意收下这房舍，我也不勉强，就当是你暂住，如何？总归你是要租房的，还不如租我的房，依你我二人的兄弟关系，我给你算便宜些，一月……"他停了停，似乎想了一个数，而后比了两根手指头，"两百文，如何？"

这价钱是萧矜精准拿捏陆书瑾心理后报出的数字，既不会让对方觉得贵，也不会觉得太廉价，当即就与萧矜谈成。

赠送变租赁，一月两百文，一年起租，统共两千四百文，萧矜大方地抹了零头，只收二两银子。

确定了此事后，陆书瑾虽然嘴上没说，但情绪全然描于眉眼，欢喜之色不加掩饰，在宅子前前后后转了几遍，对寝房尤其喜欢，在门口驻足许久，待天黑之后才回舍房。

其后两日，萧矜命随从将陆书瑾置放在大院和舍房里多余的物件统统搬去了宅子，还将屋宅钥匙给了陆书瑾，各个房间的都有，沉甸甸的一大串。

十一月初三，云城祈神节，放假一日。

早两日城中就开始热闹了，大街小巷陆续出现不少流动摊贩，卖祈神用的花衣，象征着吉祥纳福的饰品，震慑邪祟的面具与各种木制宝物，还有大大小小的烟花，皆是祈神当日能用到的东西。摊贩们两肩挑着这些琳琅满目之物，从街头走到街尾，吆喝声此起彼伏，铃声不绝于耳，喧闹至极。

神女游街是从午时开始的，自城中央的圆形场地祀台向城东区出发，按照东南西北的顺序将云城游一遍，再回到城中央，举行篝火传颂，活动才算结束。

城中神女游街的道路提前在上方搭了纵横交错的赤色绸布，架在街道两边的房屋楼阁处，阳光照下来，整条街都是鲜亮的色彩。

陆书瑾受蒋宿的叮嘱，起了个大早，天还没亮就与梁春堰一同前往兰楼。

兰楼上下灯火通明，人人都忙得脚不沾地，其中叫喊声、说话声融成一片，显得闹哄哄的。

蒋宿在门口等着，见陆书瑾来了，打了声招呼就把人往楼上领，带他进了叁号房。

这次与上次不同，刚一进门陆书瑾就发现里面摆了好几张桌子，桌上皆放着大铜镜，镜前都坐着人。

负责给他们上妆的是楼中戏子，男女都有，平日里都是一把好嗓子，而今混在这嘈杂的环境里，声音更是一个比一个尖利嘹亮，陆书瑾听得耳朵嗡嗡响，已经开始眩晕了。这也太乱了，陆书瑾在心中腹诽。

陆书瑾原本以为今天的一切都会安排得井井有条，但看到眼前的场景才明白，不管事前计划得多好，到了实施时还是会乱成一团。

蒋宿平日里在萧矜面前大哥大哥地喊着，没一点儿姿态，如今到了兰楼，陆书瑾才意识到他也是世家子弟，那些忙得晕头转向的戏子瞧见他，也是要停一停喊上一声蒋少爷的。

蒋宿用自己的特权，将陆书瑾安排在一张较为宽敞的桌前，说道："萧哥特意叮嘱我，不能短你吃喝，我已经差人去买了，你在此处稍坐一会儿。今日很乱，楼中人手不够，上妆又极为烦琐，你耐心等着。"说着，蒋宿凑近了，在他耳边小声道："那妆容上得太早，往后还会掉，需得再补麻烦得很，我给你安排得靠后一些。"

陆书瑾一切听从安排，没有任何异议地点了点头。蒋宿将他安排好后，便去忙活别的了。

没多久，饭食果然送到，是在街边买的，还热乎着，陆书瑾吃饱后，就静静地坐着等。

朝阳渐起，天色大亮，房中的灯逐渐熄了，陆书瑾一动不动地坐了许久，转着眼睛到处看，陆书瑾发现蒋宿所言非虚，这些被选中参加游街的神使，皆是皮肤白嫩、模样秀气的男子，有些是别的书院的读书郎，还有些是寻常百姓家的孩子，都是身世干净之人。神女游街的条件看起来简单，其实还是有些苛刻的，尤其放在男子身上更甚，所以蒋宿才会找自己帮忙。

上妆的步骤十分麻烦，陆书瑾看着那一层层的粉往脸上扑，将面容扑得白白的，又是描眉又是贴花钿，步步都要小心翼翼，力求完美，单是看着就觉得累。

等了许久，临近巳时，终于轮到了陆书瑾，给他上妆的是一个模样漂亮的花旦。方才看别人的时候还好，到了他这儿才体会到上妆的难熬，那些黏腻的东西贴在脸旁，浓郁的脂粉香往鼻子里钻，让陆书瑾打了好几个喷嚏，上妆时，还需要闭上眼睛，仰着头一动不能动。

花旦一边给他描眉，一边笑着打趣："我瞧着这些小郎君模样都像姑娘，尤其你最像。"

陆书瑾心里一紧，倒还从容地说："经常有人说我面似女郎。"

"此话倒是不假。"花旦的声音又传来，"不过这些人当中，你的确是最瘦弱的，许是眉眼稚气太甚才显得雌雄莫辨，年纪再长长就有男儿郎的样子喽，容貌这个东西说不准的，我年岁小那会儿还长得像男子呢，当时我要学旦角，我师父还不同意呢！"

陆书瑾笑了笑，说道："我知晓。"

花旦又与他说了些别的话，整体上妆的过程还算轻松，就是时间久了一些，上妆结束后，陆书瑾的脖子酸得不行。

"好了，你睁眼瞧瞧。"花旦在边上说。

陆书瑾缓缓地睁开眼睛，视线聚焦的瞬间，看见了镜子里的自己，他双眼微瞪，露出震惊的表情。

陆书瑾十岁之前，身体瘦小，皮肤黝黑，只因幼年时祖母经常抱着她去地里干活晒的，后来在姨母家常年憋在房里，才慢慢将肤色养回来。后来越长大，她的眉眼轮廓就越清晰，她当然知道自己的容貌是出众的，否则那残疾人也不会舍得花那么多钱加上铺子当聘礼来娶她。

只是陆书瑾从不知经过胭脂水粉妆点后的脸会有如此巨大的差别，他仿佛不认识镜中的人，好像是另外一个人，一个完全让自己倍感陌生，一颦一笑都牵动人心的美人。

那个花旦一拍手掌，惊喜道："呀，你这双眼睛可真漂亮，方才闭着眼时倒不觉得，如今一睁开，便像能勾走人的魂儿，你若不开口，谁还知道你不是姑娘，今儿这赌银我可是拿定了！"

陆书瑾杏眼一转，说："什么赌银？"

"我们楼里师兄妹自己打的赌，看谁化出的人更像姑娘，胜出者能拿五两银子呢！"花旦道，"现在已近午时，你先去换上衣裙，换好之后我给你绾发，时间应当差不多。"

陆书瑾没再多言，起身去了里面的小房间换衣裳，费了老大劲儿换上后，便将自己的衣物整齐地叠放在角落，出去时其他人皆已准备完毕，满屋子都是银白的衣裙，叮当作响的饰品，稍稍一动便是清脆的声响。

花旦给他绾发，将那些琐碎的饰品一个一个往他身上装饰，忙活完就抱着东西离开了，留下陆书瑾坐在桌前发呆。

午时的钟声敲响，距离平午的游街还有半个时辰。

萧矜便是在这钟声回响之际踏入了兰楼，里头的吵闹声直往耳朵里涌，刚踏进去两步，只觉得耳朵嗡鸣作响，又退了出来。

季朔廷尚在外面没走，疑惑地转头："你不是要去找陆书瑾？这么快就出来了？"

萧矜的眉毛拧作一团，说："我的耳朵都差点儿聋了，里面比菜市场还吵。"

季朔廷劝道："那你不去了呗，先去城中祀台等着是一样的。"

萧矜摆摆手，说："不成，我这红豆糕还热乎着，拿去给他尝尝。"

说罢，他又踏进了兰楼，有了方才的缓冲，这回他稍稍适应了。一进去就看到一楼的大堂里站满了人，其中大多是楼中打杂的，然后是身着神将衣袍的高大男子，其中只有一抹亮色，是身着神使银裙的蒋宿站在边上，正跟一个女子说话，他的脸经过精心描绘后，倒真有几分女子的样子，只是看起来并不柔弱，眉飞色舞的神色配上那张脸有些违和。

萧矜走过去，站在蒋宿边上，还没开口，蒋宿先看到了他，乐得龇起大白牙，说："萧哥，你怎么来了？"

萧矜见他这副模样，忍不住想笑，但是笑出声定会让蒋宿以为他是在嘲笑他，于是他忍了忍，将视线移开，直奔正题："陆书瑾呢？我找。"

蒋宿听不大清楚他的话，但是看口型辨识出了陆书瑾三个字，猜想萧矜是为谁而来，于是指了指楼上："在叁号房。"

萧矜也听不见，顺着他指的方向往楼上走去。

二楼的房间很多，萧矜来此的次数不多，也不熟悉，他打开了几扇房门，发现里面要么是空的，要么是兰楼的人在里面。

环境嘈杂，找了几间房都没见到人，他心头涌上不耐烦的情绪。过了一个拐角，走到里面，抬手又推开一扇房门，忽而眼前一亮，只见房中皆是穿着银裙雪衣的人，心道总算是找到了。

他的目光在几人脸上晃了一圈，只觉得这些人全部生了一张姑娘的脸，加上化了浓妆，一时还真拿不准，他启声问道："陆书瑾在此处吗？"

几人被他的声音吸引，纷纷摇头，称不认识这号人。

萧矜转身离去，顺道带上门。

房门上挂了牌号，房间是隔着走廊对称的，左右手分别是"壹、贰、肆、伍"，叁号房较特殊，在走廊的尽头。

萧矜不知陆书瑾在哪间房，便左手一间右手一间地寻过去，每推开一扇门，他都要在那身着银裙的人脸上逡巡一番，再问上一句"陆书瑾在此处吗？"

得到的答案自然是没有，他们甚至都不认识陆书瑾。

萧矜耐心耗尽，眉间满是烦躁，沉着一张俊脸站在了叁号房门口。

萧矜本就不是有耐心的人，加上这兰楼实在太过吵闹，对耳力好的人是一种巨大的折磨，且空气中弥漫着浓重的脂粉香味，闻多了便腻了，又寻不到陆书瑾，难免起了坏脾气。但这样隆重盛大的日子，他不想闹事，于是强压着脾气推开了叁号房的门。

里面的布局与其他房间一模一样，放眼往里一瞧，入目便是身着雪纱衣裙的人，还有来回穿梭忙碌的打杂的人，灯倒映在镜中，一片刺目的明亮。

这次他没踏进去，只站在门口，将门帘掀起一角，歪了歪头往里面看，扬声问："陆书瑾在这儿吗？"

萧矜的脸极有辨识度，他往那儿一站，立即有一大半人认出他的身份，屋内热闹的声音骤然低下去，挨着门边的一人问道："萧少爷找谁？"

"陆书瑾。"萧矜又将名字重复了一遍。

"不认识。"那人回道。

萧矜的耐心彻底告罄，眉毛皱起来，一张俊脸也变得凶巴巴的，刚想说话，余光忽而瞥见一人正盯着他看，他将脸转过去一瞧，就对上了一双明净清澈的杏眼。

萧矜霎时间愣住了，眉梢刚浮现的烦躁烟消云散。他看见了一个姑娘，那姑娘与其他人一样，穿着银色衣裙，乌黑柔亮的长发披在肩头，垂下两绺细辫，发尾系着长长的鹅黄流苏，触及收束得纤细的腰间，再往下便是戴着一圈银铃和飘带的裙摆，外头笼着层层叠叠的细软雪纱。

姑娘的面容雪白细嫩，细长的双眉，浓墨一般黑的眼眸，唇间点了朱砂般的红口脂，像是被画师精心细致地一笔一笔描绘出来的，虽上了浓妆，也不显半点儿娇媚，宛若不染纤尘的天女走下仙云，纵然站在这无比嘈杂之地，却也仙气飘飘。

萧矜在那一瞬间感觉心尖被捏了一下，那种慌张而紊乱的情绪慢慢地涌出来，越来越强烈，直到他的心脏开始剧烈跳动，耳朵听不见其他声音，视线里只剩下那一个人。

片刻后，他才从那精致美丽的眉眼中认出他是陆书瑾。他站在门口，久久未动。

陆书瑾自萧矜开门起，就已经注意到他，只是周围太过吵闹，听不见萧矜跟门边的人说了什么，只看见他刚说了没两句就拧起眉毛，一副要发怒的样子，但他是非常敏锐的，很快就发现了一直盯着他看的陆书瑾。

两人的视线对上后,陆书瑾与他对望片刻,忽而翘起涂满口脂的红唇,冲他露出一个笑容。

萧矜呼吸一窒,抑制不住失态的模样,直勾勾地盯着他。他一直都知道他长得像姑娘,打从第一次见面时就有这样的感觉,但如今他穿上了雪白的衣裙,戴上琳琅闪耀的饰品,站在那处冲他笑,如一只精心打造的瓷娃娃,眉眼间的灵韵让他失神。

萧矜后知后觉自己的失态,心底冒出来的情绪竟让他有些不知所措,他先是将视线别开,在旁边的人身上晃了一圈,又垂下去。

陆书瑾见状,只觉得奇怪,一开始以为萧矜是来找自己的,但方才他分明看见了自己,却又将视线移开,甚至连一点儿回应都没有,像是陌生人。

陆书瑾刚换上那双底子很高的鞋,走路颇为不便,不然就走过去问问了。

正想着,萧矜又抬眸看过来,这次他的神色似乎正常了,他绕过人群,从门口一路走到角落,站到他的面前。

距离近了,萧矜的目光落在他耳朵上挂着的银色小蝴蝶坠链上,又看见他戴在颈间雕着如意云的银环圈,瞥见他细腻白皙的脖子,匆忙收回了视线。

他又认真地看着陆书瑾的脸,企图从他的眉目中找出以前的样子,这一路找来,他看了很多装扮相同的人,但不知为何,瞧见陆书瑾时,给他的冲击力那么大,以至于他差点儿乱了阵脚,这是不应该的。

"你怎么了?"陆书瑾见他神色晦暗不明,先开口询问。

陆书瑾杏眼明亮,落入了阳光,明晃晃的,仿若带着滚烫的温度,烫到了萧矜的心。

他喉咙动了动,说:"陆书瑾。"

"嗯?"陆书瑾应了一声,又密又长的睫毛轻眨,惊讶道,"你不会是被我这模样吓到了吧?"

萧矜的眼眸逐渐清明,开始掌握自己的情绪,他笑了笑,说:"你可真像个小姑娘,方才都惊到我了。"

陆书瑾心头一震,将眸光不经意别开,说道:"这屋里的人,有谁不像姑娘吗？"

"那倒也是，"萧矜说道，"妆容太浓，根本分不清男女。"

陆书瑾暗松一口气，转移话题："你为何这个时辰来此处？不是应该待在祀台那边吗？"

萧矜这才想起来自己是来干吗的，他从袖中摸出在点心楼买的红豆糕，递给陆书瑾，说："这是我在来时的路上买的，糕点的味道不错，想拿来给你尝尝。"

陆书瑾的肚子早就空了，这会儿正饿着，看见红豆糕时没忍住欢喜，双眸弯成月牙，声音充满稚气："多谢，我正好饿了呢。"

陆书瑾往前走了两步，想将红豆糕接在手中，却没注意踩中垂在地上的裙摆被，加上穿了高底子的鞋，整个人立即失去了平衡往前扑去，萧矜的反应极其迅速，脑中根本不带任何想法地伸出手，横拦住他的腰身，用手臂将他圈住。

陆书瑾身上的铃铛和银环碰撞在一起，发出清脆悦耳的响声，晃动间，白嫩耳垂挂着的银光般的蝴蝶耳链竟栩栩如生般扑闪起来，照进了萧矜眼中。他闻到了脂粉的气味，不再像先前那样觉得腻味烦躁，反而钻进了他的心里，挠着他的心尖。

手臂透过层层叠叠的衣料，隐约感受到陆书瑾的软腹，陆书瑾发上的银钗从萧矜的唇边轻轻滑过，带着微凉的触感，让他根本躲避不及，陆书瑾……好软啊。

萧矜失了神，还未来得及细想，陆书瑾就赶忙站好了，他提着裙摆往后退了两步，拉开了两人的距离，有些尴尬地清了清嗓子，拨弄了一下长发，将晃动的蝴蝶耳链和发红的耳尖藏在黑发下，为自己辩解道："我还不太适应女子的衣裙和这鞋。"

萧矜笑了笑，将红豆糕的油纸包打开，送到他面前，说道："你这么着急吃，饿坏了？"

"今日早饭吃得早。"陆书瑾含糊地说，拿起其中一块糕点，想起自己嘴上有口脂，便将嘴张得大了一些。

从萧矜的角度就看见陆书瑾露出白白的牙齿和红嫩的舌尖，小巧的嘴却能将红豆糕整个塞在里面，雪白的脸颊鼓起来，嚼了几下又探出舌尖来,在朱红的口脂上舔了舔,将红豆糕的碎渣卷进嘴里。萧矜不想盯着他看,但双眸好似不受控制,他能清晰地感觉到自己的心跳变快,一下一下撞击胸腔,声音大到几乎传到他的耳朵里。

他终于察觉出不对劲来,将红豆糕放在桌上,而后道:"我还有旁的事要忙,就不多逗留了,你只管跟着蒋宿,他会照顾你。"

陆书瑾的嘴里嚼着甜丝丝的红豆糕,腾不出口说话,只冲他点点头。

萧矜马上转身离开,像是真的因为有事要忙而着急一样,脚步都略显匆忙。

陆书瑾伸长脖子看了看,见他头也不回地直直离开,倒还有点儿失落。自己在这儿坐了许久,好不容易来个说话的,又走得那么快,实在是无趣。

萧矜下了二楼就直接出了兰楼,连蒋宿在后面喊他都没听见,出楼的一瞬间,凉风扑面而来,吹散了一直萦绕在他鼻尖的香味和两耳的嘈杂声,他面上一凉,身上的体温就跟着下去了,心跳也渐渐归于平静。他这才感觉舒畅一些,方才那股子异样的躁动把他吓了一跳。

季朔廷见他出来,问道:"没找到他?"

萧矜摇摇头,视线转向对面的街道,状似不在意道:"东西给他了。"

季朔廷没发现他的异样,只道了声奇怪:"我还以为你会在楼里逗停许久。"

"里面吵得很,我耳朵疼。"萧矜微微皱了一下眉毛,转身对随从道,"你去前头的一品楼买些吃食来,口味清淡的,送到二楼的叁号房,交给陆书瑾。"

随从颔首回应,飞快去办。

季朔廷摇摇头,叹道:"幸亏陆书瑾是男子,若他是女孩儿,让你认了妹妹,真就给宠得没边了。"

说者无意,听者有心,萧矜身子一顿,陆书瑾那张瓷娃娃般的脸在脑中闪过,耳垂上的蝴蝶晃个不停,他瞥了季朔廷一眼,说:"你说什么胡话,那陆书瑾还能是女孩儿了?"

"嗳——"季朔廷用肩膀撞了他一下,笑道,"现在可不就是女孩儿吗,你方才瞧到了,模样如何?"

"闭月羞花,"萧矜道,"连蒋宿都是美的,你自个儿去看看不就知道了?"

"不急,有的是机会看。"季朔廷道。

二人上了马车,往城中央驶去。

另一头,陆书瑾在房中坐了一会儿后,就有人送来了午膳,他一下就认出那是萧家的随从,便欢快地将饭吃了个干净,口脂也全部被吃,后来又唤人来补。

午时三刻,蒋宿寻来,带着他往外面走,说是准备去祀台了。

下楼的时候,陆书瑾才在一群人里看到了梁春堰。他扮的是神女,身着织金长裙,裙摆庞大且顶着沉重华丽的头冠,面上的妆容无比美丽,比春风楼里的小香玉更胜一筹,让陆书瑾禁不住在心中暗叹。

但他如此盛妆,转头是非常困难的事情,陆书瑾走在他后面,便没有出声唤他。

陆书瑾穿着高底鞋,走路极为不便,要将裙摆高高提起来以防踩到,还要注意平衡,蒋宿就在一旁仔细扶着,怕他摔倒。

提起蒋宿,陆书瑾就觉得颇为好笑。他的脸虽然算不上俊俏,但也清秀,化上浓妆后再配上他的神情,竟变得奇怪起来,有点儿男不男女不女的感觉,但这话陆书瑾不敢说。

兰楼的门口排着一辆辆马车,参与神女游街的人陆续上去,他们在周围百姓的惊叹和围观下去了城中央的祀台。

祀台建成许多年,呈现出古朴的颜色,足有两人高,方形,上头雕刻着各种脚踏祥云的瑞兽图腾,祀台中央有一个巨大的铜鼎,威严而庄重。

陆书瑾下了马车,跟随其他人站在祀台边,放眼望去,整个宽阔的场地聚满了人,人头攒动、摩肩接踵,入目皆是绚丽的颜色,人人身披花衣,戴着各种各样的饰品,还有不少孩童手里拿着各式各样的木制武器,编织成巨大的华彩人毯。

锣鼓喧天,琴音传响,传入耳朵里的声音没有一刻停歇,人声鼎沸间，陆书瑾看到了祀台正前方站着的身着官服之人，其中就有方晋和那日所见的云城知府，叶大人。

其他官员位列两旁，面上皆带着笑，在这盛大而热闹的日子里，官民同庆。

游街的马车分三辆，神将站于前后两车，马车四边支着木柱，上头挂着彩绳编成的结，垂下长长的飘带。

神女和神使所在的马车看起来就华丽许多，显然是特别打造而成，马车四面透风，上头盖着伞形的顶，雪白的飘帘挂在四面，系着大大小小的铃铛，风一吹就发出声响。

梁春堰扮演的神女坐在中央的椅座上，其他人则呈方形站在边上，陆书瑾即是踩了高底鞋，个子也比旁人矮一点儿，便分到了前头的位置，身前和身后都有护栏。

陆书瑾站上去，视野瞬间开阔了，能看到街道上的人排成了长龙，一直延续到望不到尽头的地方，他在人群中寻找萧矜，却没找到。

人太多了，他们直直地盯着马车上的神使，让陆书瑾颇为不好意思，也不敢再到处张望，只站得笔直。

拉马车的是四匹皮毛雪白的马，高大健硕，随着一声浑厚的钟声敲响，平昼之时已到，赶马之人同时动作，马车轻轻晃动，在宽阔的街道上平稳前进。

萧矜站在人群里，身边是季朔廷，周围一圈是萧家随从，他们在无比拥挤的街道中辟出一块较为宽敞的地方。

他抬头时，已经能够准确地找到陆书瑾的位置，目光能在无意识的瞬间落在他身上。

陆书瑾目视前方，一动不动，只露出半张侧脸。忽而一阵风迎面吹来，纱帘卷起，众神使腰间坠着铃铛的飘带也飞起来，铃铛声交错作响，在鼎沸的声音中如此微不足道，但还是传进了萧矜的耳朵里。

他看见风将他肩头的小辫和散发撩起，露出白嫩的脖子和耳朵，精巧的小蝴蝶随着晃动纷飞了一般，他微微垂下杏眼，抿了一下红唇，一切动作都是那么自然。头顶交织的红绸布遮不住所有的阳光，光落在他身上时，那些银饰品瞬间被点亮，闪烁着光芒，灼烫了萧矜的眼睛。

马车纵使行得再慢，也越来越远，直到陆书瑾的身影被人彻底遮住，他才收回目光。

季朔廷的笑声从旁边传来，打趣似的问萧矜："你说蒋宿和陆书瑾，哪个扮姑娘更好瞧些？"

萧矜一脸奇怪，看他一眼，说："这有什么可比的？"

"这不是日子难得嘛，"季朔廷催促道，"你快说啊。"

萧矜本不想回答，被他催了好几遍，这才不耐烦地开口："蒋宿。"

季朔廷惊讶了一下，说："这我倒是没想到啊。"

萧矜冷哼一声，心想我还不知道你想听什么答案？

季朔廷并未看出什么，只笑着说："也就这一回了，陆书瑾是为了还蒋宿之前的人情才答应的，神女游街如此烦琐，体会过这一次，明年再不会来了。"

萧矜又何尝不知？

"其实我觉得梁春堰比较美。"季朔廷在旁边嘀咕。

马车已经过去，再也看不到人，萧矜懒得挤在人群里，便抬步离去，几步就将季朔廷甩在了后头，他连忙喊着追上去。

神女游街并没有他们所说的那么枯燥无味，至少站在上面的每一刻，陆书瑾的情绪都是激动的，他居高临下，看到了路边的百姓朝他们合十手掌，躬身敬拜，看到孩子们挥舞着系着彩带的小棍子，看见有人手拉着手高声欢唱，云城好像在这一刻变得无比鲜活。

每行过一条街，他们都会停下歇息小半个时辰，如此一来，整个游行一遍再回到中央祀台时，天已经完全黑了。

城中央点起了密密麻麻的灯盏，张灯结彩、灯火通明，夜晚便不再是夜晚。祀台中央的大鼎也烧起了烈火，火苗忽高忽低蹿起来，陆书瑾跟着众人一起下了马车，走上高大的祀台，站在火鼎边。

陆书瑾看到梁春堰身着金裙，站在最前方，裙摆被人扯开铺在地上，他的身量高又站得直，光是看个背面就觉得美，陆书瑾想，难怪梁春堰总被喊来参与这些事，他是适合的。

火光和灯盏散发出的光交汇，落在陆书瑾身上，烈火有了颜色，映在他的侧脸，细细勾勒他的眉眼，他站在月下，站在火焰旁，站在纷纷而落的光影里，他是众多神使之一。

台下，萧矜又出神了。

"萧小四！"季朔廷喊了好几声，这一声终于撞进萧矜的耳朵里，他别过头看季朔廷。

"你怎么回事，今日怎么心神不宁？是不是有心事啊？"周围太过吵闹，季朔廷只得提高嗓门。

萧矜微微摆头，问："你喊我做什么？"

季朔廷往旁边一指，萧矜转眼看去，就看到十几步之外站着一个模样俊朗的年轻男子，正对着他笑。

萧矜顿时也露出笑容来，大步朝他走去，一展臂，将那年轻男子抱住，高兴地喊道："二哥，欢迎回家！"

来人正是萧矜的二哥，名唤萧衡，年长萧矜七岁，为五品文官。两兄弟关系亲昵，一年到头却见不到几次面，如今萧衡一回来，最高兴的当然是独自留在云城的萧矜，他与萧衡的个头已经不相上下，勾肩搭背的。

"萧二哥，"季朔廷也欢快地跑过来，拉着他的手臂道，"走走走，你今日回来，又撞上这盛大的日子，可得好好喝一杯。"

萧衡揉了一下萧矜的脑袋，跟着二人一同从喧闹的人群中离去。

陆书瑾在祀台上站了许久，有人站在前面宣读祭语，台下的人群也跟着一起念，声音洪亮，场面极为壮观，陆书瑾不自觉地感受到祭祀的庄重，下意识站得笔直。

这一个环节持续了很久，直到鞭炮的声音从四方同时响起，欢呼声持续不断，盛大的神女祭才落下帷幕，彼时已近深夜。

云城却还未睡去，听别人说，这一整夜云城都将亮着光，店铺大开，所有人都会在街上游玩，以欢快之景迎接神明来世间赐福。

陆书瑾头一次参加这种活动，情绪也跟着高涨，直到下了祀台，陆书瑾的心里都是高兴的，正准备随着众人一起上马车回兰楼时，却被蒋宿拦住了。

"咱们不回兰楼了，那地方又吵又狭窄，路上人那么多，马车根本行不动，不知道等到几时，"蒋宿指着前面道，"往前走一段是季哥堂亲开的酒楼,他们在那儿吃酒呢,咱们去那儿把衣裳换下来,顺道一起吃饭。"

陆书瑾觉得这是一个好主意,就随着蒋宿一起去了路口的酒楼。

这酒楼相当气派,有三层,门口挂满了灯笼,亮堂得很,里头的人也非常多。蒋宿显然与酒楼的人很熟识,店掌柜亲自带着两人去了酒楼后院,开了一间空房给他。

后院是接待贵客的包房,隔绝了前面喧闹的声音,周围终于稍微清静下来。其中一个房门口站着几个随从,有两人是萧家的,蒋宿唤了其中一个人的名字,说道:"你进去跟萧哥说一声,我和陆书瑾来了,让他们加两把椅子。"

随从应了声,转身往包房而去。

蒋宿转过身,招呼陆书瑾:"走,我们一起进去换衣服。"

陆书瑾赶忙摇头,说:"你先换吧,我坐一会儿。"

蒋宿没勉强陆书瑾,快速进了房里换衣服。他中午可没吃到萧矜送的东西,这会儿早就饿得前胸贴后背,恨不得马上扒了衣裳飞去桌上吃饭。

院中静下来,陆书瑾紧绷了一天的肩膀总算可以塌下来,此刻肩胛骨有些酸痛,白日里尽顾着高兴了,丝毫未觉得累,现在疲倦倒是涌上来了,陆书瑾觉得身上的衣裳颇为沉重,便爬上了旁边砌成一层层的高石阶,在那儿坐下,上头铺了一层毛垫,看起来是坐的地方。

夜空是明朗的,漫天繁星中,皎月高悬,陆书瑾的双脚踩在下一层台阶上,双膝并拢,手肘撑在上面,又用手掌托着双颊,遥遥望着明月。

萧矜出房门的时候,正看到这个场景。他冲门口的随从摆了一下手,几人会意,很快从另一头退离,院中只剩下萧矜与陆书瑾两人。他已不再像白日那样失态,抬步走向陆书瑾。

陆书瑾听见脚步声,扭头看去,见是萧矜,就坐直了身体,也不知是不是太高兴,陆书瑾比往常更灵动,笑着问:"萧矜,你今日看到我了吗?"

萧矜走到他面前,他坐得高,恰好能与萧矜平视,眼睛里映着皎皎明月,亮得厉害。

他看了看，缓慢地点头。

陆书瑾闻到了浓郁的酒气，鼻子轻动，说："你喝酒了？"

萧矜喝了很多酒，但还没醉，他说："我还清醒着。"

陆书瑾却觉得他的目光有些灼热了，在夜色的掺和下，那目光染上一层说不清楚的暧昧，陆书瑾生了怯意，将头偏向另一个方向，说："蒋宿去房里换衣裳了，我在这儿等他。"

陆书瑾刚说完，忽而觉得耳朵上传来温热的触感，陆书瑾微微睁大眼睛，转头看向他。他将他耳边的头发撩开，指尖落在小巧白嫩的耳朵上，顺着耳郭往下轻滑，触到了在他眼前一整天的银蝴蝶。

他的指头是干燥的，柔软的，泛着酒气的，他用极轻的力道落在陆书瑾凉凉的耳垂上，带起一阵痒意。

陆书瑾脊背发麻，僵住身体，有些慌乱地望着他。

他今日说了违心的话，虽然季朔廷没看出来，但他心里是知道的。他到底是喝多了，纵使还没迷糊，但已然比白日里从容许多，上午那些被克制的心跳和温度在此刻变得无关紧要，他直白地看着陆书瑾，声音低沉，像是呓语："你比蒋宿美多了。"

陆书瑾被萧矜的视线和这奇怪的氛围灼得脸颊通红，耳朵滚烫，吓了一跳，张了张嘴，发出疑惑的声音："啊？"

萧矜又说："梁春堰也不及你。"

陆书瑾一把握住他的手腕，说："萧矜，你喝醉了。"

萧矜像被烫到似的飞快地缩回了手，他移开目光，侧了侧身，院中的灯盏和头上的皎月都在他的背后，那张俊俏的脸就隐在了黑暗中，陆书瑾看不清楚。

"我没喝醉。"他嘟囔了一句，随后又看着陆书瑾，眉眼带笑，"今日，你累不累？"

萧矜仿佛瞬间恢复了正常，这让陆书瑾松了一口气，忙答："不累。"

"怎么会不累，站了那么多个时辰，待会儿我找方晋多要些银钱给你，你还穿了那么高底的鞋，比旁人都辛苦。"萧矜别过头，往包房里看了一眼，稍稍压低了声音，说，"今日我也不去舍房了，我二哥从京城回来了，这场饭局估摸要吃到后半夜，就先不带你见他了，明日我再去舍房找你。我先差人把你送回去，想吃什么尽管说，在路上顺道买了。"他确实没喝醉，说话时口齿非常清晰。

陆书瑾点点头，本也不想去那儿吃饭，萧矜这样的安排正合他的心意。

说完，萧矜视线在他脸上又转了一圈，才转身离去，他安排了随从在边上候着。

房门闭上后，陆书瑾悄悄呼出一口气，抚了抚方才被搅乱的心。

蒋宿换衣服很快，他出来之后，陆书瑾与他说了萧矜的安排，他没太在意，只将这银白的衣裙和杂七杂八的配饰安放好，等陆书瑾换下来之后，一并送去兰楼，然后就一头扎进房中吃饭。

既已安排好，便没什么可耽搁的，陆书瑾迅速换好衣裳，离开了酒楼。陆书瑾被萧矜安排的随从带上马车，路上买了些东西填饱肚子，一路循着较为偏僻人少的道路赶回了海舟学府。

学府也是亮堂堂的，大门没锁，陆书瑾一路回到舍房，大部分学生都在街上游玩，舍房里很冷清。

随从按照吩咐留下来给他打水烧水，他在池子里泡了许久，将全身上下都洗得干干净净，再出来时夜已深，但丝毫没有困意，坐在桌前，一边擦着半干的头发一边看书，直到头发也干得七七八八，才起身熄了灯，打算休息。

谁知陆书瑾爬上床，门忽而被人大力敲响，吓得他差点儿从床上蹦下来。陆书瑾赶忙披上外衣，点了灯去开门，就见季朔廷架着萧矜，与另一人合伙将他拖进来，酒气扑鼻而来。

萧矜这回是真的喝醉了，他整个人都瘫在季朔廷身上，就这么一段路，把季朔廷累得够呛，季朔廷把萧矜狠狠地掼在床上，喘气道："你差点儿把我压死。"

陆书瑾惊诧道："他喝醉了为何抬来舍房？他跟我说，今日不会来舍房的。"

"他说了？"季朔廷一脸奇怪道，"这小子一个劲儿地喊着要来舍房，我都给他拉到萧府门口了，他死活不进去，我就又把他拉来学府了。"说着，生气起来，踢了萧矜的小腿一脚，"就知道折腾我！"

萧矜面色绯红，闭着眼睛，微蹙眉头，没有任何动静。

季朔廷拉起被褥，随意地蒙在萧矜身上，转身对陆书瑾道："你不用管他，让他自个儿在这儿睡，明日起来，他会自己收拾，若是吐了，你就喊门口的随从进来清理，别碰他就行。"

陆书瑾看着被蒙了头的萧矜，也不知听进去这话没有。

季朔廷也喝得晕乎乎的，管不了那么多，骂骂咧咧地离开了舍房，门重新闭上，房里变得无比寂静。

陆书瑾站了一会儿，转身爬上床，被子刚盖到身上，又发现灯没熄，于是起身熄灯，但走到灯盏旁边却忽而停住了，陆书瑾思考了一会儿，转身往萧矜的床榻走去。

陆书瑾犯了一个错误，没有听季朔廷的话，扯开了盖在萧矜身上的被褥。

萧矜喝得醉醺醺的，就这样丢在床上不管不问，陆书瑾怎么都觉得不太好。

陆书瑾将外衣穿好，去浴房点了炉子，烧了一盆热水，又兑上冷水，端到萧矜床边的矮桌上。陆书瑾踮起脚，将床边的落地长灯点燃，视线明亮不少。他转头去看床上的人，他仍旧闭着眼睛，似乎被这突然亮起的灯光惊扰，拧着眉将脸别去了另一边，酒后的他看起来有几分脆弱感，躺在床上一动不动，一副任人摆布的样子。

陆书瑾将棉布浸湿，拧成半干，俯身探进床榻，他将棉布覆在萧矜脸上，顺着他的侧脸擦下来，濡湿的感觉让萧矜不大舒服，他抬手挡了一下，但是软绵绵的，陆书瑾压着嘴角笑，握住他的手腕，将他的脸细细地擦了一遍。

萧矜的脸上变得湿乎乎的，他不乐意了，翻了个身，随手拽起身边的被子，将头埋在里面。

陆书瑾洗了棉布回头，就见萧矜的头已经藏起来了，只露出身体。醉了之后，萧矜的每一个动作好像都充满孩子气，他觉得十分好笑，动手将萧矜的锦靴拔了下来，又伸手拽开被子。

萧矜完全没有抵抗，他又被陆书瑾按着肩膀擦了一遍脸和脖子，他觉得难受了，闭着眼睛皱着眉，开始用力推拒陆书瑾的手和在他脖子上作乱的棉布。

陆书瑾又笑了笑，顺势抓住了萧矜的手，用棉布将他的掌心和手背都仔细地擦了擦。

忙活了一阵，萧矜的脸和手都擦了个干净，他将棉布扔进水盆里，抬手解了萧矜脖子边的一颗盘扣，低声唤道："萧矜，起来把外衣脱了。"

萧矜没反应，陆书瑾也没勉强，将被子扯过来，在他身上盖好，他端着水盆去浴房倒水了，出来时正听见有人敲门。

陆书瑾快步走过去，就见陈岸站在门口，手里捧着一个锦盒，低声说道："这是季少爷差人送来的醒酒汤药，少爷若是能醒，就让他喝了，若是没醒，就算了。"

陆书瑾想起季朔廷走的时候嘴里还一直在骂，没想到转头就让人送了醒酒汤药来，细心又妥帖，陆书瑾点点头，小心地接过锦盒，回到房中打开，里头放着比茶盏稍大一些的瓷碗，盖子封得严实，还泛着一丝暖意。

陆书瑾走去床边，推晃着萧矜的肩膀，低声唤道："萧矜，萧矜……"声音如细流一般，涓涓而入，萧矜醉得头脑昏沉，意识模糊，他睡了一阵，但并不安宁，起初有人拿着湿热的东西在他脸上糊来糊去，他伸手推拒了几下没能推开，连带着手也被人抓住，一遍又一遍地擦了许久。

直到身上压了被子，一切消停下来，萧矜烦躁的情绪稍稍退去，又陷入短暂的梦境里。他看见迎面飞来一群蝴蝶，皆扑闪着银色的翅膀，从他眼前一只一只地飘过去，他的心晃荡起来，浑身开始发热，下意识地伸手去抓蝴蝶。

"萧矜，醒醒……"耳边又传来细碎的声音，银蝴蝶瞬间消散了，萧矜没抓到。

他气恼起来，终于在晕乎的意识中挑出一丝清明来，带着怒气睁开了眼睛，他想要瞪死身边这个一直烦扰他的人，却看见暖色灯光下的一抹白嫩，嵌在脸上的那双漂亮眼睛正看着他。

萧矜怔住了，视线模糊不清，脑子晕晕乎乎。

陆书瑾喊了好几声没喊醒，原本都打算放弃了，但没想到他忽然

321

睁开了眼。他的眸色浅，睁眼后有一会儿是没有聚焦的，陆书瑾伸手在他面前晃了晃，这才让他凝聚了视线，他眼神中带着茫然，发出低低的询问："嗯？"

陆书瑾道："起来把醒酒汤喝了，否则明早醒来定会头痛难受。"

轻轻的声音传入耳中，萧矜觉得非常熟悉，他认真地看着面前的人，努力去辨别到底是谁。热意一阵阵席卷，他出了一层薄薄的汗，感觉难受了，便一把掀开身上的被子，动作粗暴地解开衣扣。

陆书瑾见他坐起来，就转身将盒子里的瓷碗取出，生怕洒了里头的醒酒汤。碗盖一打开，一股橘香随着热气升腾，还有浓郁的姜味，闻着就不大像是好喝的玩意儿。

陆书瑾端着它走到床边时，才发现萧矜竟然在这短短的时间里，将上身的衣裳都脱了，此刻他坐在床上发呆，眼眸半敛着，看上去像是要坐着睡觉。

陆书瑾没忍住笑了，拍了拍萧矜的肩膀，试探着将瓷碗递到他面前："快喝。"

萧矜倒像是真的在等他，慢慢地转过头，将瓷碗接在手中，二话不说就把醒酒汤往嘴里送。

陆书瑾得了闲，目光从他俊朗的眉目往下探，顺着下巴看向脖颈，看过上下滑动的喉结，往精瘦的胸膛而去，最后落在他左肋的伤口处。那儿已经拆了线，但留下了明显的痕迹，伤口处的肉还没完全长好，泛着粉嫩的颜色，有一层薄薄的痂。陆书瑾蹲下来，想起那个凶险的夜晚，这伤口流出的血染红了他的半边腰身，他却还能露出笑容与他说话，这伤若是落在他身上，怕是要去半条命，在他眼里却是小伤。

陆书瑾这样想着，手情不自禁地伸出去，落在那层薄薄的痂上，轻轻摩挲，说道："伤都没长好，为何喝那么多酒？"

萧矜没有回答，而是一把攥住了他的手，低头看他。

陆书瑾也抬头与他对望，说："你喝完了？"

光影婆娑间，萧矜眼前的人影晃个不停，他努力去看，恍然间看到了梦中没有抓到的银蝴蝶，那蝴蝶飞进了眼前这人的眼中，一张让他回味了一整天的脸渐渐有了轮廓。

萧矜的清醒大概只有这么一瞬，他的手猛地用力，将人往上一拉。陆书瑾没防备，一下子就被拉起来半跪在床榻上，另一只手为了支撑身子，下意识扶在萧矜的肩上，脸凑到了他的跟前。掌心触到他的皮肤，陆书瑾的脸立马红了起来，吓了一大跳，匆忙要往后退，双颊却一下被捧住，以一种不容退却的力道往前拉。

萧矜醉得厉害，动作没有正常人的那种分寸，这一拉差点儿让两人的鼻子撞上。陆书瑾看着近在咫尺的脸，吓得不轻，整颗心剧烈地跳动起来，双手推着他的肩膀，说："萧矜，萧矜！你放开我！"

这会儿萧矜好似又看到了肤若白雪，眉目若墨的脸，朱红刺目的红唇，与眼前这人的脸重叠，也感受到了抗拒的力道，他的脑中没有别的想法，只觉得那雪肤杏眼，扯得他的心动荡不安的美人又到了面前，陆书瑾用软软的声音唤他的名字，他当即将头一偏，仰头吻住美人的嘴唇。

他的动作太快，陆书瑾反应不及，待反应过来时，只觉唇上有温热柔软的触感，他震惊地瞪大双眸。

随后，陆书瑾用力地挣扎起来，但头被萧矜的双手捧住，一时竟挣扎不开，他感觉到唇瓣被牙齿咬了咬，力道不重，后又被舔舐着，像被品尝。

萧矜感受到对方剧烈的挣扎，人犯了浑，将人带着转了半个圈，掼倒在床榻上，欺身压上去，制止住对方不安分的手。

陆书瑾的心脏跟疯了似的乱跳，热意在脸上奔腾放肆，沿着脖子传至四肢百骸，害怕惊惧一涌而出，猛烈的挣扎还当真让人扭脱了。陆书瑾别过头，用力推身上的人，咬牙切齿道："萧矜，你能不能清醒……"陆书瑾的话还没说完，萧矜就追了过来，掐住了他的双颊，似不满他方才的挣脱，又加重力度桎梏他，强行索取。

陆书瑾的话喊了一半，嘴没合上，给了萧矜可乘之机。于是这一瞬间，酒气混着橘的酸，姜的辣，被舌头卷进来，非常凶蛮地入侵他的领地，强迫他品尝醒酒汤的味道。他越是抗拒，萧矜就越是凶戾，他将他死死按住。

陆书瑾从未经历过这种事，慌得身体都在颤抖，心悸几乎将他淹没,无论如何都无法再动分毫。此刻他明白了萧矜那强壮的身体下蕴藏的力量,同时也知道萧矜这会儿醉得根本没有思考,全凭本能行事,自己不能与他对着干。

陆书瑾松懈了所有力气,身体彻底软下来,仰高了头,被迫承受他的吻,无措地任由他在口中胡作为非。

很快,萧矜就察觉到身下人的顺从,桎梏的力道也松了,越来越温柔。他在唇上流连许久,忽而离去,陆书瑾忙别开头,张大嘴巴,费劲地喘息着,将有些泛凉的空气吸进肺里。他还未缓过神,耳垂就被含住,湿热包裹而来,又传来被牙齿咬住的轻微痛感,被吮吸着,像小狗舔着心爱的骨头似的,抱在怀中亲昵。

陆书瑾整个人滚烫得都要化开了,他脊背泛起酥麻,脑子也跟着不大清醒,他推了他两下却没推开,又听到他低低地嘤咛。

萧矜略显粗重的呼吸全喷在他的耳朵上,灼烧着他的肌肤,滑嫩湿热的舌尖描绘着小巧的耳郭,力道一会儿轻一会儿重,气息在两人间纠缠交融,难分彼此。

房里寂静无比,急促的呼吸声变得非常明显,伴随着震耳的心跳声,旖旎裹挟着滚烫炽热的温度,将两人缠在一起。

陆书瑾撑了一会儿,被夺取的呼吸让他彻底顶不住,他握起拳头,用力捶打萧矜的肩膀,又去扯他的长发,发出呜呜的低喊。

萧矜根本感觉不到疼痛,但他的脑袋晕得厉害,困意排山倒海地袭来,他轻轻舔了舔陆书瑾的唇瓣,头往旁边一栽,一下就睡死过去。

身上的力道全部消失,陆书瑾用力将他推开,飞快地从床榻上爬起来,用衣袖使劲擦了擦嘴。他一边拉拢稍稍揉乱的衣襟,一边往后退,慌乱间脚绊到矮桌,整个人往后倒去,他低呼一声后摔在地上,同时撞翻了中间的大屏风,桌子也被撞翻,上头的东西撒在地上,乱成一团。

他惊慌失措地爬起来,对眼前这场景目瞪口呆,他有一种气恼的无可奈何,瞪了瞪床上睡得跟死猪似的萧矜。

喝醉之人完全无法沟通,但酒醒之后陆书瑾又不可能拉着萧矜,质问他为何亲他。他甚至已经开始害怕萧矜清醒后想起这些事,那要他如何去面对?他若是想起自己喝醉了酒,亲了一个男子,恐怕会当场发疯。他没有处理这些事的经验，站在这片狼藉中，不知该如何是好。

直到敲门声响起，打断思绪，才猛然回过神，陆书瑾整理了一下凌乱的衣裳，开了门。陈岸站在外面询问："陆公子，屋里发生什么事了？"

陆书瑾的脸色已经恢复如常，只是脸颊被捏出的指印还隐隐存在，他丝毫不知，从容道："萧少爷踢翻了桌子和屏风，你们进来帮忙扶起来。"

陈岸的视线在他脸上转了一圈，担忧道："陆公子可无恙？我家少爷醉酒后不能招惹，会打人的，先前就把季少爷的眼睛打青了，留痕好几日呢，我先前应该跟你说清楚的。"

说得太晚了，他现在已经知道季朔廷临走时为何会叮嘱自己扔着萧矜别管，他倒是没打人，但是咬人了。

陆书瑾用手背揉了揉脸颊，说道："无妨，他没打到我。"

陈岸也不知道信没信，喊了一人一同进屋搬屏风，瞧见歪倒的桌子和撒了一地的东西，又朝陆书瑾投去怜悯的目光，陆书瑾佯装没看见。

陈岸用极快的速度将东西清理好，将屏风扶起来，还贴心地给自己的主子盖上被褥，这才退下。

陆书瑾看了眼萧矜，老实地爬回自己的床榻上，他心乱如麻，辗转许久都没能入睡，唇上总是传来被咬的触感，鼻子里都是少年炙热滚烫的气息。

直到天色灰亮，陆书瑾才缓缓入睡。

梦中，他看见萧矜勃然大怒，凶狠地瞪着他，似要动手。他惊惶不安，眉头紧蹙，想要逃离，但手被狠狠拽住，无论如何也挣脱不了。

一场惊险的梦结束，陆书瑾醒来时已是第二日正午，阳光将房间照得透亮，房里相当安静，外头隐隐传来细微的声响。

他迷茫地坐了一会儿，这才撩开纱帘坐在床沿，刚穿上鞋就有人敲门，随后门被打开，萧矜低低的声音传过来："先不急，等他睡醒……"

陆书瑾听到萧矜的声音，身体猛地僵住，意识也清醒了，心里升起焦灼的情绪，陆书瑾咬着下唇没动弹。

他已经醒了，还记得昨夜的事吗？会不会像梦中那样因此发怒？

可他才是被强迫的那个人,若他当真发怒,他绝不会退让半步,就算他真的抡拳头打她,那他……

陆书瑾急起来,能怎么办?打又打不过,拼家世背景也根本毫无胜算,总不能被萧矜按着欺负又白打一顿啊!这么一想,就更生气了,昨夜就不该多管闲事!

房里响起窸窸窣窣的声音,萧矜忽而从屏风的另一头绕过来,刚走两步就看见坐在床边的陆书瑾,他停下了脚步。陆书瑾转头看来时,双眸里带着愠怒,嘴角下沉,虽然模样并不凶,但他不敢往前了。陆书瑾看着他不说话,他也站着不动。

陆书瑾的心脏又开始剧烈地跳动,手不自觉地握成拳头,面上还是镇定的,但脑中乱成一团,他想着该如何应对萧矜。

就这样隔空望了一会儿,最后还是萧矜先开口,语气温和,似还带着些许讨好:"你……醒了,饿不饿?"

陆书瑾设想的那种情况没有出现,他顿了顿,回道:"不饿。"

"那你先去洗漱,我让人备了膳食送来。"萧矜站在那边没动,眼睛却不安分地在他脸上扫来扫去。

陆书瑾应了一声,穿好外衣和鞋子,起身去了浴房。

洗漱完出来,就看到萧矜斜倚在他的桌边,像是特地等他。他略有戒备,在几步之远的地方停下来,计算着若是萧矜突然发难,不至于一下就打到他。

萧矜别过头看过来,像方才一样在他脸上看着,迟疑道:"昨夜我喝醉了。"

陆书瑾点头道:"我知晓。"

"我喝醉酒后有一个毛病,就是意识不大清醒,昨夜……"陆书瑾的心一下子吊起来,忐忑不安,继而听他迟疑道,"我是不是打你了?"

"啊?"陆书瑾乍然愣住了。

"让我好好看看。"萧矜上前两步,捏住他的脸左右看看,眉间拢上一层忧色,说,"我打你什么地方了?还痛不痛?我醉了之后下手没轻没重,醒来又什么都记不得,不知道昨夜是个什么情况。"

陆书瑾微微张着嘴,惊呆了一会儿,而后将他的手拂开,说:"你没打我。"

"但是陈岸跟我说，昨夜他听到房里的动静大，进来一看，桌子和屏风都倒了，屏风的一角还磕坏了，不是我对你动手了吗？"萧矜反问。

他是真的一点儿都记不得了，记忆只停留在酒楼的包间里，桌上的几人都喝得东倒西歪，他头晕得厉害，一头栽在季朔廷身上，后面的事就全忘了。今天他一醒来就发现自己睡在舍房里，上身没穿衣裳，裤子却完好，还从被褥里刨出一个瓷碗，散发着姜的气味。他赶忙起身沐浴，问陈岸昨日的事，听到房里的桌子屏风倒地时吓了一跳，还以为他对陆书瑾动手了。

但陆书瑾一直在睡觉，他就只能等人醒了再问。

见他神色认真，像是真的忘记了，陆书瑾心中一喜，担心的事瞬间消失，陆书瑾笑了一下，说："没有，只不过是你没注意，踢倒了矮桌，才连带着撞倒屏风。"

萧矜也松了一口气，说道："我这毛病一直都有，原以为我喝醉了，他们会将我送回萧府，没想到季朔廷却把我拉回舍房，幸好没打到你，否则就糟了，你可挨不住我一拳头。"

"对对对，"陆书瑾对这话极为赞同，一想起昨夜的事，脸就发烫，但为了不让萧矜看出端倪，只好直直地看着萧矜的眼睛，表现得相当从容镇静，说道，"你的伤势未大好，不宜多饮酒。"

他的眉眼染上笑意，如春光攀进眸里，俊俏非凡："我也就偶尔喝一回。"

陆书瑾的视线无意间从他的嘴唇上滑过，尤记得这张嘴昨日是如何凶蛮作乱的，陆书瑾的心跳一滞，赶忙用笑声掩饰，边往外走，边说："我去把昨日的衣裳洗了。"

陆书瑾脚步匆匆，没等萧矜说话，就径直抱了衣裳出门。

萧矜的目光循着他的背影追了一会儿，再收回来时，嘴角的笑意压不下去。他回到自己桌前坐下，从压着的书籍下抽出先前放在下面那封写给他爹的书信，拿出来搁在桌上，视线落在上面，想了半晌，最后点了烛台，将信烧了。

拾 被罚站的四个人

萧矜将昨夜的事忘了,那么知道的就只有自己,陆书瑾想着,干脆他也假装不记得好了,那些场景光想想,心跳就乱了。

虽说是他吃了亏,平白被萧矜那个醉鬼轻薄,但现在的身份到底是一个男子,且是对方神志不清时做的,只怕是将自己当成哪个姑娘才会如此,若真因此事争论起来,也争不出个长短,反正也是误会一场。陆书瑾想来想去,把自己的思路理清楚了,情绪也轻松不少,便抱着洗干净的衣裳回去晾晒。

陆书瑾进门时,萧矜已经不在房里,但桌上摆好了中午的吃食,他搓了搓冰凉的手,打算先填饱肚子。

吃完饭后,陆书瑾出了门,就听身后有人唤他:"陆兄。"

陆书瑾停步回望,梁春堰正往此处赶来,笑得双眸眯起来,不紧不慢地问:"你要去何处啊?"

"出门,去城东买东西。"陆书瑾的回答很简洁。

梁春堰露出喜色,说:"我正巧也要去那个地方,不如结伴同行?"

两个人坐车能分摊车费,对陆书瑾来说也是好事,顺路而已,便欣然应允。

梁春堰就走在他的身侧,二人一起往前走,他说道:"昨夜游街结束后,我一直找你来着,不承想你后来没去兰楼。"

陆书瑾道："蒋宿说再去兰楼麻烦，他带我去了别的地方换衣服，换完我便回学府了。"

梁春堰道："原来如此，我起初还以为是人太多挤散了，问了几人都没问出缘由，后来回了学府，见你房中的灯亮着，才放下心来。"

陆书瑾没想到他会这样关心自己，有些惊讶地看他一眼，说："多谢梁公子关心。"

梁春堰的性格比陆书瑾想象的还要温和，想起他先前被刘全打得那么惨，不免有些同情。

陆书瑾主动问道："梁公子是要去城东办什么事？"

梁春堰道："我不喜在屋里闷着，所以出去走走。"

陆书瑾随意应了一句，没再接话。陆书瑾本就不是爱聊天的性格，出了学府后，两人上了车，一路上都是梁春堰主动说，陆书瑾简单回应，并不往深处聊。梁春堰也不在意，脸上挂着温柔的笑，说的也都是一些无关紧要的小事，让人觉得相处起来颇为放松。

城东区是云城百姓公认的富贵之地，城中有些家世的人都会在那儿购置住宅，尤其是萧东区附近，因靠近将军府，周围的商铺都十足华丽，住宅也贵至天价。

梁春堰没什么事，便随着陆书瑾在萧东区闲逛。陆书瑾像是漫无目的，边走边看，有时瞧见了稀奇古怪或是精致的东西，被吸引了注意力，便与梁春堰就进去看看，并不买。

陆书瑾身着萧矜先前所赠衣袍，长发半绾，又戴着翠玉簪，小脸白俊，进了门后店铺老板也不敢怠慢，跟在二人身后打转。

从前他不曾有这样的待遇，若穿着以前那身布衣，这样的店铺他根本不会踏进去，因为多半要遭店老板的冷眼和讥讽。

一路与梁春堰走着转着，直到疲惫了，才找到自己想要找的地方，那是一家两开门的商铺，挂在上头的牌子是墨笔所写的三个字：风骨阁。

陆书瑾走进去，看到店内的墙上挂着山水字画，下面的柜子上摆了笔墨纸砚，还有一些文人所爱的折扇与盆景之类的。便站在折扇柜前，拿起其中一把认真端详。

扇子做工精细，扇面平滑，上头画了戏水鸳鸯，颜色干净字体工整。

掌柜是一个胖胖的中年男子，走过来眯着眼笑道："小公子，可有喜欢的？"

陆书瑾拿着扇子问："这扇子如何卖？"

"这是竹扇，上面的字画是秀才精心所绘，你若是想要，我收你二百文。"掌柜道。

陆书瑾约莫也猜到不便宜，这扇子不是用具，而是把玩在手里的，算是一种装饰品，且用料讲究，加之是秀才在上头写绘，此地又是萧东区，所以价格高了不少。

陆书瑾指了指里面那柄白玉扇，问："那把呢？"

"那把是玉扇，制作打磨都要费很大功夫，所以比竹扇贵许多，得一千七百文。"

"都是这个价吗？"陆书瑾又问。

"那倒不是，"掌柜笑了笑，说道，"木扇骨扇玉扇的价格很难估量，不止因为做工和用料，与扇面上的东西也有很大关联。不管是木、玉，还是骨，都分上等和次等，自然是用料越贵，成价越高，若是顶尖的玉做出来的扇子，可谓是价值连城，但若是名人绝迹，那价格也不可估量。"

陆书瑾听着，但神色并未发生太多变化，将三种材质的扇子都拿起来看了看，拿着其中一把玉扇问："这种有没有白面扇？给我拿五把。"

掌柜接过去看看，道："我让人找找。"

说着，他唤来台边坐着的半大孩子，给他指了地方，让他去后院找，不多时就抱了五把扇子来。

陆书瑾拿起来一展开，扇面皆是洁白，没有杂质。陆书瑾又将扇子的其他地方细细检查，确认五把扇子都是完好的，才问道："这些一共多少银钱？"

掌柜拿来算盘，一边念念有词，一边拨弄着算珠道："一把是一千七百文，你要五把的话……统共八两余五百文。"

陆书瑾道："我这一下就买了五把扇子，掌柜卖便宜一些吧，一共八两如何？"此话一出倒把掌柜说蒙了，因而一直在萧东区做生意，来这里光顾的大多是富贵人家，且是文人喜好，大多不会自降面子讲价，这小子倒是坦然，一开口就砍了五百文。

掌柜面露难色，道："小郎君啊，你这不是存心砸我的生意吗？"

梁春堰在边上看了半天，这时候也开口道："现在是冬季，扇子自然也卖不出去，您何不让步做成这笔买卖，冬日里多添一碗热汤也是好的。"

陆书瑾忙应和，厚着脸皮与掌柜来回扯了几个回合，最终掌柜在两人的努力下退让，以八两三百文将五把白面玉扇卖给陆书瑾。陆书瑾又买了四幅空面画卷，这才在掌柜欲哭无泪的眼神下满意离去。

"方才多谢梁公子相助。"陆书瑾抱着东西笑道。

梁春堰递手过去，帮他拿了些许，问道："不知陆兄买这么多空面扇空面纸有何用处？"

"送人的。"陆书瑾回道。

两人瞧着天色渐阴，似乎要下雨，便不再闲逛，一同打道回府。到学府时，天将将黑，二人在舍房院口道别。

陆书瑾回去后，先将买的东西都收起来，接着拿出以前的纸，在上面练习字体。

入夜后，萧矜带着晚膳来了舍房，一进门就见他埋头苦练，说道："你先别写了，过来吃点儿东西。"

陆书瑾揉了揉有些酸涩的眼睛，回过神，问道："你怎么来了？"

萧矜走过去，将食盒放在桌上，说："今晚我睡舍房。"

这小少爷一会儿睡萧府，一会儿睡舍房，也不知道瞎折腾什么，陆书瑾完全琢磨不透他的心思。

陆书瑾把纸收拾好放在桌边，去洗了手，回来准备吃饭，却见萧矜正拿着他方才练字的纸挑着眉看，见他来了讶然地问："你在模仿王羲之的字体？"

陆书瑾面色如常，点头道："闲来无事学一学。"

王羲之可是千古名人，他的《兰亭序》被誉为"天下第一书"，陆书瑾模仿的就是其中几句，有些还略显生疏，有些却仿得极其相像。

萧矜打小就见过不少王羲之的书法拓本,如今再看陆书瑾的,觉得他再练练,足够以假乱真。

萧矜笑眯眯道:"你这双手是金贵的,日后那些洗衣打扫的糙活,留给下人就是。"

他之前提过,但陆书瑾坚持自己洗衣裳,不肯退让。他也不好强迫,所以每次提起都用劝说的语气。

陆书瑾装聋作哑,低头吃着晚饭。

陆书瑾吃饭像兔子一样,没有声音,萧矜低着头看他,视线落在他的耳朵上,盯了好一会儿才开口:"明日下学,你随我出去一趟,见见我二哥,如何?"

这件事情是一早就说好的,陆书瑾点头。

萧矜没有马上走,他靠在桌边,沉默片刻,忽而说道:"我二哥性格随和,很好相处,他这次回来是办官银一案的,我昨日与他说了你,是他说要见你。"

陆书瑾听到这儿,突然想起一事来,先前就想跟萧矜说的,但是那日之后萧矜一直没来舍房住,平日里两人见面都是在学堂,并不适合谈那些,所以一直搁置,眼下正好有机会。

陆书瑾抬头看向萧矜,说:"你不是一直介怀我不肯喊你一声萧哥吗?"

萧矜愣了愣,说:"啊。"

"我先前跟你说过,我没有爹娘。"陆书瑾说,"我出生没多久,爹娘就突遭横灾死在回家的路上,四岁时祖母也一跤摔死,自那之后,村里人皆说我命里克亲,出生不过四年就克死亲生父母和祖母,亲人皆避而远之。后来姨母将我接到她夫家,从不曾让我叫她姨母,也不能唤她的儿女表哥、表姐,只以二小姐、三少爷相称。"陆书瑾撇了撇嘴,说,"就是如此了,我从不会叫别人哥、姐。"

萧矜紧紧地拧着眉,说:"这样荒唐的话,你也信?"

"信啊,"陆书瑾把头低下去,声音平静道,"当然是信的。"

若非如此,陆书瑾怎么会自幼便死了父母,又死了唯一疼爱的祖母。也因此坚信当初宁欢寺摇下的上上签,会让他的命理逐渐往幸运的方向靠拢。

萧矜也明白了,从他脖子上戴着那根上上签就够看出来,他根本就是一个迷信的小书生。

他笑了笑,纵容道:"那你可千万别叫我哥哥了,喊名字也好,亲近一点儿。"

"会吗?"陆书瑾一脸疑惑。

"会啊,不管你叫我什么,咱俩都亲近。"萧矜揉了一下他的头。

事情仿佛说完了,萧矜还没走,待陆书瑾快要把饭吃完时,他才问:"你今日跟梁春堰出门做什么去了?"

陆书瑾没想到他会问这个,先前他不在舍房的时候,他也没少出去,并没听他问起,陆书瑾如实回答:"买东西去了。"

萧矜又问:"你怎么与他交上朋友了?"

"他的性格温和,相处起来很轻松。"陆书瑾道。

萧矜沉默了。

陆书瑾将碗筷简单地收拾一下,抬头看他,说:"怎么了?"

"无事。"萧矜脸上先前没有笑意,但与他对视时,又弯唇笑了,说道,"对了,今日乔老又把我拎过去痛骂一顿,我这些日子旷课已经引起了学府夫子的不满,平日里留下的课余策论我都没写,我看你挺闲的,倒不如你帮我写了吧。"

"啊?"陆书瑾大为吃惊。

"啊什么,"萧矜抱起双臂,说,"你不乐意?"

陆书瑾当然不乐意,怎么都这会儿了,还得帮萧矜代写策论,但自己刚吃了萧矜带来的饭,嘴里的味儿都还没散,这时候能说一句不乐意?

陆书瑾抿抿嘴唇,道:"你分明可以自己写。"

"左手写字太累了,咱俩关系这么亲近,你忍心看我受累?"萧矜反问,他说得理直气壮,陆书瑾找不出话来反驳,只好应下。

萧矜把题目丢给他后,顺道把吃空的碗碟带了出去。

如今情况不比从前,之前他是为了算计刘全才主动给萧矜代笔的,但现在没有旁的原因,自然不愿做这件事,且不说每日写两份策论很

333

累，若是让夫子们发现了，又免不了一顿批评。陆书瑾一边写，一边想着如何让萧矜打消这个念头，窗外逐渐响起了密集的雨声，下午没落下的雨，现在落了，他忽而心生一计。

夜深后，雨势大了，萧矜到底还是没回舍房睡觉，陆书瑾锁了门，一觉睡到次日大早，像往常一样洗漱整理东西，出门赶去学堂。

雨还在下，但不算大，陆书瑾没带伞，就顶着密密的雨滴前行。

吃了早饭后，陆书瑾这次没有直接赶去丁字堂，而是绕了一下，去了靠近学府正门的小池子边上。

学府正门处有两个小池子，是专门修来养鱼的，并不高。

时辰也不算太早，正门陆陆续续进来不少上早课的人，陆书瑾蹲在池子边上，把给萧矜写的策论拿出来，泡在了水里，纸是好纸，但沾了水之后，上头的墨迹很快就晕开了，待陆书瑾再拿出来时，已经糊成一片。

陆书瑾见状，颇为满意，他小心翼翼地甩了甩上面的水，然后将这两张纸与其他纸夹放在一起，背着书箱去了丁字堂。

陆书瑾进门后坐了没一会儿，萧矜就进来了，他径直走到他边上，坐在他前面，说：“晨起你吃的什么东西？”

陆书瑾没想到他来这么早，惊讶了一下，回道：“肉丝粥。”

"昨夜雨下太大，我没能回去。"萧矜说。

陆书瑾料想到了，并不在意。

"你想不想搬到我那里坐？"萧矜突然问。他像是突发奇想，陆书瑾却觉得奇怪："我在这里坐得挺好，为何要搬？"

"你不想跟我坐在一起吗？"萧矜反问。

陆书瑾看着他，眉毛轻扬，说道："若是我在意这些，一开始进丁字堂就不会同意坐在这里。"

萧矜的眼中闪过一丝懊恼，但并不明显。他别过头，往窗外看，过了一会儿才说："过两日学堂有测验，你得跟我坐在一起。"

陆书瑾一下子就明白他话中的意思，瞪大眼睛道："萧矜，你不能这样，上次咱们就被逮住了。"

"那次是不走运，这次当心点儿就好。"萧矜将眉一横，又恢复了纨绔少爷的模样,毫不讲理,"我说什么便是什么,待蒋宿来了,你与他一起搬到我前面坐。"

陆书瑾心一横,想着测验时萧矝若是再让自己帮忙作弊,就当场举报萧矝,大义灭纨绔少爷。

见陆书瑾没再反对,萧矝的心情又变好了,笑着问:"你给我写的策论呢?"

陆书瑾从书箱里摸出一沓纸来,将其中几张黏在一起的当着萧矝的面撕开,递到他面前。

"这是什么?"萧矝把纸拿在手里,说,"我要的是策论,不是这两团完全看不出糊了什么的废纸。"

本来他盘算着萧矝不来上早课,等早课结束,那两张纸就差不多半干,但没想到他今日来得早,他的计划被打乱,没办法只得硬着头皮道:"下雨,打湿了。"

萧矝看着他,轻挑眉峰,问道:"当真是下雨打湿的?"

陆书瑾点头。

"好你个陆书瑾,"萧矝想起在学府门边看到的景象,笑道,"你是不是欠揍啊?"

陆书瑾一脸无辜,并不知道萧矝为何会说这话,但清楚萧矝是不会动手打他的。

果然,他笑了一会儿,将那两张糊得完全看不见字迹的纸揉成一团,拍了拍他的桌角,道:"来,我给你把桌子搬过去。"

陆书瑾拦了一下,说:"不成,我不想……"

"不想什么?"萧矝将双手撑在桌子上,身子往前倾,凑近了他问。

陆书瑾沉吟片刻,说道:"助纣为虐。"

"好哇,"萧矝被气笑了,说,"你居然这么说我!"

萧矝本就没打算让他再帮自己测验作弊,但见他这副模样,还是忍不住逗他,一把将桌子抬起来,哼了一声,道:"你就是不从也不行!"

他十分轻松地将他的桌子搬到了自己的位置旁,没办法,他只好抱起自己的书箱跟在后面。他的动作很快,把他和季朔廷的桌子往后面拉了拉,把他的桌子加在前面,说道:"日后你就坐在这里。"

陆书瑾倒没在这个问题上跟他争执，对他来说，坐在何处都是一样的。

萧矜见他坐下，便也跟着落座，很无情地扔下了蒋宿的桌子，说："他的让他自己搬。"

于是蒋宿兴高采烈地来到学堂之后，就看到自己的桌子孤零零地立着，当即很委屈地跑到萧矜的位置旁边问："萧哥，你怎么能把我的同桌抢走？虽然我的意见不太重要，但好歹陆书瑾也跟我坐了一段时间，我对他也是有感情的，我觉得你应该问问我……"

"别啰唆了，"萧矜不耐烦地打断他，"你也过来坐。"

蒋宿顿时乐了，龇着大白牙，屁颠屁颠地跑回去，把桌子搬了过来，坐下来之后，还用肩膀撞了一下陆书瑾的胳膊，小声道："我终于又能跟萧哥坐一块儿了。"

陆书瑾笑着问："你以前也是坐这里的？"

蒋宿就说："我原本坐在萧哥后面，但之前我在课堂上睡觉打呼噜，连累萧哥被乔老骂，他就把我赶走了。"

陆书瑾道："这么说，能坐回来你很高兴？"

"那当然了！"蒋宿回头去看萧矜，笑嘻嘻道，"我就想跟萧哥坐在一块儿，最好是拿米糊糊把我俩黏起来，到哪儿都不分离！"

陆书瑾也跟着回头，就见萧矜正支着脑袋骂他："你要是身上有毛病，现在就去找医师给你治，别耽搁了病情。"

蒋宿故意冲萧矜挤眉弄眼，说："我这是心里的病，相思病，医师治不了，只有萧哥你能治。"

这一下把萧矜恶心到了，他拧起眉毛，往后靠了靠，正要说话，目光却忽然瞥到陆书瑾身上。陆书瑾听着两人说话，眼里都是轻微的笑，似乎觉得这样颇为有趣。

萧矜一脸愣怔，那些要骂蒋宿的话就没说出口。

蒋宿得寸进尺，将头往萧矜肩膀上蹭，萧矜反应很快，一把抵住他的脑袋，两个人纠缠起来。

正闹着，季朔廷踏进了学堂。

对于丁字堂的早课来说，季朔廷是稀客，他不像萧矜那般随意地想来就来,想不来就旷课。用他自己的话说,他是很守规矩的人,说了不来上早课就不会来。但是今日他却来了,见陆书瑾和蒋宿坐在前面,露出了惊讶的神色,但很快就想明白这肯定是萧矜的主意。

他顺手扯了一把蒋宿,将人从萧矜身上拉开,自个儿坐下来,嘲笑道:"我先前说什么来着,有你后悔的时候。"

"后悔什么?"蒋宿不明所以,问。

季朔廷没回答,倒是萧矜轻哼一声,说道:"你若是再对着我发疯,你指定后悔,因为我会把你打得鼻青脸肿,让你小舅都认不出来你。"

这招有用,蒋宿顿时就收敛了。

季朔廷的这句话是说给萧矜听的。当初陆书瑾调来丁字堂时,季朔廷是早课结束之后来学堂才知道的,当时他看了看陆书瑾的位置,就说了一句:"让他坐那么远,有你后悔的时候。"

当时萧矜嗤之以鼻,不以为然。

今日他一进门,就看到陆书瑾独自坐在里头靠墙的位置,前后的人都在嬉笑说话,唯有陆书瑾安安静静地看书,虽然他来丁字堂也有段时日了,但仍然显得格格不入。

让陆书瑾搬到前面坐,是萧矜一瞬间冒出来的想法,没有旁的心思,但季朔廷当初说的话也算应验,他辩解不了,索性装作听不见。

钟声敲响,陆书瑾扭头回去看书,蒋宿也安分了。

季朔廷往萧矜身边凑了凑,小声问:"你那晚在舍房没折腾吧?"

萧矜想起此事就气愤,睨他一眼,说:"你怎么把我送舍房去了,我不是说了要回萧府吗?"

季朔廷摊开手,说:"到了萧府门口,你抱着门口的石狮子死活不肯进去,你哥说的话都不听,力气大得跟牛似的,我只能把你带来舍房了。"他话锋一转,问道,"怎么,你对陆书瑾动手了?"

萧矜摇摇头,说:"我记不清了,但应当是没打的,我没见他的脸青肿。"

"也不一定,说不定你打了他没吱声呢,他就是闷葫芦的性子。"季朔廷压低声音说,"你这喝了酒就爱打人忘事的毛病是真要命,日后别再喝醉了。"

萧矜自知理亏，并没有反驳。

他前日一整天状态都不太对劲，耳朵里全是热闹的声音，却无法投入那盛大的节日气氛之中。他不止一次出神，等回过神来时，才察觉脑中又在想陆书瑾那副扮成姑娘的样子。

萧矜见过各种各样的美人，但从未有这样奇怪的感觉，他感觉自己的心是平静的，不会像第一眼看到陆书瑾姑娘模样时那样波澜不断，但不知为何，他一遍又一遍地晃神，所以昨日才不小心喝多了。

但今日一早，他看到陆书瑾又恢复了本来的模样，那些奇怪的情绪就消散了，他也觉得自己好笑，可能是因为陆书瑾扮成姑娘的样子太像个姑娘了，才让他有些不适应。

萧矜抬眸，看向陆书瑾的后脑勺，心想，现在他正常了。

"你今日为何来这么早？"萧矜反问。

季朔廷来上早课，是很反常的事情。

问起这事，季朔廷的脸僵了一下，笑意迅速冷却，说道："我一夜未眠，躺不住了便起床了，顺道来上早课。"

"什么事？"萧矜不经意地问。

"昨夜我回府，收到了祖父的信。"季朔廷轻叹一声，拧了拧眉头，"不说了，烦。"

"可有提及朝中的情况？"萧矜压低了声音问。

"略有提及，三皇子前阵子去了北疆，一时半会儿回不来了，恐怕无缘东宫之位，"季朔廷也低低回道，"四皇子与五皇子尚无功无过，六皇子前阵子献策处理了西方蝗灾之事，皇帝龙颜大悦，正是得宠之时。"

萧矜听后，稍稍敛起眸子，不知在想什么，忽而说道："我倒是觉得三殿下最有可能得太子之位。"

季朔廷别过脸看他，一脸疑惑道："何以见得？"

萧矜招招手，说："你附耳过来。"

两人的头凑在一起，小声讨论着，而前面一桌的两人也非常同步，靠在一起细细碎语。

"哎，陆书瑾，"蒋宿撞了撞他的肩膀，轻声说，"你的策论给我抄一段呗，反正夫子也不会认真看，应该发现不了。"

陆书瑾朝身边人看了一眼，才与他说话："不成，你不能都抄我的，迟早会被夫子发现，届时还会连累我。"

"都是亲兄弟，你怎么能用'连累'这个词呢，不是往我心口上戳刀子吗？"蒋宿气愤道，"况且上回我就因为没交策论被夫子拎到门口训斥，若是这次再不交，夫子定会告知我家人，那我真是吃不了兜着走了，你忍心看我遭受这些吗？"

陆书瑾无奈道："你害怕被罚就写策论啊，为何每次都不写，来了学堂再抄？"

"我要是写得出来，至于抄吗，你就这样伤害你的异姓亲兄弟？"蒋宿咬牙切齿地说道。

他的话刚说完，头上就挨了一下，把窃窃私语的两人吓了一大跳，同时转头才发现是萧矜卷着书打了蒋宿的头，他压着眉毛凶道："你们头顶着头说什么呢？"

蒋宿嘿嘿笑了一声，说："我在跟陆书瑾交流感情，一夜未见，他与我疏远不少。"

"你来学府是念书的还是结拜的？上课钟都敲了，你还厚着脸皮打扰别人干什么？你不学习他还要学习呢，老实点儿！"萧矜板着脸训斥他。

蒋宿一头雾水，不知道自己为什么挨训，但瞥了一眼萧矜的脸色，就没再多话，把头扭了回去。

萧矜随手拽了一下陆书瑾的衣袖，说道："他的话多得很，你少搭理他，专心看你的书，策论也别给他抄。"

陆书瑾听后，眸中染上笑意，稍稍点了一下头，回过身后，就发现蒋宿正疯狂地对他使眼色，往常也是这样，陆书瑾拗不过他，最后还是趁萧矜不注意，偷偷把策论给他，只让他抄一段，当然，他也不会蠢到抄一份一模一样的。

把座位换到后面来，最明显的变化就是周围变得极其热闹，授课一结束，许多人就围在萧矜身边。

之前陆书瑾听吴成运说过，萧矜身边的人虽然看着多，但实际上他是有挑选的，那些家世背景平庸的根本近不了他的身，唯有世家子弟才能跟着他厮混，但陆书瑾认真观察过，发现并非那样。那些人围着萧矜叽叽喳喳，萧矜虽然没有表现出厌烦，但也极少回应，敷衍又冷淡。

这也是必要的，陆书瑾在心中猜测，萧矜平时要做许多败坏名声的事，有些事虽然看起来小，但十分必要。

齐铭能在萧矜身边安插内应，那么其他人一样也可以，萧矜是完全不设防。所以陆书瑾猜测，整个萧府恐怕都不大干净，所以萧矜前段时间就算是受伤，也要留在窄小的舍房里。

下午是乔百廉亲自授课。

陆书瑾来了丁字堂后，倒是经常见到他，他还是一如既往的温和模样，进门之后，先将东西往桌子上一放，笑着问道："节前我布置的策论，没写的，觉得自己写得有问题的，自个儿站起来，我看看有几个。"

陆书瑾下意识想到了身后的萧矜，转头朝他看了一眼，不承想正好撞上他的目光，两人皆微微一愣。

他正支着脑袋，眼神放空，像是发呆，见到陆书瑾看过来，挑了挑眉。陆书瑾没吱声，又转回去。

陆书瑾的胆子真不小，还有蒋宿，就抄了他的一段策论，这时候坐得稳如泰山，有句话怎么说来着，不见棺材不落泪？

"蒋宿，"乔百廉在上头喊道，"非得让我点名说你吗？"

果然，蒋宿一见着棺材就流泪了，他颤颤巍巍地站起来，哭丧着脸道："先生，我的策论可是费了很大功夫才写好的。"

"我看你是费了很大功夫才抄好的吧？"乔百廉拍了一下桌子，顿时就发怒了，"你小子也不动动脑子，你当中一段抄陆书瑾的策论，就好比给屎镶金边，你当先生都是傻的，看不出来？滚出去站着！"乔百廉指向门口。

蒋宿缩着脖子，灰溜溜地出了门。

"还有你，陆书瑾。"乔百廉的声音落下来，没方才那么激昂了，"纵容蒋宿抄你的策论就是在害他，你也出去站着反省。"

陆书瑾叹了一口气，方才蒋宿被拎起来的时候，就已经料到会这样了，陆书瑾站起身，道了一句"学生知错"，也跟着往外走。

乔百廉目光一转，凶道："没说你是吗，萧矜？龇着牙乐什么？你交上来的是什么玩意儿？"

"下雨，打湿了嘛。"萧矜不着调的话语从后面传到前面，正逢陆书瑾走到前头，他别过头看了看，发现乔百廉手里拿的正是那两张被揉成一团，晕了墨迹的纸。

这都敢交上去，萧矜胆子真是大。

"你也滚出去！"乔百廉把那两张墨迹糊成一团的纸撕碎。

陆书瑾刚在蒋宿身边站定，萧矜就出来了，他挠了挠后脑勺，走到陆书瑾面前问："我不是让你别给他抄了吗？"

陆书瑾也不想的，但是蒋宿那会儿疯狂地给他使眼色，他实在怕蒋宿的眼皮子抽出问题，才把策论给他抄，没想到这么不凑巧，乔百廉竟会亲自检查。

陆书瑾靠着墙，仰头看去，发现今日是阴雨天，雨水淅淅沥沥地从檐下落下来，别有一番意境。

很快，季朔廷也出来了，他站在萧矜身边，四个人并排而立。

蒋宿探头问："季哥也没写策论？"

"我写了的。"季朔廷耸耸肩，道，"我是因为旷了太多早课，乔先生说我这是重罪，你们只需站半个时辰，但我要站到下学。"

"啊，"萧矜说，"你活该。"

果然三人只站了小半个时辰就被乔百廉喊进去了，留下季朔廷一人守在门口当门神。

下学后，萧矜带着陆书瑾和蒋宿出了学府，坐着马车赶去城东区有名的脆香楼。

到门口时，萧矜先下的马车，他从随从手里接过伞，撑在马车边，唤陆书瑾下来。

"下个马车还要接一下，至于吗？"蒋宿在后面撇着嘴说道。

萧矜一怔，这才发现自己对陆书瑾的照顾行为都是下意识去做的，并未深想。

"你废什么话，那我不接你了，自己淋雨下来。"萧矜对蒋宿道。

蒋宿笑嘻嘻地钻出来，说："我不需要，男子汉大丈夫，就该多淋点儿雨。"

这是一句很没道理的废话,陆书瑾忍不住道:"你就是因为淋太多雨了。"

蒋宿的反应也快,说:"难道你是说我的脑子进水了?"

陆书瑾笑着没应,萧矜把伞给了蒋宿,自己又撑了一把去后面,与季朔廷同行,几人说话间就进了酒楼。

楼中的大堂相当热闹,闹哄哄的。掌柜眼尖,看到了萧矜,立马出来迎接,带着几人上了二楼的雅间。

门一推开,陆书瑾就看见房里站着两个人,一男一女。

男子是前段时间伙同吴成运掳走他的叶洵,自齐家人被捕后,陆书瑾就没见过叶洵了。这会儿他站在门边,正慢悠悠地倒茶,见了萧矜,忙放下茶盏,笑脸迎上来,说:"我等你许久了,怎么才来啊?"

萧矜笑着道:"路上人多,又下着雨,所以马车行得慢。"

"叶少倒是来得早啊。"季朔廷也跟着说。

叶洵哈哈一笑,揽住季朔廷的肩膀,同时看了陆书瑾一眼,对他笑了笑,他没回应。

云城的势力盘根错节,官银一事叶家将自己撇干净,现如今是辅助萧矜二哥调查官银的地方官,不管里子烂成什么样,表面功夫都得做足。所以见了面,三人勾肩搭背地揽在一起,仿若又是举杯共饮、交情甚好的兄弟,半点儿看不出来暗地里斗得你死我活的模样。

窗边还站着一个姑娘,陆书瑾发现她正盯着自己看,于是转过头与对方对视,认出此人是叶洵的胞妹,叶芹。

陆书瑾与她并不熟识,刚要移开视线,却见叶芹几步走过来,拉着他的衣袖,将他带到了窗边。

叶芹一双大眼睛盯着他,看得他很不自在,主动开口问:"叶姑娘可有事?"

"我想问你一个问题,"叶芹小声说,"小四哥是不是喜欢男子呀?"

陆书瑾吓了一大跳,飞快地转头看了一眼门边那几个还在说笑的人,赶忙拉着叶芹往里面走了走。

陆书瑾可得好好跟这个脑子不大灵光的姑娘谈谈。

拾壹　标致美人叶芹

叶芹此人，表面上看挑不出毛病，是一个标致的美人，但只要一开口说话，就很容易让人看出来她的不对劲，一些不能说的话，她都能一脸坦诚地说出来，不像故意为之。

陆书瑾将她拉到角落，压低声音问："叶姑娘，这话是谁跟你说的？"

叶芹眨着大眼睛，半点儿没有男女授受不亲的意识，反而将嘴巴凑到陆书瑾的耳朵边上，用手圈住，神秘兮兮地道："是我自己看出来的。"

陆书瑾大松一口气，还以为又是谁故意放出的谣言，原来只是叶芹自己在胡说八道。陆书瑾盯着叶芹的眼睛，认真地说："叶姑娘，饭可以乱吃，但话不可以乱说，这种谣言会对萧少爷造成巨大的影响，还望姑娘莫要随意说这种玩笑话。"

"这不是玩笑话，"叶芹看起来比陆书瑾都要认真，"这是真的。"

"你如何得知？依据是什么？"陆书瑾反问。

"我知道，我能看出来，"叶芹说，"就像我能看出他喜欢我。"

陆书瑾问："谁？"

"季朔廷。"叶芹道。

陆书瑾双眉轻扬，露出惊讶的神色，盯着叶芹看了好一会儿，并未从她脸上找出半点儿说笑的神色。

叶芹是非常认真地在说这句话。

陆书瑾回想起两人之前的见面，虽然她没有刻意留意，但一向记忆力好的他能够回想起那夜的些许细节，并未发觉季朔廷与叶芹有半点儿相识的感觉。走在路上时，两人的马都隔得很远，且自始至终没有对过话，季朔廷的脸甚至都没往叶芹的方向偏。

陆书瑾想了想，又问："是他亲口对你说的吗？"

谁料叶芹皱起眉，先生气了："你这人怎的如此笨拙，我都说了是我看出来的。"

陆书瑾觉得叶芹完全是在胡说，且是没有任何依据的胡说，他一把擒住叶芹的手腕，板起脸，变得极为严肃，盯着叶芹道："我不管你如何想，但你要记住，此话不能乱讲，若你对旁人说出来，将会带给萧少爷巨大的祸灾，还请叶姑娘闭上嘴。"

叶芹好似心智不大成熟的孩子，见陆书瑾沉着脸色，果然有些吓到，她缩了缩肩膀，小声嘟囔："我不会乱说的。"

跟只见过两次面的人说出这样的话，还不是乱说？陆书瑾在心中腹诽，目光严厉："叶姑娘谨记就好。"

叶芹赶忙乖乖点头，看起来像是被欺负了一样。

不管如何，陆书瑾的本意都不是欺负人，所以看到叶芹这副模样，心里也有些过意不去。但这会儿也只能做出凶蛮的样子，能震慑住叶芹最好，免得她嘴上没把门的，跟谁都说这种话。届时城中若再传萧矜喜欢男子，那才真是乱了套，陆书瑾很难想象在京城兢兢业业的萧大将军听到这种消息会是什么心情。就算他知道这个消息是假的，恐怕也要亲自赶回来问一问。

"芹芹——"陆书瑾正想着，那头传来一声叫喊。

陆书瑾与叶芹同时转头，就见叶洵站在桌边，正微微皱眉，往这边瞧，目光正落在陆书瑾抓着叶芹的手腕处，笑得勉强："陆公子此举，怕是不合适吧？"他的表情虽看起来平和，但陆书瑾却感受到隐隐的敌意，便松开了叶芹的手腕，对叶洵露出微笑，并未回应。

"怎么着，哥几个喝酒，还把妹妹带上了？"萧矜哼笑着，从中插了一句话。

叶洄笑道:"她吵着要跟过来,我实在没办法。"

叶芹显然已经将陆书瑾方才板着脸警告她的样子抛之脑后,又乐呵呵地跑去了萧矜边上,说:"我要跟小四哥坐在一起。"说完就要落座,谁知季朔廷忽而从后头把椅子拉走,叶芹没防备,当即摔了屁股蹲儿,脑袋磕在地上,整个人倒在地上,哎哟一声。

"芹芹!"叶洄急喊一声。

陆书瑾被这突然发生的变故吓了一跳,连边上的萧矜也惊了一下。

季朔廷却面无表情地垂眼看她,语气没什么温度:"抱歉,叶姑娘,这位置是我的。"

萧矜看他一眼,弯身拽着叶芹的胳膊,将她拉起来,什么话都没说。叶洄从桌子的另一边绕过来,着急地将她上下看了看,询问:"可摔疼了?"

叶芹的双眸立即染上泪光,捂着后脑勺哽咽:"哥哥,我的脑袋疼。"

叶洄看起来极为心疼,他把叶芹带到自己旁边的凳子处坐下,用手轻轻地揉着她的后脑勺,对季朔廷冷声道:"季少,是不是过分了?"

季朔廷扬起一个笑容,说:"对不住,不过我也觉得奇怪,这场合是姑娘该来的吗?一桌子男人,她在此处终究不便,不如叶少差人将她送回去?"

叶洄嘴角紧绷,原先的假笑挂不住了,他极力忍耐了片刻,才俯身对叶芹小声说:"芹芹,先回家去好不好?晚点儿哥哥再去找你。"

叶芹一眨眼,眼泪就落了下来,却还是摇摇头。

陆书瑾将这场景看在眼里,目光在几人脸上转了转,忽而想起叶芹方才对他说的话。他觉得叶芹的智力可能有些问题,且对情绪的感知并不准确,季朔廷对她根本就谈不上喜欢,他对叶芹连萧矜一半的和善态度都没有。

"叶姑娘少时磕坏了脑袋,不大懂事,但叶少不至于跟着一起不懂事吧?"季朔廷坐了下来,笑眯眯地道,"她说不回,就任着她的性子胡来吗?"

萧矜将手搭在季朔廷的肩膀上,拍了两下,低声说:"差不多

345

得了。"

叶洵也置若罔闻，弯着腰低声哄着叶芹，似在劝她回家。

叶芹并未对季朔廷发怒，只是默默地掉了两滴泪，又用手背擦干，就是不愿回家。

气氛正僵持的时候，门又被打开，一人笑道："这群小子倒是来得快，咱们还迟了呢。"

几人同时看去，萧矜率先开口："二哥。"

就见萧衡站在最前方，落后半步的是方晋，方才那句话也是他所说。其后是先前在齐家猪场见过一面的黑面捕头何湛，当时他与萧矜起了不小的冲突，陆书瑾一度害怕二人当场打起来，以至于这回见到他，还是有些怕。最后进来的则是一个瞧起来更年轻些的男子，他模样俊秀，眉毛粗黑，看起来是一个相当板正的老实人，与这一屋子身量高的男子比较，他有些矮。

蒋宿喊了一声："小舅。"

此人便是蒋宿的小舅，樊绍。

萧衡走到萧矜面前，温和地笑道："你几时来的？为何都站着？"

"刚到不久，"萧矜道，"先坐吧。"

屋中人开始逐一落座，萧衡坐于正席，往左是萧矜、季朔廷、蒋宿；往右是方晋、何湛、樊绍、叶洵。如此一来，陆书瑾就与叶芹坐在了一起，位于整张桌子的下席。

叶芹已经不哭了，但眼圈还是红的，在白嫩的脸上尤其明显。萧衡一脸疑惑地问道："这丫头怎么了？"

叶洵笑道："方才不小心磕着了，无碍。"

萧衡并未说叶洵不该将她带来，只对叶芹笑了笑，语气温和："待会儿给你点壶甜茶喝，想吃什么尽管说。"

叶芹的情绪转变得很快，笑容甜美道："谢谢萧二哥。"

萧衡说完，目光一转，就落到了陆书瑾身上，问道："小四，这是哪位？为何不介绍一下？"

"这就是我昨日跟你说的陆书瑾，是我新结识的兄弟，也在海舟学府念书。"萧矜看着他，脸上俱是笑意，"他才学深厚，聪颖守礼，性子安静,做事认真有耐心,颇得学府先生们的喜欢,乔老对他也相当偏爱,且心地善良,前些日子在城北的玉花馆里……"他一说起来就好像没完没了,季朔廷低咳两声,稍稍打断了他。

萧矜意识到自己说了太多,笑容不变,将话补充完:"他还行了好事。"

萧衡没忍住笑出声,那张与萧矜有几分相似的脸看起来温柔又俊朗,他问陆书瑾:"当真?"

一桌的人都在看陆书瑾,他面上挂着礼貌的笑容,丝毫不露怯意,说道:"萧少爷谬赞,陆某亦是寻常人,无其他长处,只是喜爱读书罢了。"

"爱读书是好事,"萧衡道,"我大哥不爱读书,就只能去战场上挨揍。"

萧矜立马道:"这话我可听见了,待大哥回来,我就跟他说道说道。"

"你小子。"萧衡捶了他一拳,兄弟二人就笑起来。

陆书瑾想起姨母家的那些人,姨母是柳宣力的正妻,但他还有几房妾室,所出的孩子不算少,嫡庶共住在一方不算大的宅院里,其中明争暗斗从未停歇,嫡庶之间的关系更是无法调解,永远也做不到兄弟和睦。不承想萧家如此大族,萧矜与其庶兄的关系竟如此亲密,或许也是因为萧云业的孩子的确不算多。

老大不爱念书,当了武将;老二进士出身,如今在职文官。而萧矜被当作继承人培养,武的方面陆书瑾已经见识过,从他整日捧着治水与农管古籍读也能猜出来,他的文学并不差。

日后,他会选择哪条路呢?

究竟他是走父辈的老路,承接将军之衔,继续保家卫国,还是踏上文官之路,成为权臣之一?不过只有一点陆书瑾可以确认,他绝非碌碌无为之辈。

陆书瑾的目光从桌上说笑的几人身上滑过,心道世人总艳羡这些世家子弟的命好,却不知他们生来就背着寻常人所没有的重担,更需在这阴谋权术中万分小心,虚与委蛇。

几人说了一会儿话，菜就陆续端了上来，逐渐摆满整张桌子。

杯中都被倒上了酒，萧衡指了指陆书瑾，说："这俩孩子瞧起来年岁还小，就不让他们喝酒了，咱们喝就成。"

于是一壶甜茶被提到陆书瑾与叶芹中间。

叶芹的情绪已经完全恢复，她很高兴，热情地给陆书瑾的杯子倒上甜茶，说道："这个很好喝，你快尝尝。"

陆书瑾小声道谢，正举杯要喝，只见叶芹学着其他人的模样，双手捧着杯子，往陆书瑾的杯子上轻轻碰了一下，说道："干了。"

陆书瑾被她这幼稚的行为逗笑，突然觉得对叶芹的那些戒备似乎没有必要，叶芹与叶洵完全不同，叶芹的行为更像一个孩子，她十分坦诚，情绪也很直白。或许这就是萧衿对她相当和善的原因，但不知为何季朔廷对她敌意不小。

几杯酒下肚，桌上的氛围热烈起来。何湛虽然之前与萧衿冷脸吵架，但他与萧衡显然关系极好，到了这桌上也非常给面子，虽然他不接萧衿的话，但也没再冷着脸，喝酒也很痛快，动辄就一口闷了。

蒋宿的小舅与方晋交好，二人时常对着私语，或与萧衡说笑。叶洵也融入得很好，对萧衡很是恭敬，谈笑起来颇为从容。

看了一圈，陆书瑾发现萧衡是桌上众人的中心，所有人都与他关系熟络，好似几年未见的好兄弟重聚，所聊的内容也从城中的商户发展到鸡毛蒜皮的小事，反倒对前些日子官银和刘齐两家之事只字不提，而陆书瑾、叶芹和蒋宿则成为桌上多余的人物。

蒋宿只管闷头吃，并不参与那些闲聊，甚至不关心他们在说什么。陆书瑾吃得很慢，耳朵仔细留心他们说的话，而叶芹却在忙活一些奇怪的事。

她专注地给陆书瑾夹菜。这个行为是非常不合适的，本来一桌男子，她的存在就很突兀，且她与陆书瑾非亲非故，却像一个长辈，又像一个给好姐妹分享美味的小女孩，吃了什么好吃的都要给陆书瑾夹一箸。

陆书瑾起初推拒了几下，但叶芹很执着，她不停地说："这个真的好吃。"直到陆书瑾去尝那道菜。

叶洵隔得远,眼神完全传达不到叶芹这里,又不好打断桌上人的聊天,阻止妹妹给一个男子夹菜,于是只能在那头干瞪着眼睛。

陆书瑾发现之后,不仅没有提醒叶芹,反而默许了她给自己夹菜,气得叶洵不停地朝他甩眼刀。

一晃神,陆书瑾的碗又被菜堆满了,只好赶紧埋头吃。

气了叶洵一阵,自己先受不了了,陆书瑾握住叶芹的手拉到桌子底下,小声说道:"叶姑娘,你能不能消停一会儿,喂猪也不是这么喂的。"

叶芹以为陆书瑾这个反应是不喜欢她夹的最后一箸菜,就说:"不喜欢吃的菜,你就扔掉。"

"我已经吃饱了,你不必再给我夹菜,"陆书瑾说,"你自己吃就好。"

叶芹对着他的耳朵悄悄说:"那你得先松开我的手,我才能吃。"

陆书瑾松了手,心中暗松一口气,转头打算把碗里的菜吃完时,却对上了萧矜的视线,他正从桌子的另一头看着他。

陆书瑾愣了一瞬,继而低头吃菜,就听萧衡含笑的声音传来:"你好好的不吃菜,盯着叶家那个小丫头做什么?"

萧矜收回视线,笑容轻浅:"我是看陆书瑾吃了不少东西,疑惑他今日胃口怎么这样好,平日里他吃不了这么多。"

此话一出,桌上众人又去看陆书瑾。

其实方才叶芹给他夹菜时,所有人都看见了,只是叶洵没提,其他人也不便说,倒是没想到萧矜先说起此事。

方晋调侃道:"许是因为那些菜是小丫头夹的,所以他才多吃了一些。"

几人同时笑了,唯独叶洵脸色僵硬,借机低斥:"芹芹,好好吃你的菜,老实点儿。"

陆书瑾倒是十分镇定,面色从容,似乎压根不在意这些调侃,只说:"叶姑娘热心肠,我怎好拒绝她的好意,让诸位见笑了。"

"这是好事,我看你们年岁倒也相仿。"萧衡含糊地说了一句,又望向萧矜,"你如今也老大不小了,该琢磨着为萧家开枝散叶了吧?"

萧矜皮笑肉不笑,道:"二哥你这话说得真奇怪,咱爹当年也是弱冠之年才为萧家传后,我急什么?"

"承儒,你自个儿还没着落呢。"何湛说道。

承儒是萧衡的字。

"这小子承的是我萧家嫡脉,比我重要。"萧衡道。

"不敢苟同。"何湛哧笑一声。

萧矜虽不喜何湛,但这会儿却跟何湛站在同一阵线,说道:"你先操心自己吧,何时我有了嫂子抱了侄子,才轮得到我。"

萧衡喝了一口酒,装作听不见他的话,说道:"项家四丫头一直对你有意,早前我在京城听闻,她在生辰宴上当众向你表白了?"

何湛提着嘴角冷笑一声,说:"他当众拒了项四姑娘的簪花,还说那东西丑,下了项家的脸面。"

萧衡一脸责备地看着他,说:"你怎可如此不知礼节?"

萧矜耸耸肩,无所谓道:"我对她无意,为何不能拒?且那簪花本来就丑,坦诚是我身上所剩无几的美德。"

叶洵立即接了一句:"四少真会说笑。"

萧矜说他坦诚,叶洵第一个站出来大声反对。

"不成不成,你在云城的名声本就臭得厉害,唯有一张皮囊讨喜,若是如此丢姑娘的脸,将来谁还会嫁进我们萧家?"萧衡道,"如今父亲和大哥都不在城中,唯有我操心此事,过两日学府假日,我带你去宁欢寺走一趟,捐些香油钱,给你求求姻缘。"

萧矜皱着眉,刚想说不必,目光又从陆书瑾的身上晃过,他想起自己之前说过要带这小子去宁欢寺,但祈神祭那一整日都没有闲暇时间,正好可以借这次机会履行承诺,于是点头应了:"也好,我许久不曾去了。"

陆书瑾并不知道萧矜的想法,只觉得萧衡此人颇为有趣。他的话听起来正经,但实际上却是很荒谬的。比如他担心萧矜名声太差,以后娶不到媳妇,提出的解决办法却不是改善名声,而是带他去寺中拜神明求姻缘,简直像是胡来,八成也是当着这一桌子人的面做戏。

一顿饭吃到天黑,一伙人前后脚出了酒楼。

外面的雨停了，夜风有些冷，陆书瑾裹紧了身上的衣裳，陆书瑾站在边上，看萧衡与几人闲说道别，萧矜走了几步，突然折回，站到他面前，低头问道："今天你可吃饱了？"

他这是明知故问，陆书瑾撑得都不想说话了，只点了点头。

"你吃太多了，我让人备点儿消食的汤药给你，免得积食。"

陆书瑾摇头，现在一点儿东西都吃不下了，而且吃完就犯困，只想赶紧回去睡觉。

萧矜见他不说话，神色恢恢，似不高兴，沉默了一会儿才低声道："叶家暂时扳不倒，叶洵也动不得，日后总有机会替你出那口气。今日主要是为了带你来见我二哥，他平日里事务多，很难抽出时间，昨日我与他说了之后，他便让我今日带你来。虽说以后你入朝为官要经常应对这种饭局，但你若不喜，日后我便不带你来了。"

陆书瑾静静地听完，意识到萧矜是误以为他介怀叶洵之事才认真解释。

萧矜压低的声音，软化的语气，有些其他模糊的意味，在冷风中给陆书瑾的心中添上一丝暖意。

陆书瑾笑了笑，说："并非如此，我倒觉得这种饭局甚好，若我有其他兄弟姐妹，也愿意将你介绍给他们相识。"

萧矜眉眼轻舒，正要说话，蒋宿摇摇晃晃地走过来。

他喝得有些头晕，揽住陆书瑾的肩膀，咧着嘴笑道："陆书瑾，你今儿开心吧？叶家那姑娘一直给你夹菜呢，保不准是瞧上你了，你还半点儿不拒，是不是想当叶家的赘婿？"

萧矜刚舒展的眉头狠狠一拧，一把将蒋宿从陆书瑾身上扯开，一脸烦躁道："是他想当赘婿还是你想当赘婿？你这模样，狗路过都要啐两口，喝多了就赶紧回家，别在大街上丢人现眼。"

蒋宿没喝醉呢，听到这话委屈得很，十分摸不清头脑："萧哥，你骂我干吗？"

萧矜道："你欠骂。"

萧矜骂了蒋宿两句后，就被萧衡喊走了，临走时安排陆书瑾坐蒋宿的马车回学府。

道别之后，陆书瑾上了蒋宿的马车。

蒋宿平日里话就很多，喝了酒之后就更多了，上车之后嘴巴就没停过，仿佛要将饭局上没说的话全部倒出来。

陆书瑾听了一会儿，觉得其中废话太多，便一只耳朵近一只耳朵出，闭上眼睛，任由他说。

稍坐了一会儿，陆书瑾还是没忍住，打听起叶芹来。

"今日饭局上全是男子，叶洵为何要将他妹妹带来？"他打断蒋宿的话问道。

蒋宿顿了顿，说道："叶姑娘的脑子是坏的。"

"什么？"

"她幼时曾磕破了脑袋，据说非常严重，叶大人本打算放弃医治的，但最后还是救回来了，自那之后，她的脑子就坏了，跟寻常人很不一样，有时疯疯癫癫地说胡话。"蒋宿认真地想了想，又说，"她很黏她的兄长，不管去何处都想跟着，所以叶洵跟萧哥他们在一起时，经常能看到叶姑娘，我们都习以为常了。"

陆书瑾暗道一声果然，难怪那叶芹看起来有点儿奇怪，原来脑子真的出了问题，又问道："她这般整日跟着一群男子，岂不是坏了自己的名声？叶大人也纵容？"

"自从叶洵他们的母亲过世后，就无人管教叶姑娘了，之前叶洵出门没带她，她闹出了很大的事，叶大人索性放手不管，总归她是傻的，年过十六也无人上门提亲，不会有人愿意娶一个傻子回家。"蒋宿耸耸肩。

话是这么说不错，但陆书瑾觉得叶芹算不上傻子，她最多只是脑子不灵光了。她对人的善意如此直白，感觉不到有任何目的，这让陆书瑾实在讨厌不起来。

"季少与叶姑娘关系如何？"

蒋宿笑了一下，说："你今日不是也瞧见了，朔廷哥最烦叶姑娘，没一次待见她的，但她爱慕朔廷哥，所以即便不被待见，也要次次跟着叶洵出来。"

"啊——"陆书瑾一脸讶然，"居然是这样吗？"

她脑浮现出叶芹先前站在他面前，信誓旦旦地说季朔廷喜欢她的模样。原来是反着的，因为她自己爱慕季朔廷，所以才跟别人说季朔廷喜欢她？常人是做不出来这种事的，但她脑子坏了，倒是可以理解。

"朔廷哥喜欢春风楼的小香玉，一直想为她赎身。"蒋宿打了一个酒嗝，说道，"但这事指定不成，季家书香门第，高门世家，绝不可能容忍一个青楼女子进门，所以朔廷哥一直都爱而不得。"

陆书瑾记得小香玉，先前萧矜带自己去春风楼的时候，见过那个模样相当美丽的女子，只不过当时小香玉窝在叶洵怀里，看样子也颇得叶洵的喜爱。

关系杂乱，且真真假假，光听蒋宿的一面之词根本不能下判断，陆书瑾听后就记在心里，并没有立即相信。

蒋宿又说了一些无关紧要的话，马车行至海舟学府的舍房，他拍了拍蒋宿的肩膀，关心道："你回去后喝点儿醒酒的汤药再睡，免得明日起来身体难受。"

蒋宿感动到一把攥住他的手，湿润着眼睛表白了一番，才将他放走。

夜间又下起了小雨，陆书瑾洗漱完后披了一件稍厚的外袍，将房中的灯点亮，拿出先前买的几把白面扇和空卷轴。

陆书瑾一直都在模仿前人出名的书法帖，唯有仿王羲之的最像，虽然他还不敢说学了个十成十，但十之八九还是有的。他先在废纸上练了几笔，找了找手感，而后才在空白扇面上下笔。

他挑了王羲之诸多著作中最出名的几句，一挥狼毫，便将潇洒肆意的字体落在纸上，在黑与白的极致两色中，一行漂亮且足够以假乱真的书法就成了型。他练了成千上万遍，一笔成型，半点儿没有拖泥带水，而后便将扇子放在旁边晾晒。

雨打窗框，夜风呼啸，陆书瑾在亮堂的灯光下将五把扇子和空的画卷全部写上王羲之的书法，最终落款时却故意写成"玉羲之"，以此来区别真假。一切都做完后，陆书瑾这才吹灭灯休息。

隔日，陆书瑾早早出了门。阴雨将歇，太阳露了头，本就是仲冬，一场雨过后，整个云城都被寒风笼罩起来，迎面吹来的风有几分刺骨，陆书瑾又折回去穿上了院服里的那件厚外衣。

冬季说来就来，幸好太阳给了一些温暖。不过陆书瑾走在路上的时候，还是冻得手脚冰凉，不得不在下学之后翻出了冬衣，一层层地加在身上，这才稍稍暖和了。

学府的舍房仅仅是一个住所，冬不避寒夏不解暑，到了这个季节，一入夜就冷得厉害。

陆书瑾将先前买的被子也拿了出来，压在身上，虽说钻进被窝之后不会感觉太冷，但冰凉的手脚也要用上好长时间才能暖和。

扇子和画卷在桌上晾了两日，彻底干了之后，陆书瑾从中挑出一把从各方面看都相当完美的带去了学堂，而后将其他的全部收起来，放在一个木箱里。

这日是海舟学府的统一测验日，夫子都来得早，陆书瑾进去之后，将桌面上的东西逐一收拾了，等待着先生出考题。

测验要持续一整天，上午考策论与算术，下午是礼节和武学。

上午的考验对陆书瑾来说相当简单，却极其难熬。因为监考的先生既不是德高望重的乔百廉，也不是凶戾无私的唐学立，而是一个面容和蔼、脾气温和的老先生，姓张。

张先生走路慢慢的，说话也慢慢的，许是年纪大了，记性差，耳朵也不大好使，但他总是笑呵呵的，是丁字堂学生最喜爱的一位先生，由他来监考，丁字堂的学生自是高兴坏了。

唯一不开心的，可能就是陆书瑾了，主要原因还是蒋宿。若是乔百廉或唐学立来监考，所有学生都得规规矩矩的，就连萧矜也不敢造次，但这次换了一个脾气温和的老先生，学生们自然也不大老实，最典型的当数蒋宿。

考算术时，陆书瑾这边正专心答着试题，蒋宿的脖子硬生生拉长了一倍，总是伸到陆书瑾的考卷旁边。

陆书瑾发现后，用胳膊一挡，身子侧到另一边，想把自己的考卷答案捂个严实。

蒋宿死皮赖脸地拽了拽他的衣袖，小声道："好兄弟，给我看两眼，我保证不抄你的！"

陆书瑾心想：这话鬼才信。坚决不搭理他。

蒋宿仍不死心，继续劝说道："你忍心看到你的异姓亲兄弟落到如此为难的境地吗？"

陆书瑾想捂住耳朵，蒋宿又说了两句好话，陆书瑾皆置之不理，他急眼了，用脑袋盯着陆书瑾的胳膊，想将胳膊顶起来去看考卷上的答案。

陆书瑾吓了一大跳，赶忙去看台前坐着的张夫子，只见老先生仍低着头，并未注意到这边的情况，他就用笔杆往蒋宿的脑门上杵了两下，压低声音道："走开啊！好歹等我写完……"

陆书瑾的话还没说完，蒋宿的凳子就被人从后面猛地一蹬，整个人顿时摔到地上，发出巨大的声响。

声音在学堂里显得无比突兀，所有人立马凝目看过来，就连张夫子也从书本中抬起头，目光搜寻了一下才落在陆书瑾旁边的空位子上，问道："嗯？是不是有学生没来，缺考了？"

陆书瑾抿了抿嘴唇，正要回答，就听后面的萧矜扬声道："不是，是他没坐稳，摔倒了。"

张夫子笑呵呵地道："年轻小伙就是好动，但测验时间紧迫，还是抓紧时间答卷为好，莫要再摔了影响别人。"

蒋宿摔得七荤八素，从地上爬起来的时候，看见萧矜的腿正慢慢往回收，他蹲着，半个脑袋露出桌面，瞪大眼睛冲着萧矜小声道："萧哥，你踹我椅子干吗？"

萧矜将身子压在桌子上，凑近道："我伸腿的时候，不小心踢到了。"

"这能是不小心踢到的？"蒋宿显然不是傻子，咬牙道"先前你在学府门口踢刘全的那脚，都没这一脚厉害！"这会儿他也不在意自己摔得屁股疼了，只抱着椅子控诉道，"我这椅子的一条腿儿都让你踹歪了，知道吗！"

话音传进陆书瑾的耳朵里，他想起学府开课那日，萧矜踹在刘全身上的那一脚，当场就把刘全那个胖墩儿踹得仰面摔倒，还在地上翻起了跟头,就算如此,萧矜当时仍是收着力的,若是这一脚比那脚重,能把椅子腿踹歪也不稀奇。

蒋宿试着坐了坐,歪了一条腿的凳子怎么坐都在摇晃,他强忍着坐了一会儿,实在受不了,便蹲下去修理歪腿凳子,如此一来,陆书瑾获得了小半个时辰的宁静。

等蒋宿把凳子修好后,测验的时间已所剩无几,他赶忙又厚着脸皮去烦陆书瑾。

陆书瑾虽然已经将答卷写完,但仍不愿意妥协,他捂着自己的考卷小声教训:"蒋宿,你这样是不对的,你不能抄一辈子,不会就是不会,就算你现在抄了我的应付得了一时,日后还有那么长的日子,你能次次都应付过去吗?"

蒋宿露出痛定思痛的表情,道:"陆贤弟,你说得太对了,这次考完我定会认真悔过,痛改前非,只不过在那之前,还需你伸出援手,将答卷交出来。"

陆书瑾道:"你一点儿不像是要悔改的样子啊!"

蒋宿道:"没时间了!"

两人的脑袋凑在一起,窃窃私语,从后面看就好像肩膀挨着肩膀,头挨着头,中间没有一丝缝隙,无比亲密。

萧矜抬起又落下的目光重复了几次,最终还是伸手在蒋宿的肩膀上拍了拍。

蒋宿扭过半个头,着急道:"萧哥有什么事,测验结束了再说,我正忙着呢!"

萧矜忍了忍,将自己的答卷往他的肩上一拍,说:"拿去抄!"

蒋宿顿时大吃一惊,瞪着眼看他,而后道:"萧哥,我抄你的还不如交白卷,上回抄你的算术,整张考卷只答对了一道题,还是我自己瞎蒙的。"

"这次不一样,"萧矜道,"我是抄了季朔廷的。"

季朔廷听闻抬起头,被蒋宿的叽叽喳喳吵得也心烦,看了他一眼,低声说:"你最好赶紧拿过去抄,萧某的拳头已经硬了,等一下就落到你的头上了。"

蒋宿瞟一眼萧矜的脸色，果然不大好看，于是赶忙接了萧矜的考卷回身去抄。季朔廷的算术水平自然是比不上陆书瑾的，却比萧矜和蒋宿的好许多，就算没得上等答卷，得中等的也聊胜于无。

时间已然不多，蒋宿不再废话，闷着头开始抄写。

萧矜的字体太过杂乱丑陋，蒋宿的眼睛都快抄瞎了，他努力分辨着，陆书瑾见状，回头给了萧矜一个不大赞同的眼神。

抄一份答卷事小，但蒋宿一旦养成这个习惯，日后面对任何问题都只想着抄别人的答案，很难独当一面。

陆书瑾觉得萧矜应该明白这点，不知道为何还一直纵容蒋宿。

萧矜被他不赞同的目光看了一下，这一眼情绪浓厚又颇有味道，他的心一下子麻酥酥的，没忍住笑了笑。

等了约莫一盏茶的工夫，萧矜忽而开口，打破了学堂里的宁静，他扬高声音说："张夫子，我要举报蒋宿乱纪违法，将我的答卷抢过去抄。"

丁字堂的人都知道蒋宿平日里跟萧矜的关系最好，而今大哥大义灭亲，在众目睽睽之下往蒋宿身上扎了两刀，当即都笑了起来。蒋宿更是被打了个措手不及，显然已经蒙了，他脑子乱成一团，手上还是拿着笔，坚持将题抄完。

张夫子虽然和蔼，但到底是一名夫子，他知道考场作弊的严重性，当即站起身，肃声道："哪个学生如此大胆，速速站起来让我看看，跟我去唐夫子和乔院长面前好好反省。"

一听到这句话，蒋宿登时遭不住了，手里的笔再也握不稳。当然他也没站起来，而是往后一瘫，反手用拇指狠狠掐自己的人中，半死不活道："萧哥啊萧哥，咱们兄弟的情谊今日算是走到尽头了！"

萧矜十分冷漠无情地道："你别装死，去唐夫子跟前领罚吧。"

蒋宿抄东西的毛病以前并不严重，只是偶尔策论忘记写了，或是写不出来，才会想着抄别人的。但自从陆书瑾来了之后，他便完全依赖陆书瑾，什么都不愿意自己写了，一门心思抄抄抄，萧矜正打算想办法治他。今日他又几次三番在考场上烦扰陆书瑾，实在该好好治治。

蒋宿被张夫子拎到了门外，测验结束的钟声也敲响了，他收走所有考卷后，带着哭丧着脸的蒋宿离去。

陆书瑾站在座位上，透过门看着他垂头丧气的背影，心中浮现出些许不忍，正逢萧矜走到他边上，便低声问道："这样是不是过分了？"

萧矜却浑然不在意，道："不吃亏如何长记性，光口头教是不够的，蒋宿性子混，越打越瓷实，用温水浇可长不成大树。"

陆书瑾没说话，但心里也是赞同的。

余下的一门策论蒋宿没来参加，估摸着正在悔室里挨训挨罚，蹲在角落里哭着呢。

中午用饭的时候，蒋宿才回来，两只眼睛红得厉害，他沉着一张脸，闷头坐在位置上，谁也不理。

陆书瑾看了看，主动凑过去问："先生如何罚你了？"

蒋宿将头扭过去，并不应答，显然他也生陆书瑾的气，不过却装作不经意地把两只手掌摊开，掌心红彤彤的，还有些肿，看来是挨板子了。

陆书瑾忍着笑，说："你跟我生什么气啊，又不是我告的状。"

蒋宿没忍住，扭过头来跟他辩驳："都是你不给我抄，我才会被萧哥算计！"

陆书瑾说道："那你可太冤枉我了，我本来打算给你抄的，只不过你先一步接了萧矜的答卷。"

蒋宿道："我央求你许久，你都无动于衷，心是铁打的，肠子是石头做的，你就不是一个好人。"

"当真？"陆书瑾反问，"我不是你的陆贤弟吗？"

"现在不是了。"蒋宿道。

"那萧矜呢，还是你的好大哥吗？"陆书瑾又问。

蒋宿没有回答，又沉着嘴角不说话，陆书瑾心想：萧矜是不是给蒋宿灌迷魂汤了？

陆书瑾正想着，便见萧矜进了学堂，他手里提着食盒，一眼就看到红着眼眶臭着脸的蒋宿，便嘴角牵起一个轻笑，走到边上，轻飘飘地问："你回来了？"

蒋宿梗着脖子不理他。

萧矜将食盒放在他的桌上，说："给你吃。"

蒋宿的神情顿时一变，又拉不下脸，说："我不要。"

"本来是我要吃的，但瞧你不高兴，就想给你吃，你不要就算了。"

"我要，"蒋宿赶忙改口，"总不能白白让你坑害。"

萧矜顺手从旁边的位置上勾过来一把椅子，坐在蒋宿的边上，放缓声音问道："夫子如何罚你了？"

蒋宿方才还气着，现在竟完全不气了，说起来还有些委屈："夫子打了我手板，还要我重写算术答卷和策论，还在悔室门口罚站到方才敲钟。"

萧矜眼中含着笑，他慢条斯理地将食盒打开，饭菜的香味儿瞬间涌出来，他把里面的碟子一盘盘拿出来，放在桌上。

季朔廷也将食盒放在陆书瑾桌上，把里面的菜摆出来，说道："你啊，不打你，能长记性？"

萧矜接着他的话问："蒋宿，你日后可想过要去做什么？"

蒋宿看着桌上一盘盘的菜，目光随着萧矜的手动，脑子却压根没有思考："萧哥做什么，我就做什么。"

"那若是我将来入朝为官呢，你要如何？"萧矜说，"你父亲的官职并不能世袭，你又能凭什么本事入朝为官？"

蒋宿一脸惊讶道："萧哥，你若是能为官，我也能吧，至少我的算术比你多对一题。"

季朔廷道："不，以你现在的状况来看，你不能。"

他的话让蒋宿一脸茫然，他听不懂。

萧矜拍了拍他的肩膀，不轻不重地捏揉起来，说道："我向来不是什么好人，日后我要去做贪官，当奸臣，你也要跟随我吗？"

蒋宿皱着眉看他，眼里满是疑惑，没有应答。

陆书瑾静静地看着，并不插话，将蒋宿的不理解和纠结神色尽收眼底，萧矜在用他的方式教蒋宿。

"所以不管你是跟随一个满心为民的忠臣义士，还是跟随一个作恶多端的佞臣小人，你都必须有出众的能力，不可庸碌平凡，泯然众人。"萧矜神色肃然，盯着蒋宿，相当认真地说，"若是你再如此碌碌

359

无为，日后恐怕跟不上我的脚步，我撇下你，是必会发生的事。"

蒋宿目光呆滞，许久都没说话。

萧矜等了一会儿，不再多说，便分了碗筷，说："来，先吃饭。"

陆书瑾早就料想过萧矜会担任这种角色，他和季朔廷比同岁的少年活得更通透。别的少年还在旷学蹴鞠、喝花酒；他们却忙于官场算计，为民斗争。

近朱者赤，萧矜真正结交的人，品行自然差不到哪里去。但是当他看到萧矜不紧不慢地对蒋宿说出那些话时，心还是不免被震撼，同时涌起一阵酸涩。

能被人教，是一种幸福。陆书瑾是自己长大的，无人教导，幸而学了字会读书，并从书中学会了何为对，何为错。

陆书瑾转头看了看窗外的朝阳，即便是在寒冷的冬季，也如此灿烂耀眼，炽阳永悬不落，少年的意志亦是如此。陆书瑾想与他们一起，成为晏国新生的日光，干净明媚。

吃完饭，季朔廷带着蒋宿去外面走走，萧矜斜倚在座位上看书，丁字堂内没有别人，大多都回家或者回舍房去了。

陆书瑾见状，便从书箱里拿出那把扇子，递到萧矜面前，说："送给你。"

"送给我？"萧矜立即放下书，把扇子接过去看。

这白玉扇所用的玉是非常普通的品种，乍看上去洁白光滑，瞧着还行，但入手一摸萧矜就能感觉到玉的普通，做工虽然算不上极其精细，但也中规中矩，坦白说，这是萧矜寻常看都不会看一眼的低廉东西。

他将扇面展开，里面的字随之呈现，瞬间他便笑意吟吟，眉梢满是欢喜，一点儿也不觉得低廉了，赞道："这字写得可真好，难不成你每日都练，就是为了写这一幅扇面赠我？"

陆书瑾也弯着眼睛笑，说："自我来了云城，你对我照顾颇多，就算你说我们之间不必计较这些细枝末节，但我还是想送你东西，虽然微不足道，但也算是我的心意。"

"怎么会微不足道？"萧矜把玩着扇子，爱不释手，"好得很，我喜欢。"

陆书瑾见他喜欢，心里也是开心的，说道："若你喜欢，这几日就带着吧。"

"那当然，我会一直带着。"萧矜说。

萧矜说到做到，下午的礼节考和武学考，都带着这把扇子，把它别在腰后，藏在外袍里。

礼节对陆书瑾来说并不难，唯有武学测验上的骑术对他而言才算是真正的难题。

学府每两日就会有一下午武学课，学平射骑术和一些简单的武术动作强身健体，陆书瑾骑术学了很长时间，才将将能在马走起来的时候坐稳。

这次测验，考的是骑马行过几处障碍，对熟练马术的人来说极为简单。

陆书瑾站在树下，看萧矜骑着马从场地的这一头奔往另一头，束起的长发飘摇，衣袖袍摆翻飞，恣意潇洒，轻松地完成了测验。

陆书瑾两手交握，神色恍惚。

"陆兄可是在忧虑骑术测验？"身边传来梁春堰的声音，他不知何时走到了陆书瑾身边。

陆书瑾神色稍变，方才他都忘了，经梁春堰提醒，竟又想起来，叹道："不错，先前我从未碰过马。"

梁春堰笑道："我也是，不过这些马性情温和，自幼驯化，很听指令的，你只管像以前那样练习就行。"

"话虽如此，"陆书瑾说，"可每一回上马背，我都怕得很。"

梁春堰开了一个玩笑："那便让我顶着陆兄的名字，替你去测验。"

陆书瑾笑了笑，说："也不是不可。"

萧矜从马背上下来的时候，正看到陆书瑾和梁春堰站在树下说话，脸上都带着笑。

他的神色没什么明显的变化，只微微绷着嘴角，走到季朔廷身边，说道："那梁春堰不像是好东西，再查查。"

季朔廷一脸纳闷，道："他怎么又不是好东西了，这个月你都说三回了，查了三回都没什么异样，还查？"这梁春堰在萧矜嘴里就没当过好东西。

"小心驶得万年船！"萧矜道。

季朔廷觉得奇怪，他稍微留意了一下萧矜，萧矜的目光往一个方向转了两次，季朔廷立即察觉到不对劲，果然看到了树下站着的陆书瑾和梁春堰，二人这会儿没再说话了，皆盯着测验场地看。

季朔廷道："怎么着，你心里酸得厉害？"

"我酸什么了？我酸什么了？"萧矜反应激烈，他从后腰拽出白玉扇，唰地展开，"瞧见没，这是陆书瑾送我的，我需要酸他？再说了，君子之交淡如水，陆书瑾是君子，他们的交情定然比水还淡，你少乱猜！"

季朔廷只是随口说一句，没想到萧矜有如此大的反应，他满脸古怪，说："我可什么都没猜。"

"菌子，什么菌子？"蒋宿结束了测验，刚走过来就隐约听到萧矜的喊声，又见萧矜的手里拿着扇子，疑惑道，"萧哥，这个天气你不冷吗？怎么还拿着一把扇子摇着？"

"别管他，"季朔廷在一旁道，"他又发疯了。"

萧矜也没应声，眼看着陆书瑾赶去测验地候场，树下只剩梁春堰一人，他赶忙丢下季朔廷和蒋宿，大步朝那里走过去。

到了跟前，他非常卖力地摇着扇子，往梁春堰身边一站，主动开口道："马背上跑一跑下来，竟有些热，幸好我带了扇子。"

梁春堰见周围没别人，知道他是在跟自己说话，便笑着回道："萧少爷准备得倒齐全。"

萧矜仍用力扇着扇子，含糊应道："还好吧。"

说完他就没再吱声，但仍站着不动，完全没有要走的意思。

梁春堰只得没话找话："方才我见萧少马背上英姿飒爽，颇有萧将军的风范，着实令梁某艳羡不已。"

"正常骑行而已，没什么特别的。"萧矜将扇子换了一只手继续摇，回答得敷衍。

梁春堰停了停，接着说："萧少的骑术测验必定能得个'甲'字。"

"一个破字，有什么稀罕的。"萧矜开始不耐烦。

梁春堰再没眼力见，现下也看出来了，他惊奇地看着扇子，道："咦，这扇面可是王羲之的书法？瞧着这般相像，难不成是真迹？"

"不是真迹，是陆书瑾特地写了赠给我的。"萧矜这下好好回答了，他下巴轻扬，俊俏的眉眼泄露出那么一点点不明显的得意来，问他，"你没有吗？他没送你吗？"

梁春堰："……"

陆书瑾先前已经练习过很多次，但到底还是不熟练，上马背的时候就不大顺利。可踩着脚蹬上马背时，还未抬腿去坐，身下的马忽而动了两步，身子一晃，险些又掉下来。

武夫子看出他情绪紧张，就拍了拍马头，说道："这些马都是经过挑选的，性子温驯，你只管像平日上课时那样练习就好，不必慌张。"

陆书瑾点了点头，紧紧地拉着缰绳上了马背，坐在上面时，忽而有些怕，忍不住转过头到处去看，目光从草场上的人群中掠过。

萧矜这会儿跟梁春堰说完了话，正合起扇子从树下离开，往季朔廷那边走，走到半道上，看了陆书瑾一眼，却见他坐在马背上东张西望。

陆书瑾一般不会这样毫无目的地乱看，他对待测验相当专注，此刻他这般慌乱，定然是因为心里紧张。

萧矜突然想起带他去火烧齐家猪场的那个夜晚，陆书瑾坐在他的马鞍前，被他用两臂困在其中，模样极为乖顺，一路上都低着头，每回他的视线落下，就能看到陆书瑾的后脖子和两只耳朵。他有片刻的晃神，随后脚步一转，往着测验的地方走去。

到了旁边时，武夫子先看见了他，说道："萧矜，你的测验已经结束了，别来这里扰了别人。"

"我知道，我就跟他说两句话。"萧矜冲夫子笑了笑，跨过横栏，走到陆书瑾的马前，伸手拍了一下陆书瑾的小腿。

陆书瑾方才找了一圈没找到人，这会儿突然被拍了一下小腿，顿时吓了一跳，低头一瞧，才发现萧矜竟在他完全没注意的时候走到他跟前了。

他往前走了两步，顺着马头上的鬃毛，仰起头跟他说话："你之前学得都很好，前面几个障碍应该都不难，速度慢点儿也无妨，最后一处障碍需要跨越，你只需要记住，千万不可太过用力拽缰绳，双腿夹紧马腹，若是实在坐不住了，就赶紧往前，俯身抱住马脖子，至少别被甩下来。"

陆书瑾静静地听完，问道："若我被甩下来，会摔成什么样？"

"不知，或许会磕着手肘吧。"萧矜说。

"只磕着手肘吗？"陆书瑾倒有些惊讶。

"那你还想怎样？"萧矜笑了一下，拍了拍马的脖子，说道，"你放心去吧。"

说完，他便离开测验之地，退到横栏外面，与武夫子站在一起。

陆书瑾收回目光，忽而觉得安心了一些，紧张的情绪也被安抚了不少，随着一声锣响，陆书瑾轻轻地踢了一下马腹，接收到指令的马便迈开蹄子往前走，但测验的要求是要马小跑起来，如此慢走，并不能算作成绩，陆书瑾想了想，加重些许力道，又踢了一脚，马的速度果然快起来。马背上也变得很摇晃，陆书瑾的身体微微往前倾，抓紧手里的缰绳，尽量稳住自己的重心。

跟萧矜所说的差不多，前面几处并不算难，陆书瑾是这一批考生里速度最慢的，落在最后头仍小心翼翼。

尽管如此，也会有突发状况。正当陆书瑾前往最后一个障碍地时，行在他前面的一匹马不知为何突然发起疯来，先是停下不动，马背上的人拽着缰绳催了几声仍没动静，那人急眼了，用脚跟狠狠踢了一下马腹，只听那匹马长长地嘶鸣一声，紧接着就开始尥蹶子，原地打转，甚至想跳起来将背上的人甩下来。

陆书瑾见状，立马意识到不好，想拉着缰绳想让马停下来，但对马的掌控着实不大熟悉，拽着缰绳的力度也把握不好，如此一拉缰绳，身下的马反而加快了速度，朝着那匹正在发狂的马而去。

身后的萧矜脸色大变，当下找了身边的一匹马翻身而上，用力一夹马腹，奔了出去。

陆书瑾吓得不行，眼看着就要撞上那人的马时，他的马反而自己从旁边绕过去，有避让障碍的意识。

但坏就坏在那匹马一直踢腾着后蹄，有一脚正好踢在陆书瑾所骑的马的后腿上，马后蹄的力道是不容小觑的，这一脚，陆书瑾明显感到马身体猛然一震，险些被震下去，马匹发出刺耳的痛叫后，立马撒开蹄子狂奔！

陆书瑾没忍住一声惊叫，马背变得极其颠簸，脑中只记得萧矜方才所说的话，飞快地俯身抱住了马脖子。可双腿不知是吓软了还是马腹太滑，不管怎么样都使不上劲儿，东倒西歪，像是随时要被甩下去。

萧矜的速度极快，恨不得把马屁股都抽肿，他极速拉近与陆书瑾之间的距离，眼看着那匹马到了最后一个障碍处，后蹄猛地用力，腾跃至空中。

马跳得高，前蹄更是翘起来，陆书瑾整个人都被巨大的力道抢起，他知道即便马再落下，他也绝不可能坐回马鞍上，只会挂着马脖子被甩到前面，但若是被马的前蹄踢中，他必会滚落在地，从马蹄子下滚一遭，所以他必须在此刻放手。

惊慌失措中他低头看去，看到自己离地面还有一段距离，且地上还有一个大坑，若是放手了，绝不止摔到胳膊肘那么简单。虽然他脑袋清明，知道如何做，这时却完全丧失了理智，害怕的情绪遍布全身，驱使他死死地抱着马脖子。

"陆书瑾，松手！"紧要关头，身后突然传来萧矜的喊声。

陆书瑾听到了这声音，刹那间什么想法都没有了，鬼使神差地松开了手，下一刻身体便被惯性甩出去，抛至半空。

萧矜见状，猛地一蹬马背，整个人踩着马背朝陆书瑾的方向跳起，两人的距离并不远，加之萧矜这一跃精准又迅速，顺利在空中与陆书瑾的身体撞在一起。

陆书瑾只觉得眼前一花，重心失控，后背撞上了柔软的身躯，继而整个人被抱住，来不及有任何反应和思考，就重重地落在地上，天旋地转地翻了几个滚后，疼痛瞬间从手臂传来，脑后却垫着一只手，将他的头和肩膀都牢牢护住。

温暖的身躯伴着清香传来，陆书瑾一抬头，就看见萧矜支着身体悬在上空，眼里满是急切，说："你怎么样？有没有哪里摔痛了？"

手肘处有痛感，但并不强烈，估计皮都没摔破，是陆书瑾完全可以忍耐的程度。那一句"没摔痛"到了嘴边，说出来之后却变了："跟你说的一样，磕着手肘了。"

萧矜从他的上方起身，坐在地上去拉他的手臂，他也顺势坐起来。

这一变故很快便成为焦点，季朔廷、蒋宿等人从不同方向往这里赶，尤其是蒋宿，隔着老远就开始惨叫："萧哥，萧哥！"

萧矜充耳不闻，握着陆书瑾的手腕来回摆动："痛得厉害？能动吗？"

陆书瑾摇头道："应该没有伤到骨头。"

他又用手指去捏手肘处，透着几层冬衣，将力道传到骨头上，把陆书瑾的两个手肘都检查了一番，发现没有骨头错位之类的问题出现，这才重重地松了一口气，沉着脸没有说话。

方才若不是他惊险相救，陆书瑾从马背上摔下来，少说也得断根骨头，若是滚到马蹄子下，被踩了胸腔，都不知道有没有命。一想到这儿，他的面色就极其难看，深沉的眼眸染上凶戾，朝始作俑者看去。

季朔廷和蒋宿先来一步，一人扶一个，把坐在地上的二人拉起来。

萧矜的衣袍滚满了灰尘，季朔廷用手拍了拍，关切问："没事吧？"

季朔廷问的并不是他摔的这一下，而是在问他先前的伤势。

萧矜还未完全愈合的伤处又痛起来，他用手按了按，轻轻摇头，对蒋宿指了指后面，道："去把那人拎过来。"

刚才发生的场景蒋宿看得明明白白，自然知道萧矜的意思，立马跑过去把发狂的马驯停，将马背上的人一把拽了下来。

那人方才就吓得不轻，被拽到萧矜跟前时，还没来得及开口求饶，就被萧矜一脚踢翻在地，翻了几个滚才停下来，蜷着身体抱着胸腹哀号。

萧矜看起来气极，指着他骂道："你这个不长脑子的人被踢了一脚都知道喊痛，更何况是畜生，如此驯马倒还不如早早摔断了腿，免得日后在马背上丢了性命！"

蒋宿撸起袖子，扑上去就逮着人开始揍，此人属于课堂上的缩头乌龟，找碴儿中的英勇先锋。

很快武夫子也赶了过来,都来不及去关心陆书瑾与萧矜的伤势,赶忙去拦着蒋宿,等将人拉起来,才发现那人已被打得鼻血横流,哭得鼻涕眼泪一大把。

陆书瑾走到萧矜边上,见他脸色发白,有些担心他左肋的伤,便碰了碰他的手臂。

萧矜察觉到后,扭头看来,对上陆书瑾眼睛的瞬间,戾气就消散了,他急急地问道:"你是不是什么地方不舒服?"

"我没事。"陆书瑾说,"你去看看郎中吧,你的伤……"

"无碍。"萧矜看着他道,"倒是你,一旦有任何不适,定要立马说出来,不能忍着。"

陆书瑾倒没有什么地方不适,只是觉得疑惑:"为何你先前就知道我摔下来会磕着手肘?"

萧矜听他一问便愣了一下,还没回答季朔廷就在边上说:"这一问倒是不难答,不过令人疑惑的另有其事。"

陆书瑾看向季朔廷,说:"如何不难答?"

萧矜低咳了一声,像是在暗示季朔廷,但他没有理睬,说道:"因为你摔下来被他接住之后,他两只手只能尽力护住你的头和肩胛,顺道缓冲落下的力度,无暇顾及你的手肘,所以在你发生危险他能接住你的前提下,只有手肘是必然会受伤的。"

陆书瑾恍然大悟,原来这句话要这么理解,没忍住笑了一下。

萧矜又咳了两声,顺道推了陆书瑾一把,低声道:"你方才的测验出了如此变故,赶快去夫子面前卖两句惨,让他给你直接通过,就不必从头再来了。"

陆书瑾听后,觉得此事确实比较重要,赶忙顺着他的话去找武夫子,萧矜看着他的背影,好一会儿才别开目光,一转头对上季朔廷满是探究的神色。

两人一起长大,默契比寻常人更甚,见他这个神色,萧矜立马知道他有话要说,且不是什么好话,便先开口:"看什么看,有话直接说。"

"你不觉得你有些古怪?"季朔廷说道。

"哪里古怪?"萧矜转身往树林边走。

"你方才的反应也太大了。"季朔廷跟在旁边,俊朗的眉目笼着一层肃色,并非之前那种揶揄打趣,他道,"每回撞上陆书瑾的事,你的表现都很反常,陆书瑾瘦弱可怜,你先前说过我也知道,但你不觉得,你对他的保护太过了吗?"

萧矜没应声。

"就算你可怜他,也该注意分寸,不能……"

"分寸?什么分寸?"萧矜忽而停下脚步,打断了他的话,转头看他,"季朔廷,你觉得你说这话合适吗?"

"那你觉得你做的那些事合适吗?"季朔廷盯着他的眼睛反问。

两人的身量差不多,气势上谁也不输谁一头,尽管季朔廷平日笑呵呵的,看起来性格温和,但冷了脸时看起来也令人畏惧。

"我做什么了?我保护陆书瑾并非单单可怜他,而是想让他成为我的家人,日后相互扶持,共同为官。"萧矜说。

"当真如此吗,萧矜?你若是真想让他成为你的义弟,为何从萧二哥回来那晚直到现在,你只字未跟他提过此事?上回的饭局,他也在场,你何不顺道说起让萧二哥先考量?"季朔廷声音平静,倒显得有些冷酷了,"若是你想与他一同为官,也该早些磨炼他,为何又保护得那么紧?你我都清楚,以他现在的算计和手段,根本没资格踏入官场。"

"日子还长,不急于一时。"萧矜道。

季朔廷看着他,嘴角牵出一个笑,却不大和善:"萧矜,你别太嘴硬。"

"有些事情你根本就不知道,"萧矜朝陆书瑾的方向看了一眼,而后压低声音说,"我根本就没有任何不纯的心思,我照顾他,不过是觉得他年纪尚小,有些事情对他来说太过艰难,他没有父母也没有长辈的教导,一步一步长到如此年岁已是非常辛苦。他会用自己的方式成长,在那之前,我只想像一个兄长一样保护他。"

萧矜直直地看着季朔廷的眼睛,颜色稍浅的眼眸里没有半分退缩,似乎在极其真诚地表达自己内心的想法,以此来打消季朔廷的猜想,他说道:"季朔廷,你别用那些歪门邪道的心思来猜测我对陆书瑾的保护,我喜欢姑娘,现在是,日后也是,绝不会变。"

季朔廷与他对视半晌,最终退让,说道:"那便是我多心了。"

萧矜立马说:"你该对我道歉。"

季朔廷只好作揖,拖着腔调道:"抱歉,萧小少爷。"

萧矜轻哼一声,这才满意。这场争执结束得太快,没有声响,待陆书瑾与武夫子交流完,萧矜与季朔廷已然结伴离开,只有蒋宿还在边上站着。两人结伴去食肆吃了饭,待天黑时,陆书瑾才回了舍房。

回去之后,他将衣裳脱下来一看,左手肘果然青紫一片,好在并不严重,不按压便不会痛,他洗漱完后便早早入睡,连萧矜晚上回没回舍房都不知道。

测验过后,有几日的清闲,陆书瑾鲜少出门,大多数时间都在房里。又赶上常假日,萧矜不在舍房,房里一派寂静。

陆书瑾打早上起来就一直坐在桌前,看着桌上摆的扇子和字卷,久久不曾动弹,他的脸上出现了一种难以言说的犹豫和纠结。

连着几日,萧矜手里都拿着陆书瑾送的白玉扇,虽然正值冬季,但少爷书生手里的折扇向来是锦上添花的把玩之物。就算这白玉扇的造价相当配不上萧矜的身价,但他捏在手中却也尽显少年意气,俊俏的面上带着轻笑,站着不动时颇有风流书生的韵味。

这与陆书瑾设想的毫无差别,他买了五把扇子,只将其中一把送给萧矜,从一开始目的就不单纯,他的故意隐瞒,其实已经是欺骗。他想利用萧矜的名气设一个局,且他明白,此局收尾时,萧矜必会因这事发怒,但他的目的就是要他生气,他并不怕他因此事怪罪他,只是想知道他在经受他的欺骗与利用后,会有什么样的反应和做法。

陆书瑾知道萧矜对他极为纵容,也是真心待他好。陆书瑾没什么朋友,想要与萧矜结识交往的心也是真挚且认真的,正因为如此,他才更需要试探萧矜的底线。毕竟人心如海底,深不可测。说到底,他与萧矜非亲非故,来到云城还不足四个月,他并不认为这些时日里他有什么特殊之处能起旁人对自己死心塌地,也从未奢望能与何人交上朋友,从孤寂的角落走出来。

但萧矜与季朔廷等人颠覆了他对权贵的认知,他揭开了蒙在表面的灰暗面纱,更加向往里面透着光的美好,他停滞在外,犹豫徘徊,不敢靠近。不仅仅是因为自己身份低微，还因为他几乎一无所有，唯有一个颗心还算真挚。

若是萧矜因他的欺骗和利用生气，他愿意认错道歉，但他若因着这件事执意与他一刀两断，那么日后他在知道自己是姑娘后，面对如此性质的欺瞒，又如何能够原谅自己呢？更何况他多次表示要与他共同踏上仕途，将他作为左膀右臂来培养，届时他一句"我并非男儿，无法入朝为官"，他能接受吗？

陆书瑾对人际交往并不熟练，他想要靠近萧矜，想要结交新的朋友，却又怕最后付出真心却竹篮打水，白忙活一场。

他的确是坚强的，但也不忍让自己孤寂的心再受挫折。没有人能教导他，保护他，他需要对自己负责，所以在抉择上总是万分谨慎，不想在最后抱着自己这颗可怜的心狼狈离场。

萧矜手持扇子笑着的模样在他脑海里不断浮现，他的心沉甸甸的，透不过气。

陆书瑾坐了许久，也犹豫了许久，才缓缓地吐出一口气，还是动手收拾了剩下的卷轴和扇子，装在书箱里。有些事情明知是错的，也必须去做，陆书瑾下定决心，背着书箱出门时，却迎面撞上了一个不该出现在学府的人。

只见叶芹身着翠色长裙，长发结辫，正站在陆书瑾的舍房门口，身后还跟着两个侍卫。

陆书瑾大吃一惊，说："叶姑娘怎么能进海舟学府？"

学府里全是男子，唯有食肆里才能找到年纪稍大的女子，像叶芹这种年纪的少女，在门口就会被拦住，当然，也没有哪个妙龄姑娘会往书府里钻。

叶芹显然没有这种顾虑，她先是看了看陆书瑾身后的东西，又开口问："你要出去？"

陆书瑾道："对。"

"你去卖这些东西，对吗？"叶芹指了一下那些卷轴，说道，"我哥哥先前说过你是穷酸书生，你当真很穷酸吗？"

"穷是真的，但并不酸。"陆书瑾面对脑子不好使的叶芹时，比面对其他人要放松很多，甚至还能主动开玩笑，"我此刻是一个甜口的，因为我刚吃了蜜果干。"说着，陆书瑾从袖中拿出一小包蜜果干，分享给叶芹。

叶芹也不客气，拿了其中一个吃，说："我知道哪里可以卖这些东西，我带你去。"

陆书瑾一脸疑惑，道："当真？"

"当然！"叶芹拍了拍胸脯，保证道："我是不会骗人的！"

陆书瑾表示很相信，因为叶芹看起来就不像会撒谎，有一种坦诚的可爱。不过两刻钟后，陆书瑾站在春风楼门前时，收回了这个想法。

陆书瑾说："大意了。"

陆书瑾严厉地盯着叶芹，叶芹仿佛意识到自己的错误，缩着脑袋，悄悄地抬头看他。

"叶芹。"为了确保自己的话有威严，陆书瑾很严肃地叫了她的全名，说道，"诚乃交友之本，我虽是一介穷书生，但自有文人风骨，愿意与叶姑娘交友也并非因为你的家世背景，若你不能对我坦诚相待，用以心机的话，恕陆某不能奉陪。"

说完陆书瑾便转身要走，叶芹在后面跟了两步，拽着他的衣袖说："我真的没有骗你，你别走。"

陆书瑾停下来，说道："那叶姑娘为何将我带来春风楼？难不成我要将字扇卖给楼里的嫖客和女子？"

叶芹赶忙摇头，说："不是的，我是当真带你来卖那些东西的。"她的脑子不太好使，但心思还是敏感的，她察觉到陆书瑾有些生气，便有些着急，但话到嘴边又没说，欲言又止，面露犹豫。

"我想听实话。"陆书瑾说。

若是其他人这样犹疑，陆书瑾绝不会多问一句，但他现在虽与叶芹交情不深，却很难以冷漠对之。

"这条街上，有不少卖字画的店铺，所以我才会带你来，"叶芹左右看看，往陆书瑾边上凑近了一些，像是趴在他的耳边小声说，"而且我想见见那春风楼里的小香玉，所以才叫你跟我一起的……"

陆书瑾恍然大悟，既觉得意外，却又觉得在情理之中。

若蒋宿所言为真,那叶芹应当很在意小香玉,她悄悄跑出来,想去春风楼,但许是什么原因没能进去,这才去了海舟学府找他,她想见见季朔廷颇为喜欢的青楼女子。

陆书瑾轻叹一声,说道:"不行。"

叶芹约莫也想到他会拒绝,并没有惊讶,只是放软了声音央求,像是撒娇:"陆书瑾,你就帮帮我吧,只有你能帮我这个忙,我什么都不会做,只想看一看她。"

"这不合适,我是读书人,怎可进这烟花之地?"陆书瑾的态度很坚决,并不被她的撒娇所打动,又教训道,"且你一个姑娘,去那种地方做什么?平日里少沾染那些纨绔子弟的恶习,我知道有个地方,比春风楼要有趣得多。"

叶芹撇了撇嘴,小声为自己解释:"我不是要去春风楼玩的。"

"我是不会进去的,若是叶姑娘想去,另寻他人带你吧。"陆书瑾冷酷道。

见陆书瑾拒绝得果断,叶芹也不再说什么,目光在陆书瑾和春风楼之间流连了一下,很快就做了决定:"那既然你不想去,今日就暂且不去吧,我带你卖东西去。"

陆书瑾一下就听出她话中的深意,只觉得她这个小聪明耍得一点儿都不聪明,笑了笑,也没揭穿。

叶芹带着他沿着春风楼这条街走了一半,果然陆续看见不少卖字画的店铺,顿时明白叶芹带他来这里是有些道理的。

自古才子多风流,像春风楼这种云城数一数二的销金窟,来的都是手头宽裕的员外商户,或是富家子弟,此种人多以文学才识作锦上添花,所以这一带与文人墨客相关的东西卖得都不错。叶芹不明白这些道理,只知道哥哥常来这条街,自然记得此处有卖字画的。

陆书瑾沿着街道走了一段,被这琳琅满目的商铺迷了眼,只觉得全部一个样,不知如何抉择。

走到后面,叶芹似乎累了,速度慢了些许,她跟在陆书瑾身后,安安静静,像是已经习惯了做一个跟随者,约莫是没少当叶洵的小尾巴。虽然她走累了,却也不说话,直到陆书瑾停下脚步,才忍不住道:"陆书瑾,咱们休息一会儿吧,你不累吗?"

陆书瑾正好停在一家较为简朴的店铺门口,这家店挂着中规中矩的老旧牌匾,应该是一家老店,门口没摆那些令人眼花缭乱的字画。

陆书瑾回过头笑了笑,说:"你累了的话,咱们就进去坐坐。"

叶芹点点头,跟着陆书瑾一起进了这家店铺。

店铺并不大,墙上挂着字画,底下摆着笔、墨、砚台、盆景、玉石之类的东西,乍一看去尽是简洁之色,没什么花里胡哨的东西。

他们进门时,挂在门上的铃铛被撞响,正歪着躺在柜台后头的人忽而探出脑袋,与陆书瑾对上了视线。

从外面看,店面老旧,陆书瑾以为会是年纪大的老先生开的,竟没想到瞧见了一个模样十分年轻的人。

年轻男子正嗑着瓜子,从躺椅上站起来,不大热情地道:"二位随便瞧瞧,有什么需要的叫我就行。"

"你是这家商铺的东家吗?"陆书瑾走到砚台旁,随手拿起一块瞧。

"算是吧,我爹这些日子病了,由我代为看店。"年轻男子答道。

"那你可有卖这些东西的经验?"

"这个自然,这家店铺算是我家的祖产了,我也是打小跟在我爹身边帮忙学习的,"他笑了笑,说道,"且这条街上卖这些的多了去了,小公子若是怕被坑骗,可多去几家看看,再对比价钱。"

陆书瑾在店里转了两圈,停在一幅画卷前,沉着心思打量。

正如这个男子所说,这条街上卖东西的商铺太多,若是去那些装潢华贵大气的店铺,很难谈成事,唯有这种看起来有些落魄之地,才有些机会。

陆书瑾打定主意,将书箱从背上摘下来,从里面拿出一把扇子,对那年轻男子说道:"你帮我看看,这柄扇子卖多少价钱合适?"

男子听闻,便放下瓜子,拍了拍手走过来,他只瞧了一眼材质,就道:"做工不算上等,用的也是残次边角料,扇面都不用看,一两纹银顶天了,再贵也不超过二两。"

陆书瑾买的时候,花了一千七百文,价格与男子说的差不多,他将扇子接回来,唰地展开,扇面上那仿写了王羲之的字迹便显露出来,在雪白的扇面上,潇洒俊逸。

"咦?"男子讶然地挑眉,说道,"竟仿得如此相像!那么这扇子的身价可不止五两,若碰上喜爱王羲之的买家,能提到十两往上。"

"这扇子没有做旧,应当不是做赝品,为何要在上头落款处写上'玉羲之'呢?"男子疑惑道。

"我与你打个商量。"陆书瑾没有回答他的话,而是将书箱里剩下的三把扇子都拿出来,说道,"我这里还有三把,另加三幅字卷,想一并寄存在店铺里售卖,定价为二十两白银。"

"啊?"这句话险些将男子的下巴惊掉,他怀疑自己听错了,但见陆书瑾认真的神色,才知并非说笑。

"小公子,一把扇子能卖到二十两,那得是上好的玉材配上精细的做工,且扇面还得大有讲究,你这扇子虽仿了王羲之书法的几分皮相,但其他方面远远配不上二十两的价格。"

"我不会做出这种自砸招牌之事,小公子请回吧。"男子说道。

"我自然知道这扇子的做工配不上二十两的价格,但我并非漫天要价。"陆书瑾说道,"这些扇子上的字是我亲笔所写,云城内仅有五把,其余四把都放在你这里寄卖。你且放心,我既提出如此要求,就笃定有人会闻风而来,买下这些扇子。"

男子见他神情镇定,还有一股奇怪的自信,便问道:"有何依据?"

"这四把扇子最终能卖到什么价格,就要看那单独的一把扇子会发挥多大的作用了。"陆书瑾说,"二十两的定价只是暂时的,若是有人来竞价争抢,还可以往上抬。"

毕竟想花二十两买把破扇子的人,必定是手头阔绰的角色,也不会在乎那万儿八千文的,这些人的银子多半是在赌场、青楼这等销金窟里挥霍,陆书瑾赚他们的钱一点儿不觉得心虚。

"那剩下的那把扇子在何处?"男子没忍住多问了一句。

"我知道!"一旁歇着的叶芹忽而开口,凑到陆书瑾身边,伸长脖子仔细看了看扇面,而后道,"这就是小四哥近日极其喜爱的扇子,总带在身边把玩,我哥哥昨日还说也要去买一把,但找不到地方卖,原来是你亲笔所写呀!"

"可是……"她说着,脸上露出疑惑不解的神色,后半句最终没说出来。

"这小四哥,又是何许人物?"

"萧家嫡子,萧矜,行四。"陆书瑾的面上看不出波澜,平静地回答道,"被她称作小四哥。"

"那这位姑娘……"男子一脸迟疑,打量着叶芹。

"这是云城知府叶大人之女。"陆书瑾又介绍道。

不得不说,叶芹今日来得极为赶巧,竟误打误撞地帮了大忙。

男子思索片刻,有些不大相信,道:"你只是嘴上说说,并无可信之处。"

叶芹虽是笨蛋,但也听出这个男子在怀疑她的身份,便从身上摸出一块巴掌大的白玉牌,上头一个墨字刻写的"叶"字,说道:"这是我哥哥的玉牌,我偷出来的,你若是不信,大可拿着玉牌寻到叶家门前去问。"

男子并未见过叶家的玉牌,但他打小接触玉石,一眼就能看出她手里的这块玉品质上乘,非寻常之玉,立即就信了,赔笑道:"叶大小姐莫怪,是小民有眼不识泰山。"

他怎么也没想到他家这无人光顾的小破店竟会迎来这样的人物,不禁站直了身体,话中捎带了些许尊敬,问陆书瑾:"那阁下是?"

从衣着气度来看,陆书瑾不输任何一个世家子弟,只见他神色从容,说道:"一介书生罢了。"

男子沉默片刻,而后道:"方才我多有怠慢,在下姓张,字月川,这段时日皆由我掌管这个铺子。小公子方才所言,我细细思量,可以答应你将东西放在此处寄卖,但卖出一把扇子,我便抽成十分之一,你意下如何?"

陆书瑾摇头道:"卖出一把,我便给你七百文,算作辛苦费。"

张月川惊讶道:"一把扇子卖二十两,你就给这么点儿?"

"我只是放在此处寄卖,并不需要你做什么,七百文已是我的底线。"陆书瑾可不傻,他不能让这人狮子大开口,漠然道,"若是你不愿,我还可找别处卖,再不济我也能自己支一个摊子在街边卖,这扇子能卖出去跟在何地卖没有关系。但你若是同意了，成功卖出这些物件之日，便是你这店铺转运之时。"

陆书瑾此话不假，道理也很分明。虽说无商不奸，但张月川到底年轻，并非一门心思卡死在钱眼里，当下佯装犹豫稍许，才点头同意："那便七百文，成交。"

事情初步谈成，接下来陆书瑾就跟张月川交代了卖东西的思路和操作。

这种东西，卖的就是名气。萧矜是云城里响当当的人物，不管是家世还是样貌，都是拔尖的。不论他平日里的名声是好是坏，城中追捧他的人都不在少数，陆书瑾先前就仔细留意过。

萧矜身边有不少人都在刻意模仿他，不管是穿衣还是说话的语气，行走的姿态，方方面面都是被人重点模仿的对象。他拿着白玉扇的模样俊俏非凡，必会引起云城纨绔子弟的竞相模仿，届时众人争抢起来，便是卖出扇子的最好时机。

所以陆书瑾的想法是：

第一步，先让张月川写出"萧少爷掌中之宝，玉羲之亲笔所题扇面，仅此一把"的告示贴在门外，吸引来往过路人的注意。

第二步，找些闲汉给些铜板，将这消息散播出去，自然而然就能壮大名气。

第三步，待人闻风而来后，由张月川抛出定价，并说这扇子几日后才开始售卖，若有人提前定下，则只记姓名，不收定金，待别人来时就说此物已被定下，若有人执意要买，必会往上加价，到最后将扇子卖给出价最高的四个人即可。

其他三幅字卷就挂在墙上较为显眼的位置，顺道一起卖。

这个方法便是彻彻底底地利用萧矜的名气，是陆书瑾精心设计的，一场欺骗与利用的局，所骗的人只有萧矜。

叶芹原本想买其中一把扇子送给叶洵，但陆书瑾并不想用二十两的价格卖给叶洵，更不想坑叶芹手里的银两，便当场阻止，劝说她买一块好玉送给对方。

这丫头相当听劝，当即在店铺里挑了一枚看起来小巧精致的扳指，青翠的颜色与雪白相融,玉的表面光滑无比,没有一丝杂质,叶芹当即出手买了。

出了店铺,叶芹在陆书瑾身后跟了一段路,而后忽然伸手拽住他的衣袖,说:"陆书瑾……"

"何事?"陆书瑾停步回头,面容沉静,从声音里听不出什么,但细看眉眼,却能看出他的情绪并不高昂。

叶芹自然没看出来,只说出自己的疑问:"你将那扇子卖了的话,小四哥会不会生气?"

"会啊,怎么不会生气?"陆书瑾说。

"那你为何还要卖?"叶芹问。

陆书瑾没有立即回答,只转身看向大街,看着来来往往的行人和马车,耳朵里尽是热闹非凡的吆喝买卖声。

陆书瑾沉默了一会儿,才缓声开口,声音不大,几乎淹没在这喧闹的街头:"因为我想跟萧秒的关系更近一步。"

叶芹听见了,更加不解:"既然如此,你就更不该惹小四哥生气呀。"

"我迟早都会惹他生气,让他失望,"陆书瑾敛了敛双眸,说,"因为我本身就是一个巨大的欺骗。"

说完这句话,任凭叶芹怎么问,陆书瑾都不再应答,只说些旁的话应付过去。叶芹只得作罢,但执意将他送回学府,而后才自己回了叶家。

几日后,云城里果然开始流传"玉羲之"的风声,一方面是众人都好奇究竟是什么人物让萧少爷抱着一把破烂扇子爱不释手,另一方面也是因为这字迹仿得太像,到了以假乱真的地步。

这几日陆书瑾也没闲着,下了学就往张月川那里跑,问扇子的售卖情况。

二十两的底价劝退了很大一批人,头几日有人问起价格,很快就摇头离去。但再往后,来问价的皆是衣着富贵之人,有人当场就要扔二十两买,但张月川按照陆书瑾指导的,并未卖出,而是记下了姓名。再往后几日,果然有人开始竞价,价格翻了一倍,抬到四十多两。

377

陆书瑾觉得价格不能往上抬了，于是让张月川整理了出价最高的四个人，将扇子卖了出去。

起初，萧矜听到别人都在买白玉扇时，并未有太多想法，他已经习惯成为众人追捧模仿的对象，而且那些人买的白玉扇跟他的完全不一样，他手里的是陆书瑾亲笔所写。

何况一开始他收到礼物只是觉得新奇，而后才真的觉得这把扇子衬托气质，上头模仿的王羲之的书法是点睛之笔，展扇而立有一股说不出的风流俊俏，萧矜喜欢得很。

但没过多久，萧矜就看到有人拿着跟他一模一样的扇子，扇子用的是低廉的边角料，上面的字体却相当眼熟，跟萧矜扇面上的句子并不相同，但仍能看出字迹出自一人之手。

萧少爷当场气得捯气儿，把扇子往石墩子上一放，随手捡了一块砖头，高高举起，说："我砸了这破扇子！"

季朔廷被吓了一大跳，一下将他的手抱住，喊道："你可千万别冲动！"

蒋宿也抱着他的手道："是啊，萧哥，再怎么说这都是陆书瑾送你，别的人若想要，还得花银子，我听说这扇子不便宜，最少也得二十多两呢，这陆书瑾简直是在抢钱啊！"

萧矜挣了挣，没挣开，而后把砖头扔了，说道："放开，我当然不舍得砸。"

虚惊一场，季朔廷将他的手放开，骂道："若不是怕你砸完之后又发疯，我才不会拦着你，你就这样作践我们之间的兄弟情义？"

萧矜哼了一声，说道："这个陆书瑾，上次利用我惩治刘全也就罢了，这次还敢不声不响地利用我，我定要给他一点儿教训！"

蒋宿皱了皱眉，一脸为难道："萧哥，陆书瑾也是家境贫寒才出此下策，当然，他也确实该受惩罚，但你还是下手轻点儿。"

萧矜没应声，倒是季朔廷冷笑了一声，意味不明。

扇子卖出去，连带着三幅字也一并售出，除却张月川的代卖金和买扇子的成本，陆书瑾统共到手一百二十七两余文，可谓是大赚一笔，但心里却没有半点儿高兴，他知道萧矜得到了消息，这场局也到了收尾的时刻，仿若一把刀悬在脖子上，随时要落下。

但陆书瑾左等右等，并未等到萧矜找麻烦。他还是一如既往地喊陆书瑾一起说笑吃饭，且告知陆书瑾，明日常假日之后，众人一起上山去宁欢寺。

这是之前饭局上萧衡所做的约定，但这些日子萧衡忙得厉害，这两日才闲下来，正好赶上仲冬月中的常假日。

第二日陆书瑾起得早，换了身方便行动的衣裳，将长发高高扎起，洗漱完吃了早饭，便与萧矜一同出门，坐马车去往城外的宁欢寺。

到了山脚下，天还未大亮，半边苍穹被渲染出赤红的颜色，悬在山头和高耸入云的枯树上，放眼望去，无比瑰丽。

陆书瑾发现那日饭局上的人竟都来了此地，就连叶芹也没落下。

自从上次一起出去之后，她似乎与陆书瑾亲近不少，见到她后，就从叶洵的身边走过来，蹦蹦跳跳的，像是极为开心，要去拉陆书瑾的手："陆书瑾——"

萧矜站在中间，不动声色地往前一步，无意间挡掉了叶芹的动作，问道："怎么回事？你这丫头怎么又来了？"

拾贰 谨记萧先生教诲

眼瞅着就要进腊月，云城的天也寒冷起来，说话间一股股白气飘出，被寒风卷走。

今日陆书瑾为了爬山，在里头加了两件棉衣，站在山脚下时，他的手脚还是冻得冰凉，而其他人皆披上了厚重的披风，光滑的皮毛衣领护着脖子，挡去了大半寒风，倒衬出他在寒风中有些许可怜。

叶芹瞧见了，将身子一歪，隔着萧矜去问陆书瑾："你为何穿得如此单薄，不冷吗？"

陆书瑾虽然手是冷的，但身上热乎，且刚坐马车而来，并未感觉寒冷，只好摇摇头，说道："多谢叶姑娘关心，我身上的衣裳并不单薄。"

萧矜听后不乐意了，嘿了一声，道："你这丫头，现在都不搭理我了，是吗？"

叶芹小声道："别以为我不知道，小四哥方才说那话的意思就是说我不该来，我若接话，下句你就该喊人将我送走了，我才不依呢。"

"你这脑袋怎么变聪明了？"萧矜一脸纳闷。

叶芹冲他吐了吐舌头，丢下一句"我不会走的"，便跑回了哥哥身后。

萧矜回头的时候，正瞧见陆书瑾望着叶芹的背影，嘴边还挂着轻柔的笑,他下意识抬手,在陆书瑾的眼前晃了晃。

陆书瑾将视线收回,对上萧矜的眼睛,带着些许询问。

"你冷吗?"萧矜问道。

他是跟陆书瑾一起出的舍房,若是关心他衣服单薄,早该在出门的时候就问了,此时说起,倒像是没话找话。

回答的话方才已经说过一遍,此时陆书瑾只摇头回应。

萧矜一边解了身上的披风递给身后的随从,一边说道:"待会儿要爬山,冷不了的。"

宁欢寺每个月中旬都会闭寺三日,在山脚处立牌劝告上山之人复还,陆书瑾就在那立牌边,指着它说道:"闭寺了,我们还要上去吗?"

萧矜歪着头,笑着说:"这闭寺并非真的不接待任何来客,我二哥已提前让人打点好,咱们还是能进去的。"

他没有明说,但陆书瑾又怎会听不出来,宁欢寺的闭寺,挡的是无权无势的民众,不拦高门贵族。

"佛门圣地也有这等品阶之分吗?"陆书瑾喃喃。

萧矜听见了,语气懒散地回道:"怎么没有?诸天神佛都有品阶,更何况佛门信徒,虽说佛看众生,人人平等,但又岂能人人是佛?"

陆书瑾一听,忽而觉得颇有道理,人生来就被品阶和规矩所束,人人向佛,却无人是佛。陆书瑾不再说话,扭头去看风景。

这里与陆书瑾当年来时相比并无太大的变化,犹记得那天山脚下人头攒动,马车排起了长队,有人上山有人下山,队伍长得看不见的尽头。

姨母在前头喊着手牵着手,莫要在人群中走散,但无人愿意牵陆书瑾的手,所以在人山人海的寺庙里,陆书瑾与他们走散了,自己在寺中乱转,最后独自出了寺庙,在门口的一堆马车中找到了姨父雇的马车,在车边等了许久才等来他们。

一晃多年过去,陆书瑾不再是当初那个看人脸色、小心翼翼生活的小姑娘,她重新站在了宁欢寺山脚下,再登佛门。

想着想着,陆书瑾转头看了一眼萧矜。

他正叉着腰站在一个矮石墩上,说:"好大的架子,让咱们五品官老爷等他。"萧矜哼笑着说。

萧衡被戴了高帽,笑出声的同时抬手去敲他的脑袋:"你别胡说八道。"

萧矜边笑边躲,说话间一辆马车行到面前,季朔廷从中走了下来,眉眼间带着浓浓的困倦,还没张口说话,就先打一个哈欠,说道:"没想到我竟是最后一个来的,看来诸位对爬山倒喜欢得紧。"

"你再迟点儿来,没人等你,便自个儿回去吧。"萧矜对他的迟来指责了一句,萧衡倒是笑呵呵的,并未在意这些。

陆书瑾留心了一些,先转头去看叶芹,就见她半个身子都藏在叶洵身后,悄悄探出半个脑袋,似在偷看季朔廷。

但季朔廷与在场的人一一打过招呼后,便与萧矜谈笑,并未将眼神分给叶芹,仿佛她不存在。

陆书瑾倒觉得这反应正常,毕竟叶洵与萧矜、季朔廷等人站在对立面,不是什么好人,季朔廷连带着他妹妹一并不待见是常事。

陆书瑾才刚看了叶芹片刻,就被叶芹察觉了目光。叶芹从几人后面绕了半个圈,悄悄跑到陆书瑾身边,小声说:"陆书瑾,你把小四哥赶走,我们一组,好不好?"

陆书瑾没听明白,疑惑道:"什么?"

萧矜却听见了,指着叶芹道:"嗳,你这丫头来我这里挖墙脚,是不是?信不信我让你哥把你送走?"

叶芹缩了一下脖子,伸手抓住陆书瑾的胳膊,说道:"我要跟陆书瑾一组,小四哥是多余的。"

萧矜眼睛一瞪,也不跟季朔廷说话了,他大步走过来,一下就把叶芹从陆书瑾身边隔开:"你说谁多余呢?你才是多余的,知道吗?我们一群大老爷们,就你一个小姑娘,跟着掺和什么?回家喊你那些闺中姐妹绣花去。"

这话陆书瑾不大赞同,当即就道:"小姑娘只能喊着闺中姐妹绣花吗?"

萧矜倒是没想到他会突然开口,转头看着他说道:"那该干什么?"

陆书瑾说:"读书写字,谈古论今。"

萧矜听后没有半点儿迟疑，神色相当自然："那自然也是可以的，但是她不行，因为她大字不识一个，既不能读书写字，也无法谈古论今。"

陆书瑾愣了一下，看向叶芹。

虽说晏国的律法写明，女子不可入学念书，不可入朝为官，但世家大都会请私塾先生或是嬷嬷教习家中女子礼节、识字或是读些《女戒》《女训》之类的书。

像叶芹这样的家族，不该大字不识，就算丧母不得宠，以叶洵对她的疼爱，也该教她认字才对。

叶芹倒是半点儿不在意萧矜说她不识字，她只对萧矜重重地"哼"了一声，又跑回了叶洵身边。

"她方才所说的一组，是什么意思？"陆书瑾将视线收回，同时也把手臂从萧矜手里挣脱。

萧矜道："我忘记跟你说了，我们几个打算分组竞赛。二哥让人在宁欢寺里置放一罐红绳，先到达目的地拿了红绳的人算赢，有彩头的。"

"是什么？"陆书瑾接着问。

"翡翠扳指。"萧矜低头看他，说，"两人一组，你与我？"

"你不是都决定了吗？"陆书瑾笑了笑，连叶芹都知道，说明萧矜早就打算与他一组了，一直没说估计是怕他推脱。毕竟若是两人一组，他应该会选择跟蒋宿同行，让萧矜与季朔廷一组。

"这可不是我决定的，是我二哥。"萧矜为自己解释，"他说若是我与季朔廷一组，他们是没有胜算的，只能将我俩拆分。"

陆书瑾点点头，道："原来如此，那你二哥将我与你分在一组，看来是不希望你拿第一了。"

萧矜轻笑着，一副不置可否的模样。

人到齐之后，萧衡便宣布开始登山。登山之路不止一条，大路中分出去的岔路众多，无人选大路，大家都选了岔路前往宁欢寺。

叶洵与方晋一组，当中还带着叶芹，散开时，叶芹还远远地冲陆书瑾招手，说道："我在山上等你——"

陆书瑾也挥手回应，待叶芹转身离开后，萧矜双手抱臂，在一旁笑道:"他们铁定是最后一组。"

陆书瑾心想未必,自己的体力并不好,这么多年一直在房中鲜少出门,先前从杨镇逃出来后,徒步走了两天一夜,几次差点儿累晕在路上,脚后跟磨得全是血泡,半天就能走到的路程自己硬生生走了两天一夜。上次去宁欢寺也是坐着马车上去的,陆书瑾还真未爬过山。

萧矜领着他,挑了一条偏窄的小路,一开始倒还平缓,越往后上坡的趋势就越明显,逐渐走得吃力。仅仅走了两刻钟,陆书瑾的脚后跟就开始疼,但尚在忍耐范围。

起初萧矜与他并肩走,聊一些闲话,陆书瑾还能应答,但是走路实在太费体力,到了后面,陆书瑾就没多少力气闲聊了,慢慢地落在萧矜的后面。

大半个时辰过去,太阳也明媚了,悬在高空中,洒下的日光虽然温度不高,但陆书瑾已经不觉得冷了,背后都微微出了汗。

萧矜已经放慢了脚步,但两人的距离还是差了一大截,陆书瑾吭哧吭哧地喘着气,他实在走不动了,喊道:"萧矜。"

他停步回头,遥遥看过来,嘴角噙着笑,说:"怎么着,你累了?"

"歇一会儿吧,我走不动了。"陆书瑾累得喘气,说话端不住腔调。

陆书瑾走到路边的石头处,也不管脏不脏,只想坐上去休息一会儿,但萧矜却走回来,将他从石头上拽起来,说道:"不成,本来我迁就你的速度走得就慢,再停下休息,还不知何时能到宁欢寺了。"

陆书瑾的身体晃了一下,有些站不稳,说:"但是我的脚很痛,真的需要休息。"

"赶路哪有脚不痛的,你怎么像个姑娘似的娇气,这点儿疼痛都忍不了?"萧矜将他的身子扶正,训道,"站好。"

陆书瑾不知道自己娇不娇气,只知道连续走一个时辰的路是需要停下来歇一歇的,争辩道:"骡子赶路都知道歇脚,更何况我还是一个文人。"

萧矜不知从哪里摸出一根绳子,拉起陆书瑾的左臂,将绳子一圈圈绕在他的小臂上,慢条斯理地道:"若是搁在平常,我就让你休息了,但今日不同,那个翡翠扳指我想要。"

绳子在陆书瑾手臂上打了一个结，萧矜又将另一头缠在自己右臂上，说道："我带着你，咱们一起往上走。"

陆书瑾心中叫苦，再说已是无用，萧矜抬步往前走。

绳子有十来步距离的长度，一头是萧矜的手臂，一头是陆书瑾的手臂，他们一前一后地走在山间小道上。

周围相当寂静，随处可见掉光了叶子只剩下光秃秃枝杈的高树，日光也不强烈，寒风从面上拂过，令人心生宁静。

陆书瑾强忍着脚痛，被迫跟上了萧矜的步伐，若是稍微走得慢了一些，绳子就会被绷直，拉力从另一头传递到陆书瑾的手臂上，强行将他带着往前走。

有时候陆书瑾实在走不动了，就会往回拽绳子，走在前面的萧矜就停一停，转头对他说："再坚持一下，马上就到了。"

他拉着拽着，一直带陆书瑾往前走，尽管看到他的额头出了汗，脚步变得沉重，却仍不肯停下。走到最后，陆书瑾都有些眼晕了，双脚也痛得厉害，一口一口地捯气儿，每当坚持不住要停下时，手臂总传来拉力将他带着向前走。

就这样连续走了近两个时辰，这条山路总算走了尽头，地势也开始变得平缓，周围出现了一些建筑。

"到了。"萧矜的声音从前面传来。

这一刻，陆书瑾根本没心思去看周围的风景，往后一倒，就坐了下来，塌着双肩喘气，里衣都被汗水浸湿，累得一句话都说不出来了。这简直是一种刑罚，一种折磨。

萧矜走到他面前，蹲下来看他，嘴角含着笑："累吗？"

陆书瑾抬头看去，这样近的距离，能将萧矜眼中的浅色看个清楚，陆书瑾看出他眼中的认真，忽而明白他这一路不让自己停歇的原因绝不是想要那块翡翠扳指。那是为什么？是对自己欺骗他而给的惩罚吗？

陆书瑾看着萧矜，沉默许久，等待着萧矜的怒火和责骂。

萧矜见他气息慢慢平稳，便拽着他的手，将他从地上拉起来，往山边上走去，陆书瑾心中忐忑起来。虽做好了承接萧矜怒意的准备，但还是害怕萧矜一怒之下将他推下去，他还没活够呢。

他瞥了一眼两人手臂上缠着的绳子，心想绳子还在，萧矜总不会连累自己，再说了，他也不是那种草菅人命的人。

站在山边，萧矜松了手，开始解手臂上的绳子，陆书瑾瞧见了，赶忙上前按住他的手，说道："别解开。"

萧矜一脸讶然，愣了一瞬后笑了，说："你恐高啊？"

陆书瑾胡乱地点头应着，有些心不在焉，他转头往山下看去，顿时被眼前的景象震住。只见山下的景色尽收眼底，山涧环绕着薄薄的白雾，偶有老鹰绕山盘旋，发出长长的鸣叫声，在山间回荡不息。

站在山顶上，这花了近两个时辰一步一个脚印走上来，把陆书瑾累得半死不活的路，竟变得如此渺小，更别提山下道路上匆匆行过的马车和行人，宛若蝼蚁般不起眼。陆书瑾的神色在悄然间变得肃然，他眺望远方，似乎能看到云城中那座高耸的钟楼。

时间仿佛在这一瞬间停滞，寒冷的山风吹过，将他和萧矜的长发吹起，也将这世间的辽阔吹进陆书瑾的心中，他的心莫名平静下来。

"我爹说，人活这一辈子，就是在登山。"萧矜缓缓启声，温和的声音不紧不慢地传来，"有的人一直徘徊在山脚，有的人因劳累停在半路，唯有走上山顶，坚持到最后的人，才能看到天地间的如此风光。"

"任何人，不管高低贵贱，三六九等，都有自己要攀登的大山，终其一生爬到山顶，方不负在人世走这一回。"

萧矜站在身边，风将他束起的长发卷起，俊美的眉眼带着似有似无的轻笑，他正朝着远方眺望。云开雾散，灿阳徐徐而落，将少年意气风发的眉眼精心描绘，好似凛冽风中飘扬的旗，只要乘风，便能扶摇直上。

他笑着说："我要登上山顶。"

阳春白雪三月天，风华正茂少年郎。

他转头看向陆书瑾，神采飞扬，仿若腊月寒霜中一团炽热的火焰，能够灼烧一切挡在前面的阻碍，又能化作和煦的春风，温暖冷漠的心。

"陆书瑾，"他道，"我要你与我一起，爬上山顶，俯瞰人间。"

陆书瑾的心狠狠一震，许久说不出话来，凡事过往在脑中迅速翻过。那些躲在阴暗潮湿的床角，点着微弱灯光捧书苦读的日夜；那些被表姐妹讥讽，被姨母漠视的日子；那些饿着肚子跪在檐下，为了学字偷偷前往教习堂外墙角蹲着的午后。

他总是揉着酸涩的眼睛，在并不香甜的梦中生出一缕奢望，醒来后反复地想着，念着，仿佛如此就能看到一缕光从窗缝中探进来，照在他的身上。曾经的奢望似随风而来，凝聚成形，化作了面前的少年。

萧矜的神色猛地一变，似有些手足无措，说道："当然，我不是逼你非得跟我一起，你若是不愿，也能……要不你慢慢考虑一下？别哭啊……"

陆书瑾一脸惊讶，用手背擦了擦脸颊，感受到一片湿润，这才发现自己竟然落泪了，没忍住笑了起来。

"你不生我的气吗？"陆书瑾问。

"什么？"萧矜很快反应过来他在说扇子的事，失笑道，"原来你也知道自己做错了？"

"我当然有错，隐瞒在先，利用在后。"陆书瑾敛起双眸，睫毛上沾了晶莹的碎珠，他眼眶微红，脆弱中又带着些许服软，"对不起，我不该如此。且这声'对不起'说得也迟了，我本想着你得知此事会来找我麻烦，但你并未提及，我也一直未说。"陆书瑾又道了一句歉，很郑重地说，"对不起。"

萧矜沉吟片刻，没忍住，笑出了声："陆书瑾，这件事你其实做得很漂亮。你知道自己在云城无父母、亲人帮衬，若想在城中生存，便只能'借用'，你会使用手段为自己谋取利益，又并不坑害他人，这是好事。"

"没有手段的人，不管在何地都难以生存，这是你的成长，我自然不会责怪，相反，你利用我，倒是让我挺高兴的，你若是利用了梁春堰还是别的谁，我才真的会发怒。"

"你在云城本一无所有，你找到了我，先是用我当剑来惩治刘全，再把我当梯子来崭露头角，我可以做你的梯子，只有一条，"萧矜神色认真，眸光深沉，"我要做你唯一的剑，唯一的梯子。"

陆书瑾的心怦怦跳，乱了节奏，他恍然意识到，萧矜给的包容，比他想象的要多得多。他不在意自己被利用，甚至鼓励自己，他的话中充满了强烈的占有欲，如此直白。风不知何时停了，陆书瑾听到自己有些错乱的呼吸声和猛烈撞击胸腔的心跳声。

"当然，"萧矜很快就接了下一句，肃然道，"你欺骗了我，这才是这件事中最严重也最让我生气的，你说那扇子是送我的礼物，结果旁人也有，我不能接受。若是从一开始你便向我坦白，我未必反对，但你却选择隐瞒，这是对我的不信任，我刚知道时，很恼火。"

陆书瑾心中一紧，手指头无意识地抠着衣摆。

"念在你是初犯，我就不予重罚，就罚你一步不能停歇地上山，如何？累不累？知道错了没？"

陆书瑾的双脚早就麻木得感觉不到疼痛了，这才明白萧矜带绳子的用意，陆书瑾抿了抿嘴唇，说："应该罚的，我知错了。"

"但只此一次，若是日后你对我再有欺骗，我绝不会轻易原谅。"萧矜看着他的眼睛，里头是前所未有的认真。

陆书瑾声音发紧："任何欺骗？"

他重复了一遍，语气郑重而笃定："任何欺骗。"

陆书瑾甫一张口，吸入满满一大口凉气，五脏六腑都染上了仲冬的寒气，冻得他心口发痛，久久未言。

萧矜见他脸色有些难看，思量着自己的话说重了，便又开口："不过也可按情况斟酌，若是迫不得已，我倒是能从宽处理。"

这么一句话说出来，陆书瑾的脸色总算回温了，心尖的寒气渐渐退去，心道萧矜这态度，就表明还是有回旋的余地。

若是经过日积月累的相处，或许有一日萧矜能够接受他决心培养的左膀右臂、想要结拜的好兄弟变成姑娘这回事。至少他得知自己被骗后，态度始终是温和的。

沉默良久，陆书瑾的心绪渐渐平复，只觉得这场局没白忙活。陆书瑾从怀中摸出一个墨色锦袋，递给萧矜："先前那个不算，这才是我要送你的礼物。"

萧矜双眉一扬，从他手中接过锦袋，囫囵摸出是一个硬的物件，长方体的形状，他没着急看，而是狐疑道："这回不是骗我的吧？"

陆书瑾摇头。

"只有这一个，旁人没有？"他又问。

陆书瑾笑了笑，又摇头："只赠给你的。"

萧矜放心了，唇角弯起来，低头拆开锦袋，问道："是什么？墨块？砚台？"

他将东西倒在掌中，发现自己猜错了。那是一块玉，纯白无瑕的颜色，色泽白糯温润，触手温热，是陆书瑾胸膛的温度。

这玉约莫掌心大小，上下两头都编着结，串着玉珠，底下坠着墨黑的丝滑流苏。雪白的玉被打磨成长方形，边上走了两圈金丝，雕刻着象征吉祥如意的云朵，将裹在上面的锦布揭开，就看到玉的中央雕刻着两个朱红的字：大吉。

萧矜的眉眼肉眼可见地染上笑意，他盯着那两个字好一会儿，才发现那两个字像是他的字迹写出来的。

他脑中顿时浮现陆书瑾夜夜点灯，在光下一笔一画练着他的字体，日复一日地琢磨，只为在这上面写下两个字。

"这是什么？"萧矜抬眸问他，"上上签？"

陆书瑾点点头，回道："我的回礼。"

萧矜喜欢玉，陆书瑾很久之前就看出来了。他有很多玉饰，装在锦盒中，摆在一起，每日穿什么衣裳便配什么样的玉，各式各样的，让人眼花缭乱。

"羊脂玉"，萧矜将玉举起来，朝着太阳看，"脂白如油，几乎无瑕，这块玉是不可多得的宝贝，玉中的上上品，你从何得来？"

"买的。"陆书瑾答。

陆书瑾央求了张月川，让他带着自己逛遍了云城所有的玉石店铺，才挑中了这么一块，花了整整一百三十两，是卖扇子得来的所有银钱。

他知道萧矜并不缺这些，也知道这笔钱有一半的功劳来自萧矜，他如此厚颜无耻地据为己用，就是想赠萧矜一个上上签。

陆书瑾这种一文钱都恨不得掰成两半花的人，很难想象他拿出那么多银两去买这块上等玉时，该有多么肉痛。这块羊脂玉毫无杂质，可遇不可求，但凡能拿下，都是用白花花的银子砸出来的。

萧矜的手里有不少玉，每一块他都很爱惜，但他将手里这块玉看了又看，心软成一片。他知道，陆书瑾平日里安静少话，很多想法和事情都藏在心里，但桩桩件件都记得清楚。

陆书瑾想将他给的所有东西慢慢偿还，那些抄写文章所换的银子，自始至终他都未视若己物。陆书瑾如山间野竹，孤僻沉默，却顽强。

他将玉收下，笑着说："你的上上签，我就收下了。"

陆书瑾下意识摸了一下脖子，感受到脖子上戴着的那根短签，心中说道：这才是我的上上签。

萧矜揉了一把他的头，一边往寺中走一边解下手臂上的绳子，问道："你现在已将'玉羲之'的名声打出去，接下来准备如何做？"

陆书瑾顿了顿，反问道："如何做？"

"你的扇子不卖了？"萧矜也觉得奇怪。

陆书瑾摇头道："我本就不是为了赚钱。"

"等会儿，"萧矜一把将他拽住，说，"你骗我兜了这么大一个圈，就是为了卖四把扇子，然后买块玉送我？"

陆书瑾说不出这个局，只能沉默相对。

萧矜疑惑不解道："你既已经借了我的名气为自己造势，何不好好利用一番？你不是一直不太乐意收我的银子吗？这不正是一个自己赚钱的绝佳机会？"

"我会想别的方法赚钱生活。"陆书瑾说。

萧矜被他气笑了，说："你怎的如此愚笨，那我岂非白白被你利用一场？不成，我不依。"

陆书瑾看着他，静静地等着他说下一句话。

"前人的真迹大多藏于官廷，就算是民间再现也千金难求，多的是人买仿品装裱挂在家中，这类东西的卖价向来不低。现如今云城已经渐有'玉羲之'的名声，到处是人将玉羲之的仿写能耐夸得天花乱坠，我再找些人继续散播造势，你仿写的字画就会有人买。"萧矜摩挲着下巴，想了想又道，"若是再加上萧家的名号，还能把价格往上抬很多。"

"真能如此？"陆书瑾一脸讶然。

"那是自然，回去我便安排一下。不过你还是得将读书放在首位，不可让这些钱财迷了双眼,"萧矜的语气突然严肃,像长辈似的教导他,"知道了吗?"

陆书瑾应道:"学生谨记萧先生教诲。"

萧矜没忍住笑了,这才带着他一同踏进宁欢寺。

今日闭寺,整个寺庙都安静冷清,与陆书瑾当年来的时候判若两地。空中飘散着浓郁的檀香味,有三两和尚在院中扫地,除却铃铛的互击声,就只有沙沙的扫地声回荡。

陆书瑾站在院中,抬头便看见面前黄墙黛瓦的高大建筑,恍然回到幼年,他站在人山人海中,一抬头便看见檐下挂着的铃铛随风轻响。

陆书瑾记得这些供奉着佛像的房中,有一尊观音像是全玉打造的,双目嵌金,无比高大尊贵。只是那会儿拜玉观音的人实在太多,陆书瑾瘦小的身躯根本挤不进去,只在门口看了看就离去了。如今再来此地,终于有机会去拜一拜那尊玉观音。

宁欢寺虽在城外,但也隶属云城,是晏国境内声名远扬的寺庙,占地颇为广阔,且每年都会翻修其中落败的建筑,所以年年来,年年新。

萧矜常来此处,八岁时就能跟季朔廷在宁欢寺乱窜,年年都会来寺中走一遭,对这里的路和建筑自然相当熟悉。

他带着陆书瑾行过一道道拱门,来到寺庙后院。后院有一汪湖水,湖面修了栈桥,从上面过时,能看到里面游动的鱼儿,天气还没冷到结冰的时候,湖里的鱼儿都还活泼,若是在夏季,这湖水里还会开满莲花。

陆书瑾弯下腰看了看,被萧矜一把拽住:"当心,寒冬腊月的,掉湖里可要命了。"

他反手抓住萧矜的衣袖,笑道:"那我可真得小心点儿。"

陆书瑾很少这般主动与旁人有肢体接触,眼下虽只是拽了一下萧矜的衣袖,却也让他惊讶。

萧矜怔然片刻,很快就恢复如常,他低咳一声,松开手,瞄了一眼陆书瑾抓着他衣袖的手,说道:"那你抓紧一点儿。"

陆书瑾点点头,握紧拳头,一路跟着他从栈桥走到湖的另一头。走过小路,就看到面前有一间房门大敞的屋子,季朔廷与蒋宿就站在其中。

见到二人，萧矜轻哼一声，说："到底还是让你们两人抢先一步。"

蒋宿咧着嘴笑道："我就说我们肯定是最快上山的。"

萧矜走进去，从桌上的盒子里拿出两根长长的红绳，转头递给陆书瑾一根。

陆书瑾接过红绳，问道："彩头是只有一个翡翠扳指吗？那给谁呢？"

蒋宿用充满期盼的目光看向季朔廷，说道："季哥应该不大喜欢扳指吧？"

季朔廷显然对这个东西没兴趣，摆了摆手，转身坐下，说道："给你就是了。"他又对陆书瑾道，"你的身子骨文弱，这么短的时间内爬上山，怕是少不了在路上受萧矜的磋磨，里屋有炉子，你进去烤烤，莫要在出汗之后吹寒风着了凉。"

季朔廷的关心仿佛是理所当然的，他神色从容地看着陆书瑾，眸光温和。

陆书瑾冲他笑了笑，拿着绳子跟着萧矜去了屋子的后面，一出门就看见院中有一棵巨大的树，树冠茂密，呈伞状朝外延伸，在这百花凋零万物尽枯的冬季仍旧绿意盎然。

陆书瑾认出这是菩提树，树龄不小。上次来这儿并没有见过这棵树，仔细一瞧，那树枝上竟挂满了红绳和垂下来的红绸带，隐在树冠中，经风一吹，便同时飞舞起来，与绿叶交织，美轮美奂。

萧矜站在树下，伸手拍了拍树干，回头对他说："我小时候来这里时，这棵树就已经在了，每年我都会来看它，这么多年过去，我长大了，它也长大了。"

陆书瑾走过去，仰起头看着这遮天蔽日的绿荫，道："它长得比你大。"

"你这说的是什么话？若我长得比树还高大，还能是正常人吗？"萧矜将绳子从他手里抽出，轻车熟路地往上爬。

他的动作又快又轻，像是爬过很多次，一眨眼的工夫，就爬到了树枝上头，他半蹲在上面，将绳子系在其中一根分枝上，身形一动就跳了下来，落地时声音很轻。

"这些绳子其实每年都会清理，今日挂上去的，年前就会被摘掉，然后等年夜庙会，又会被人挂上新的。"萧矜说，"等大年三十，再来挂新的吧。"

陆书瑾抬起头，在一片飘荡的红绳中盯着萧矜系上去的两根，檐下的铃铛相撞，发出叮当声，飘散在空中，他恍神片刻，点头应道："好。"

二人回了房，陆书瑾按照季朔廷所言，去了里屋，坐在小烤炉旁取暖。

萧矜则去外屋找到季朔廷，挨着他坐了下来，他摸出那块玉佩，往季朔廷面前一晃，说："瞧瞧这玉佩如何？"

季朔廷起初满不在意地瞥了一眼，以为萧矜又在耍宝，但一眼过后，他被震住了，一下就抓住萧矜的手腕，将那块玉拿了过来，仔细端详："这玉成色不错啊，是好东西，你又败家了？"

萧矜笑得满面春风，往后面一靠，说道："陆书瑾送我的。"

季朔廷嚯了一声。

蒋宿也凑过来，半蹲在边上看，他不大懂玉，但这玉着实漂亮，又看萧矜和季朔廷的反应，也知道这块玉价值不菲，疑惑道："这玉得多少银子？陆书瑾买得起吗？"

"前几日他不是刚敲了那些世家子弟的竹杠吗？估摸着全拿来买这块玉了。"萧矜说道。

"他竟然舍得买这么好的玉送你？"季朔廷也被惊到了，"就是那个一连数日顿顿啃饼吃的人？"

蒋宿上手摸了一下，说："该不会是假玉吧？"

季朔廷很快说道："真玉，且是上等的羊脂玉，触手温润光滑，做工精致，边上嵌的金丝也是真的，不过这字……"很快他也发现了其中的端倪，无奈地笑了笑，"写着大吉是何意？我头一回见玉佩上写这俩字。"

"上上签呗，"萧矜道，"他比较信这个，认为把上上签戴在身上，就会有好运。"

393

蒋宿兜头给他浇冷水,说:"萧哥,你先别高兴得太早,说不定再过两日,陆书瑾又开始卖跟你这一样的玉了。"

萧矜抬手要敲他的脑袋,他赶忙抱着头往旁边躲,嘟囔道:"忠言逆耳。"

"他哪有银子再买第二块这样的玉,"季朔廷道出其中关窍,"而且这一看就是专门为萧矜所制的玉。"

他将玉还给萧矜,那白玉黑穗两种颜色撞在一起,在光的照耀下显得漂亮极了,萧矜将它握在手中,手指轻缓地摩挲着,无不体现出对这块玉的喜爱。

蒋宿当即不乐意了,猛地站起来,说:"我也要。"

"你要什么?"萧矜问。

蒋宿控诉道:"玉,我也要玉。陆书瑾与你的情谊算是情谊,与我的就不算了?好歹我也在他刚来丁字堂被萧哥你舍弃的时候,选择了他。"

萧矜一听这话就来气,急着张口骂他,结果自己呛了一口水,咳嗽起来。

蒋宿抬步就要去里屋找陆书瑾,却被萧矜伸脚绊了一下,当场摔了一跤,但他又一骨碌爬起来,嘴都快撇到后耳根了:"萧哥,你绊我做什么?"

萧矜咳了几下,站起来就要敲他的脑袋,正在这时,陆书瑾从里屋探出头,露出黑溜溜的眼睛,问道:"发生什么事了?"

萧矜动作一顿,转头刚要说话,蒋宿却抢先开口:"陆书瑾,你觉得你待我们……"

萧矜给蒋宿甩了一个眼刀,小声道:"闭嘴,我给你买。"

蒋宿当即满足了,乐呵了,咧开嘴嘿嘿笑。

这一出倒是把陆书瑾整得满头雾水,疑惑道:"我待你们怎么了?"

萧矜既说了给他买,那他自然不会再找陆书瑾这个穷酸书生要东西,便改口说道:"你待我们太冷淡了,我们都在外面闲聊,你却在里面取暖。"

陆书瑾信以为真,颇有歉意,道了声抱歉便走出来,在桌边坐下。

桌上摆着热茶，萧矜给自己倒茶时，也顺手给他倒了一杯，推到他面前，道："晌午会在这里吃斋饭，休息过后再下山，我二哥他们还没来，我可以先带你去寺中转转。"

陆书瑾道："我想去当年摇签的神像那儿看看，我记得是一个身着红衣的长胡子老头，臂上抱着浮尘，一只手拿着书一只手串着红线。"

萧矜一听就笑了，说："你当年就是在那座神像面前摇的签？"

陆书瑾道："对，但是时隔多年，我已经不记得那个地方是何处了。"

季朔廷也笑了，说："那是姻缘神，求的皆是姻缘签，说来也有趣，当年萧矜为了给萧将军再求一子，也去拜了姻缘神。"

蒋宿哈哈大笑起来，此事他早有耳闻，但每次听了还是忍不住笑。

萧矜也并不在意被嘲笑，甚至仍然相信求姻缘神是有用的，说道："我给我爹求一桩好姻缘，待他成婚之后，必定会给我生个弟弟妹妹，何错之有？"

自然是半点儿毛病没有，不过陆书瑾实在没想到当初是在姻缘神面前摇的签，左右也是上上签，总归会带来幸运的。

陆书瑾眯着眼睛笑，一口一口地喝着热茶，待一杯喝完，第三组也抵达此处。

是方晋与叶洵那一组，而叶芹早就累得趴在叶洵背上，被一路背上来。进门时，叶洵吭哧吭哧，即便累得快要晕倒，也还是先将叶芹放在椅子上，他渴得嗓子冒烟，便赶忙给自己倒了一杯茶，但茶水太烫，刚入口就尽数喷出来，耷拉着舌头喘着大气，半点儿世家公子的模样都没有。

叶芹趴在桌上，说道："哥哥，你慢点儿喝。"

"我用你说！"叶洵气道，"我早该猜到的，就不该带你来爬山，存心要把我累死。"

叶芹撇着嘴，表示错不完全在她："你没背我的时候，就已经累得不行了。"

叶洵瘫坐下来，哈出一口接一口的热气，懒得跟她斗嘴。

萧矜啧啧摇头，笑着说："叶少，来得挺快啊。"

"比不得你。"叶洵摆了摆手。

叶芹趴在桌子上,下巴垫在手背上,她眼睛转了转,问道:"哪组先到的呀?"

陆书瑾回答:"是蒋宿与季朔廷。"

"喔。"叶芹拖着腔调应了一声,眼眸稍转,往季朔廷的位置慢慢转去,只是视线还没落在季朔廷身上,他就站起身,说了句"我出去转转"。而后就踏出房屋,这下叶芹的目光大胆了一些,直起身盯着他的背影看,待他的身影消失后才转过头,凑近陆书瑾的耳朵,道:"陆书瑾,你能跟我出去一下吗?我有些话要对你说。"

陆书瑾刚要点头,萧矜就伸长脖子,从中横插一杠:"小丫头,你又要做什么?"

"我要带陆书瑾出去玩玩。"叶芹似乎没有男女授受不亲的观念,一把抓住了陆书瑾的手。

萧矜一看,那还得了,当即在她手背上轻轻打了一下:"撒手。"

这力道对叶芹来说也是重的,她赶忙将手收回揉了揉,埋怨地瞅着萧矜,说:"小四哥,你可太讨厌了,在山下不让我与陆书瑾一组,现在又不准我与他一起出去玩,我爹都不会这么管我,你为何如此……"听她都开始说胡话了,萧矜连忙把她的嘴捏住,"行行行,我带你俩去寺中玩。"

"我只想跟陆书瑾一起玩。"叶芹道。

"不成,"萧矜拒绝道,"孤男寡女像什么样子?你若是再不听话,我就把你塞进萧家的马车里,直接送到叶府门口,你看你把你哥累成什么样子了,你觉得他会反对把你送走吗?"说着,他指了一下半死不活的叶洵,叶洵累得一个字都不想说,懒懒地给了萧矜一个眼神。

叶芹只好妥协,黏在陆书瑾身边。

她显然是有话跟陆书瑾说的,但是碍于萧矜在场,这话几次都没能说出来。三人在寺中转了转,萧矜就将人领到了供奉姻缘神的屋中。

姻缘神是一尊极为特殊的神像,通常情况下,来拜姻缘的大多是女子,但云城许多高门小姐都是大门不出二门不迈,婚姻大事更是听从父母之命,鲜少有人上山来求姻缘。也只有在乞巧节、年末庙会这种日子,姻缘神像前才会稍微热闹点儿。

多年前,陆书瑾来的那回,没赶上日子,所以姻缘神像前几乎没什么人。今日再踏入此地,进门那一刹那的光影婆娑,让陆书瑾眼神一晃,被门槛绊得一个踉跄。萧矜手疾眼快,在旁边扶了他一下,露出疑惑的神色,似在疑惑他怎么能被门槛绊倒。

陆书瑾似乎回到了多年前,七岁的她瘦弱矮小,进门时就被这门槛绊得险些跌倒。

那时的她眼睛也远没有现在漂亮,整张脸还没长开,加上祖母常年带她下地干活,将她的皮肤晒得相当黑,其后很多年在房中不见天日才养得如此白皙。岁月匆匆,陆书瑾重新站在了这尊神像面前。

萧矜看了看桌上摆着的签筒,笑着道:"再摇一签?"

陆书瑾却摇头道:"我已摇过一签,足够了。"

万一再摇出个大凶之签,陆书瑾可不依。

陆书瑾正想着,叶芹却跪在了神像前的蒲团上,她先是闭上眼睛双手合十,虔诚地许了愿望之后,又郑重地磕了三个头,之后她起来,双手抱着签筒开始摇,不多时就摇出一根签子,掉在地上。

叶芹捡起签子,将它递到陆书瑾面前,说:"你快帮我看看,是什么签。"

陆书瑾垂眸一看,发现签子早已换了新样式,与自己脖子上串的那个已然完全不同,这根签子上面赫然写着"大凶"二字,陆书瑾愣了愣,抬眸对上叶芹充满期盼的目光,想到叶芹方才认认真真地许愿磕头,心中一软,本意并不想欺骗她,但一张口却道:"是大吉呢,恭喜叶姑娘。"

叶芹果然欢喜极了,她捏着签子乐了好一会儿,才将签子塞进签筒里。此时陆书瑾并不知道,这一句无意间出口的谎言会为她惹来不小的麻烦。

叶芹自以为摇了上上签,接下来很长一段时间都处在兴奋状态,时不时就往陆书瑾身边凑。

萧矜多次从中作梗,一发现叶芹靠近陆书瑾,就用眼神驱赶她,将男女授受不亲这句话挂在嘴边,对叶芹进行非常薄弱的约束。

直到最后一组，萧衡与何湛到达，也正赶上午膳时间，萧矜才赶忙催着叶芹和陆书瑾回到先前的屋子里。

萧衡提前派人在寺中打点好，午膳也由寺庙提供，虽是一桌素菜，但闻起来很香，众人逐一落座。

萧衡虽然来得慢，但气息平稳，神色从容，较之叶洵累成狗喘的模样要好上许多。

他笑道："是谁拿了彩头？"

蒋宿举了一下手，积极道："方才我与季哥商量过了，他说将扳指让给我。"

萧衡便道："待下山之后我就将扳指给你，难得朔廷也会将东西拱手让人。"

季朔廷听了，笑着说："萧二哥这话说得，我何时成了小肚鸡肠之人？"

萧矜点头赞同："没错，他就是小肚'季'肠。"

几人笑过一阵，菜上齐了，上菜的和尚鞠礼退下，顺道将门带上。后院靠近湖的这一带像是提前打点过，附近没一个和尚逗留，除却风声，没有旁的杂音，安安静静的。

陆书瑾喜食素菜，爬了一上午的山，早就饿得不行了，桌上的菜十分合他的胃口，于是他从头到尾都没说一句话，只管埋头吃饭。

这次叶芹被特地与陆书瑾隔开，没人再给陆书瑾夹菜，一些放得远的菜陆书瑾也不会动手去夹，只吃面前的几道。

陆书瑾正吃着，萧衡突然开口："我本以为这次回云城捞的是简单的差事，没想到一连几日都忙得脚不沾地，事情却少有进展，着实棘手。"

方晋和何湛约莫是这几天都在辅助萧衡办案，听了此话，也同时拧紧眉头，说："此案不难了，刘家与齐家贪污官银已是板上钉钉，从假账到藏官银等诸多证据皆已整理分明，直接定罪即可，不知萧大人还为何事苦恼？"

萧衡叹了一口气，道："若是如此定罪，我担心会牵连叶大人。"

此话一出，几人同时看向叶洵。

叶洵这会儿已经没有累成狗的狼狈模样，他正襟危坐，面带微笑道："萧二哥何出此言？官银一事我爹并不知情，如今事情翻出，我亦跟着萧大人忙前忙后处理此事，怎么会扯到我叶家身上？"

萧衡笑道："我并非意指叶家与贪污官银一事牵扯，只是叶大人乃云城知府，掌云城所有大小事宜，其下之人贪污这么大一笔官银，若是如此定罪，岂非坐实了叶大人的失职？"

叶洵从容应对："多谢萧二哥的忧虑，不过官银贪污亦是我爹这两年相当头痛之事，命我暗地里追查，一直未曾停过，倒是多亏了萧小爷误打误撞，翻出了此事。"

萧矜听闻，眉毛扬了扬，并未说什么。

"如此，就太好了。"萧衡笑道。

几人都在打着太极说话，即便是陆书瑾这个局外人，也听不出什么信息，且在场几人之间的关系也扑朔迷离，十分奇怪。

萧矜与季朔廷是一伙的，这毋庸置疑，方晋与萧矜的关系似乎也不错，先前刘全的事，火烧猪场以及叶洵抓陆书瑾那次，方晋也都在场。可何湛与萧矜的关系却极差，与萧衡又亲近，不知道是什么立场，叶洵自是站在对立面，但与何湛的关系也不赖。

不知道是太会演戏，还是真实关系就是如此，陆书瑾看不明白。唯一能看明白的就是叶芹，叶芹跟谁关系很好。

陆书瑾想着，不经意地朝叶芹瞥了一眼，却发现叶芹正在朝他使眼色。叶芹有话要与他说，但先前几次都被萧矜阻拦，但显然她还没有放弃。

陆书瑾方才一直在想，萧矜今日一再阻拦叶芹与他亲密，许是有自己的用意。既然他不希望自己跟叶芹单独相处，那今日就暂且与叶芹关系陌生一些，于是陆书瑾佯装没看见叶芹挤眉弄眼，平静地移开视线。

叶芹的双肩瞬间耷拉下来，撇着嘴角，用不大高兴的表情吃完了饭。

几人饭饱酒足，去了里屋坐着休息，陆书瑾在外屋站着，萧矜与季朔廷则结伴出去。

不一会儿，叶芹的脑袋就从窗户处探出来，轻声喊道："陆书瑾——"

陆书瑾转头望去，说："叶姑娘何事？"

"你跟我出来一下，我有话跟你说。"叶芹冲他小幅度地招手。

陆书瑾站在原地没动，道："你就在这儿说吧，我刚吃完饭不想走动。"

叶芹神色一顿，张了张嘴，似乎想要说话，但又顾虑里屋的人，最终小声说："那……那以后再说吧。"

她的脑袋从窗户处缩了回去，没了声音。

陆书瑾见状，难免胸口发闷，对他来说，拒绝一个人的善意并不是一件简单的事。

叶洵不是好人，叶家人恐怕也没几个干净的，可偏偏摔坏了脑子的叶芹如此纯真，仿佛丝毫不被淤泥所染，待人真诚，脾气又柔软，实在让人不忍心冷漠以待，更何况她待陆书瑾还十分热情。

坐了片刻后，陆书瑾觉得乏味了，便也出了门，打算在寺中到处转转，毕竟上次来时人太多，也没去别的地方。

宁欢寺非常大，他们吃饭的这个地方不过是其中一方别院，只不过这里的建筑都很相似，若是不记路，很容易迷失方向。

此刻又是午膳时间，庙里的和尚都在房中吃饭，外面几乎看不见人。

陆书瑾记忆力好，不会迷失其中，在别院外面绕了一刻钟后，又觉得脚跟开始疼痛，爬山的痛楚还未消减，想着待会儿还要走路下山，便不再折磨自己的双脚，打算先回屋里休息。

结果刚回去，就看到湖边站着叶芹与季朔廷二人，陆书瑾脚步一顿，没再往前走。

距离有些远，陆书瑾听不到二人说了什么，只看见季朔廷冷着脸，往湖里扔了一个东西，继而转身就走，脚步匆匆，行过栈桥，进了别院中。叶芹倒没什么激烈的反应，只是盯着湖面一动不动，像是在难过。

陆书瑾想起先前蒋宿所说的话。其实大家都在的场合，叶芹要么黏着叶洵，要么就凑在萧矜身边，现在也多是与陆书瑾亲近，并未见她靠近过季朔廷，陆书瑾本对蒋宿的话持怀疑态度，但没想到方才无意中撞见的这一幕，倒是坐实了猜想。但陆书瑾没来得及想多久，就看到叶芹忽而动身，径直扑到了湖里。

"叶姑娘！"陆书瑾吓得魂飞魄散，惊叫一声，赶忙朝湖边跑去。

叶芹约莫是为了捞方才季朔廷扔的东西，寒冬腊月，湖水刺骨冰凉，哪怕是身体极为健壮的男子也无法忍受，但叶芹却像感觉不到似的，就在陆书瑾跑到湖边的这一段路程，叶芹已经半个身体没入湖中。

"来人啊！来人啊——叶姑娘落水了！"陆书瑾嘶声高喊，见叶芹一个劲儿地往湖中游去，陆书瑾也顾不得其他，踏入湖中去拽她的衣裳，"叶姑娘，叶姑娘！"

一踏入水中，寒冷至极的湖水瞬间浸透了陆书瑾的衣裤，棉花吸饱了水，身体的温度快速流失，冻得他颤抖不止，但他仍咬紧牙根喊："叶芹，回头，别去了！"

叶芹听到他的声音，转头看他，脸上布满了水滴，不知道是扑腾的湖水还是泪水，她说道："不对啊，我不是摇了上上签吗？为何他把我的东西扔了呢？"

陆书瑾心中一紧，此时已全然明白。

叶芹大约是想送季朔廷一个东西，今日几次三番想要与陆书瑾独处，就是想跟他说此事，但先前几次都被萧矜阻碍，最后一次无人阻止，却是陆书瑾自己拒绝。陆书瑾随口而出的谎言，成了叶芹决定行动的关键。

陆书瑾顿时感到愧疚，看着叶芹泪莹的双目，一阵阵地难受，涩声道："对不住，我骗了你，你摇下来的不是上上签。"

叶芹皱着眉毛，噘着嘴委屈道："陆书瑾，我不识字，你不能骗我。"

"下次不会了，咱们先上岸，好不好？"陆书瑾拽住了她的衣袖，死死地收紧冻僵的手指，止不住地颤抖，"我教你认字，日后你就能自己识别签子了……"

陆书瑾的喊声叫来了别院里的人，萧矜是第一个出门的，当即就看到陆书瑾与叶芹两人半个身子都泡在湖中，他瞳孔骤然一缩，扭头冲里面怒喊："季朔廷，滚出来！"

其余几人紧随其后,看到这幅景象,俱是一惊,纷纷往湖对岸赶去。

叶洵也冲得极快,喊道:"叶芹!"

萧矜的动作最快,他大步跑过栈桥来到湖边,陆书瑾见了他,赶忙喊道:"我抓住她了,快救我们上去!"

叶芹离岸边最远,湖水没在她的肩胛处,但她并没有挣扎,只是说道:"我的东西还在湖里,我想去捡起来。"

"不可以,别乱动!"陆书瑾厉声制止,"让你哥哥捡就是了,咱们先上去,你千万别再往里面走了,会连累我的。"

叶芹一听,果然不再乱动,甚至回头往陆书瑾身边走,轻轻地搂住他的脖子,在他耳边呢喃:"对不起,我是不是又做错事了?我不是有意的,我只是想去捞东西……"

陆书瑾抱紧了她,这湖水分明冷得让人战栗不止,却能在后脖子上感受到叶芹手上那微弱的温度。

萧矜见状,眼珠子都要瞪出来了,他下意识地指着叶芹喊道:"叶芹,你把手撒开!"

叶洵紧跟在后面,惶急道:"别撒别撒!抱紧了,哥哥现在就救你上来!"

陆书瑾也不敢松手,抱紧了她,费力地往岸边走,陆书瑾离岸边并不远,只不过因为身上的棉衣浸满湖水,似有千斤重,靠自己的力量根本爬不上去。

好在萧矜来得非常快,他蹲在岸边道:"陆书瑾,把手给我!"

听到他的声音,陆书瑾立马将手伸长,下一刻,纤细的手腕就被温热的手掌紧紧扣住,陆书瑾浑身冰凉,萧矜的掌心传递来的温度就变得无比明显。

他此刻也顾不得会不会捏疼陆书瑾了,他加重力气,猛地将他朝岸边拖。

叶洵也跑过来帮忙,却被萧矜一肩膀撞走:"别碍事。"

他将陆书瑾和叶芹两人拉到岸边,陆书瑾配合地从湖水里爬出,再转头将叶芹也一起拉上来。

陆书瑾仅湿了半身，但叶芹全身几乎浸透了，一上岸，两人就剧烈地颤抖，冰冷包裹住每一根骨头，牙关不停地打战，一个字也说不出来。

叶洵将外袍脱下来披在叶芹身上，厉声道："叶芹，出门前你是如何答应我的？一个错眼就敢往湖里跑，不要命了？"

叶芹颤抖得厉害，说话声音微弱，她断断续续地说："哥哥……捞……"

陆书瑾转过头，想到若是自己能在此之前听叶芹说一说话，劝一劝她，又或是没有骗她摇出来的是上上签，或许叶芹也不会将东西送出去，更不会跑去湖里。

此事与陆书瑾的关系虽然不大，但他很难把自己摘出来，他强忍着寒意，断断续续地道："叶少，叶姑娘……是想去湖里……捞东西。"

陆书瑾的话刚说完，一方柔软的锦帕就覆在他的面颊上，将他脸上沾的湖水从左到右仔细擦去，他一转头，就见萧矜正耐着性子给他擦脸，一双轻浅的眸子认真而专注。

"你把手抬起来。"他擦干了陆书瑾的脸，将锦帕捏在手中，又拎起陆书瑾浸满水的衣袖，用力拧出水分。

陆书瑾愣愣地，道："我还以为……"

方才见萧矜情绪那么激动，陆书瑾以为自己要跟叶芹一样，挨一顿批评了。

"以为什么？"萧矜半跪在地上，一边将他袖子上的水往下捋，一边用低低的声音说道，"我总不能责怪叶芹，她是傻的，责怪一个傻子没有任何意义；我更不能责怪你这颗救人的心，在周围无人的情况下你能拉住她，阻止她往湖中心游，这样的行为是对的，无可指摘。若是我再苛责，还有人性吗？"说着，他的声音大了一些，头稍稍往叶洵的方向偏去，"我才不是那种不顾妹妹全身泡着冷水身体虚弱，还要在寒风中教训她的人。"

叶洵一听，当场鼻子气歪："你！"

"叶洵，先让你妹妹回房里去烤烤火，我让寺中的和尚寻两套干净衣裳来，把湿衣裳换下来再说。"萧衡站在栈桥上说。

几人都在栈桥边上站着,扔了东西导致叶芹跑去湖水里的季朔廷站在最后,他靠着栈桥的栏杆,一副事不关己的模样。

"不成,她不能在寺中换衣裳。"叶洵一口否决,将叶芹抱起来,语气总算温和下来,"哥哥带你去烤火。"

萧矜低头看向陆书瑾,一只手给他拧头发上的水,说道:"我带你去换衣裳,免得冻坏身体。"

"不换了,我现在就下山吧。"陆书瑾说道。

叶芹的衣裳湿透,虽说冬衣厚重看不出什么,但陆书瑾的身份到底是男子,不方便与叶芹共处一室。换衣裳更是不便,倒不如现在就下山,或许能够在衣裳干之前回到舍房。

萧矜想了想,也没有反对,跟萧衡说了一声后,便带着陆书瑾出了宁欢寺,还让人从寺中搬出一个炉子,放置在马车上。

他出来时,手上还拎着一壶滚烫的开水,上了马车就倒在杯子里,递给陆书瑾,让他赶紧喝了。

两杯开水下肚,又坐在暖炉边上,陆书瑾身体逐渐回温,冻僵的手也能活动了。

路上,萧矜问了陆书瑾当时的情况,他如实说出,萧矜听完后叹了一声,没再说话。

陆书瑾也没精力说话,本来爬了山身体就极为疲惫,后又泡了刺骨的湖水,现在衣裳仍是湿透的状态,只靠着面前的暖炉吸取温暖,马车一摇起来,就有一种立即睡去的冲动。陆书瑾忍了一会儿,后来确实忍不住了,便歪在车壁上昏昏沉沉地睡去。

等萧矜将他唤醒时,已然到了舍房门口。陆书瑾迷迷糊糊地睁开眼,发现身上盖着一件厚厚的披风,凝目思考了片刻,想起这是萧矜今日所穿的那件。

"下来吧,水已经备好了,你赶紧去泡泡热水,将湿衣裳换下来。"萧矜将披风拿开,抓着他的手腕,引着他下马车。

陆书瑾刚一动,就觉得脑袋疼起来,沉甸甸的不大舒服。这是要患病的前兆,他拧着眉毛下了马车,回房后,找了一套干净的衣裳。

舍房里的热水是萧矜在下山的时候,就吩咐随从快马加鞭先赶回

404

来递消息备好的。陆书瑾锁好了门，动作利索地将湿衣裳脱去，泡进冒着热气的浴池里。

热水包裹了他的身躯，极快地祛寒，不出片刻，身体整个回温，才让她觉得自己又活了过来。这样一折腾，肯定是要染上风寒的，想着上回萧矜受伤时留下的药还没用完，今日正好能派上用场。

他泡了许久的热水，顺道将头发也洗了，完全感觉不到寒冷之后，才慢慢地从浴池里爬出来，擦干身体，缠上裹胸，穿上干净的棉衣。

出来时，一股姜的气味飘过来。

陆书瑾擦着湿头发往前走，就看到舍房的门紧闭着，而萧矜站在桌前，对着小炉子扇风。

萧矜也换了身衣裳，他穿着雪白的长衫，手里拿着陆书瑾前些日子送的扇子，模样俊得很。

听到陆书瑾出来的动静，他并没有抬头，而是将炉子的盖子掀开后看了一眼，说："过来把姜汤喝了。"

陆书瑾换了块干棉巾，继续擦着头发，坐在萧矜床边的矮桌旁。马车里的暖炉搬下来了，就放在矮桌边，他一坐下就感觉到一股暖意。看着萧矜把姜汤倒在碗里，端过来，便道了声辛苦，捧着刚滚开的姜汤呼呼地吹着。

萧矜在他对面坐下来，盯着他看了一会儿，忽而道："你……不好奇他们的事吗？"

陆书瑾自然听出萧矜口中的"他们"指的是谁，平静地道："是有些好奇的，但不是非要知道。"

萧矜有一会儿没说话，他起身拿了一件自己的厚外袍，展开披在陆书瑾身上，这才又坐下来，说道："季家与萧家并非同僚。"

陆书瑾的嘴里含着有些辛辣的姜汤，一开始没懂这句话的意思，想了一下才反应过来，他说的是季家和萧家的父辈们。由于萧矜与季朔廷平日里形影不离，经常出入各种地方，导致陆书瑾先入为主，以为萧季两家关系极好，在朝堂上也是同一阵营。

他微微压低了声音，说："当今皇上抱恙已久，而皇后无所出，东宫之位一直空悬，这几年几个皇子之间的斗争越发厉害。三皇子的生母良妃，其同胞兄长是我爹多年至交，萧家自然力挺三皇子继承大统，但眼下六皇子功绩频出，也颇得皇上偏爱，极有可能入主东宫，叶家所依附的丞相则为六皇子一党。"

"季朔廷的祖父为工部尚书，手中权力不小，如今尚未拥护任何皇子，属于中立一党，"萧矜停了停，缓声道，"但他却有意让季朔廷与叶家结亲。"

陆书瑾一脸讶然，道："跟叶芹？"

日暮时分，春风楼。

月水间传出瓷器碎裂的声音，伴随着一声"滚"，几个姑娘陆续从房里出来。

门被关上后，叶洵气得满脸通红，他指着季朔廷的鼻子咬牙道："季朔廷，你今日差点儿害死芹芹！"

季朔廷双眉微蹙，露出疑惑的表情，往软榻上一靠，一脸奇怪道："怎么这桩事还能赖到我身上，又不是我将她推到湖里去的。"

"不是你将她的东西扔到湖里，她能进去捡？你分明知道她脑子不好，就算不要她的东西，也不该往湖里扔！"叶洵恨声道。

"既然你知道她是傻子，为何还总带出来，这不是存心给我们找麻烦吗？"季朔廷的语气里满是不耐烦。

叶洵冷冷地盯着他，忽而哧笑一声，说："你这是在做什么，勇敢地抵抗？你根本抗衡不了整个家族，届时季家长辈让你娶芹芹，你反抗得了？我们迟早是一家人，何必将事情做绝？"

"哎，话可不能乱说，"季朔廷说，"我从未得到过要与令妹结亲的消息。"

叶洵道："芹芹有什么不好？她乖巧顺从，你娶回去之后，想纳几房姬妾就纳几房姬妾，就算是把小香玉抬进府里，芹芹也不会说什么，生气了随便哄一哄就好，如此还不够？"

季朔廷脸色渐冷："谁乐意娶一个傻子进门，岂不是被全城人笑话？"

叶洵攥紧拳头，牙齿咬得咯咯响，约莫是想骂什么，但最终忍住了，他随手抄起桌上的茶壶，泄愤一般砸在地上，踩着粉碎的瓷片大步出了月水间。

房门被重重摔上,季朔廷的眉间笼着烦躁,他坐着久久未动。

"季朔廷应当不会答应吧?他不是喜爱春风楼里的小香玉吗?"舍房里被暖炉烘烤得无比暖和,陆书瑾喝了姜汤之后浑身发热,将身上的厚外袍取了下来。

"嗯?你从哪里听来的?"萧矜笑了笑,说,"蒋宿说的?"

"我上回被你带去月水间时,听到你们说话,好像他与叶洵同争小香玉。"陆书瑾没出卖蒋宿。

萧矜双眉舒缓,笑着说:"你竟然还记着。"他停了停,过了一会儿才道,"春风楼其实是季家的产业,只不过不在季家名下罢了。那小香玉的母亲,是季朔廷祖父当年还是云城知府时亲自培养的细作,用于固权。后来他一路高升,去了京城,春风楼便逐渐成了真正的青楼,只不过小香玉自小便被培养,现在仍然是效忠季家的一条暗线。"

房里袅袅的香烟飘散,浓郁的味道让季朔廷有些不舒服,正要起身时,一人推门而入,反手落锁,那人快步而来,跪在帘外,说:"少爷,我有事相禀。"

"你先把香炉灭了。"季朔廷挥了挥飘来的香烟。

来人撩帘而入,正是容貌艳丽、身姿婀娜的小香玉,只是此刻她的面上没有媚态,只见她轻步走过去,熄灭香炉,又吹熄了旁边的两盏灯,转身跪下,说道:"禀少爷,老爷从京城传来消息,皇上将治理淮北水灾,安置难民一事交由六皇子操办,恐有封六皇子为太子之意,若六皇子事成,你与叶家的亲事……"

季朔廷揉了揉眉宇,压着心中的不耐烦,道:"别说了,烦。"

"老爷传话,让少爷提前做准备。"小香玉仍将话说完。

季朔廷用指腹轻轻滑过眉毛,沉默半晌,忽而说道:"让他们少管我。"

"少爷?"小香玉错愕地抬头。

季朔廷的神色隐在黑暗中,晦暗不明,声音清冷:"我知道该如何做,不需旁人指点。"

天完全黑了,房中暗下来,萧矜点了一盏灯,重重地叹了一口气。

"唉……总之呢，就算叶家最后不与季家结亲，也会与别家联姻，这也是她为何脑子都摔坏了还作为叶家嫡女被养到现在的原因，她必定会成为牺牲品。"

陆书瑾沉声道："我知道。"

没人比她更清楚了，姨母养她的原因，也是想用她结一桩利于柳家的好姻缘，发一笔大财。

"不过也是旁人的事，咱们管不了那么多。"萧矜拍了拍他的肩膀，说道，"行了，你快去休息吧，今日也够累的。"

陆书瑾点点头，觉得今日的闲聊差不多也该结束了，便起身爬回床榻，准备休息。

萧矜只留了一盏灯，起身去洗漱，忙活完出来，又拉了一把椅子放在陆书瑾床边，在上面摆了一碗水。

陆书瑾还没睡着，扭过头望着他。他的眼睛黑溜溜的，在微弱的灯光下像黑珍珠一样好看，浑身都紧紧地裹着棉被，只露出脑袋。

萧矜弯着嘴唇笑，用柔和的声音道："这碗水放在这儿，夜间你若渴了就直接喝，不必下床找水了。"

陆书瑾道："好。"

他转身回去，没有熄灭那盏微弱的灯，爬上床榻睡觉。

陆书瑾疲惫至极，听见屋中没有任何动静后，就入睡了，但寒冬腊月在湖水里泡了一遭，又穿着湿衣裳那么久，即便是后来喝了姜汤，他的身子也扛不住。

睡到半夜，陆书瑾的身体便开始发热，像是被架在火架上烤一样，没多久嗓子就烧得干痛，鼻子里呼出的气息都是滚烫的。

他在灼热中醒来，想起床边有一碗水，便伸手去摸，水已经凉透，但此刻他烧得极为难受，只想喝点儿水润一润疼痛的嗓子，便没在意那么多。他将水端过来，想要起身时，因脑袋烧得发昏而没掌握好力度，瓷碗倾斜，水瞬间涌出。

冰凉的水顺着陆书瑾的胳膊而下，瞬间就将床榻浇湿了，惊得他清醒不少，赶忙将碗搁回椅子上，拽起垫在底下的被褥摸了摸，已然湿透。

陆书瑾一脸烦躁，啧了一声，没有精力去管，喝了两口水后便缩到里面，将身上盖的被子折了些许压在湿透的地方，接着睡。

陆书瑾以前不是没感染过风寒，没药吃的日子全靠硬抗，他不想大半夜起来熬药折腾，想一觉睡明早再说。

但就在陆书瑾昏昏欲睡之时，忽而有人碰了碰他的肩膀，他惊了一下，忙睁开眼转过头，就见萧矜不知道什么时候来了，他一条腿跪在床边，正悬在他的上方低头看他，俊脸几乎被昏暗光线遮住。

"怎么了？"陆书瑾一开口，才发现自己的声音哑得厉害。

萧矜没说话，看了他几眼，而后把手覆在他的额头上探了探，又稍稍往后退，将折起的被褥拽出来，摸了摸湿透的床垫，声音轻缓而低沉，像是诱哄道："这床不能睡了，去我床上。"

萧矜原本就想着陆书瑾可能患上风寒，回来之后就一直留心他的状态。

他见陆书瑾神色还算良好，精神也不差，便让他先去睡觉。

他夜间睡得不沉，所以碗底磕在椅子上的声响已经将他唤醒，他下床后绕过屏风，往床榻上一瞧，就见昏暗的灯光下，椅子上洒了一些水，瓷碗也空了。他轻步走过去，抬手将双层床帐微微掀开，就看到陆书瑾把自己裹得像蚕蛹一样，半边被褥都压在身下。这床榻本就不大，他缩在里面紧紧贴着墙，倒给外面留了许多空地。

萧矜略一思索，往陆书瑾额头上一摸，果然温度惊人，显然是发起了高热，再将被褥拽出来，摸到床榻湿了一片，冰冰凉凉的。

他心中顿时生出一丝懊恼，觉得不该在陆书瑾床头放置一碗水，但他没什么照顾人的经验，以为这样更方便他夜间渴了喝水。

"陆书瑾……"萧矜压低身体，凑近他，轻声询问，"你身上哪里不舒服？"

陆书瑾烧得迷迷糊糊，但见萧矜凑到眼前，也稍微清醒了，说道："我没事，先睡一觉，待明早起来还没退热，再喝点儿药。"

"那怎么行。"萧矜十分诧异，只觉得陆书瑾已经烧得说胡话了，他抬手将他的被子往外拽了拽，严厉道，"快点儿下来，这床湿了大片，已经不能再睡，你去我床上睡。"

陆书瑾的双手拽着被子，微微地抵抗，没有说话。

萧矜平日都对陆书瑾凶不起来，更何况现在的他还发着高热，乌黑的眼眸水盈盈的，看着就惹人怜爱，萧矜多看一眼，就多一分心软，他低哄道："听话，现在已经不是在你姨母家了，生病就要吃药，不能作践自己的身体，我的床榻很大，睡得下我们两个人。"

陆书瑾本来还坚持，可一听萧矜说起从前，心里忽而涌起一阵阵酸。是啊，现在的自己已经不是窝在那个阴暗潮湿的小房间里，生了病无人买药，只能硬熬的小姑娘了，她已经逃出牢笼，已经用着她给自己取的新名字开始了新的生活，身边也有了新的朋友。

就这么一晃神的工夫，陆书瑾手上的力道有些许松弛，萧矜一把将被褥拉开，拽着他的手臂将他拉起来。

陆书瑾睡觉的时候穿的是他在成衣店里特地让人制作的棉衣，此刻棉衣裹在身上一是为了冬日里睡觉暖和，二是棉衣臃肿厚重，能够将他的身躯包裹严实，哪怕不穿外袍，也看不出什么来。

萧矜从床榻里退出去，说道："下来。"

陆书瑾不愿意，他可以爬起来给自己煮药，但是去萧矜的床榻上睡觉那是万万不能的，于是说道："我这床没湿多少，还能睡，我就不跟你——"

陆书瑾的话还没说完，萧矜就拽着他往上一提，揽着他的腰，瞬间把他从被窝里抱了出来，他的力气很大，能将他随意地举起来，在他完全没有反应过来的时候，就将人扛在肩头。

陆书瑾惊得低呼，腹部因为有厚厚的棉衣垫着，倒没有被他的肩胛骨硌痛，只是头朝下时脑袋充血，原本生病引起的头痛瞬间加剧。

陆书瑾握紧拳头，捶着萧矜结实的后背，挣扎道："你放开我！"

萧矜哪会听他说话，只觉得他生了病就变得任性了，药也不吃，还要坚持睡冰凉湿透的床榻，好声好气相劝也不听，只能来硬的。

陆书瑾很轻，即便是裹着厚厚的棉衣，萧矜扛他依旧不费力气，几步就走到了自己的床榻边，他弯腰时动作轻柔，将他搁在自己的床上。

陆书瑾立马翻身起来要下床，萧矜却一下堵在床榻边，眸光定定地看着他，说："你要是爬回去，我还能再把你扛回来，大半夜的别跟我折腾，老实一点儿。"

陆书瑾完全受制于他，此事再无商量的余地，他认定了那张床不能再睡，便不会让自己再回去，陆书瑾晃了晃疼痛的脑袋，叹了一口气，妥协道："那我的被褥也得抱过来吧。"

萧矜没再反对，又将他的被褥抱过来扔到他身上，说道："你先躺着。"

他转身离去，将桌边的灯点亮，开门唤了声守在外面的随从，也不知吩咐了什么，没多久又将门关上。

陆书瑾探出脑袋看了一眼，就见萧矜站在桌边，正将之前未煮完的药包放入罐子里，点起小炉子，似乎正亲自动手给他熬药。

这药一煮就得小半个时辰，还得时时看着，否则没注意火候，汤药就会煮沸溢出来，洒得到处都是。

陆书瑾想下去自己煮药，但高热让他不大清醒，总感觉晕乎乎的，浑身酸软乏力，陆书瑾在床榻上挣扎了好一会儿，最终抱着自己的被褥滚到床榻最里头，贴着墙睡。

萧矜的床榻的确比他的宽大一些，床帐中飘散着一股清淡的香味，像是桂花。

萧矜所用的熏香有很多种，有时候闻起来有乌梅的味道，有时候则是檀木的醇厚，现在又是淡淡的桂花，不管是什么味道，闻着都令人无比舒畅，似有安神和舒缓心情之效。陆书瑾浑身烧着一团烈火，闻着这清冷的桂花香气，渐渐地闭上了双眼。

陆书瑾这一闭眼只觉得天昏地暗，仿若坠入业火牢狱，烘烤得他难受至极。他无意识地将被褥推开，想汲取空气中的寒凉为自己解一解热气。不知过了多久，温凉覆在脸上，顺着他的额头往下，将脸颊下巴皆擦了一遍，好像在灼热的沙漠中触及绿洲，清凉的风涌入心底，抚慰平息了躁意。

陆书瑾微微睁开眼，看到萧矜半跪在床榻边，弯着腰给他擦脸，长发垂下，落在他的手边。

见陆书瑾盯着自己，萧矜心软了，柔声道："没事，喝了药就好了。"

他从床头的矮桌上将熬好的药端过来,一只手扶着他坐起来:"药已经晾凉了一会儿,可以直接喝。"

陆书瑾乖顺地捧着药碗,看了眼浓黑的药汁,鼻子里蹿进苦涩的味道,赶走了桂花的清香。

陆书瑾抿了抿嘴唇,先喝了一小口试试温度,不怪萧矜被这药整治得服服帖帖,入口的瞬间,陆书瑾的舌头仿佛遭受重击,几乎要被这一口苦涩引得反胃呕吐,好在陆书瑾强行忍住了。

萧矜见他脸色难看,知道是药太苦了,他从一早准备好的盒子里拿出一块裹了蜜的果干,对他道:"你一口气喝完药,再吃点儿甜的。"

陆书瑾看了一眼果干,强压下口中的苦涩,喝完了汤药,眉头皱得死紧。

当陆书瑾伸手去拿果干的时候,萧矜却忽而抬手,将果干送到他的嘴边:"来,张嘴。"

他的神色如此理所应当,陆书瑾愣了愣,不知为何,听话地张嘴,下一刻,蜜甜果干就被放进嘴里。

蜜糖的甜味瞬间从舌尖蔓延,只用舌头卷着在嘴里转一圈,那些难以忍受的苦涩就被驱逐干净,只剩下蜜的甜味和果干的香味。再小不过的东西,却让陆书瑾前所未有的满足。

喝一碗极其苦涩的药之后再被喂上一颗糖,在从前的日子里,是他在梦中都不敢奢望的事。

但面前这个模样俊俏的少年专注地盯着他,问:"甜不甜?"

陆书瑾眼眶酸涩,含着果干点头。

这种被照顾被在乎的感觉,没爹娘的陆书瑾鲜少体会,年纪还小的时候陆书瑾会羡慕,会渴望,长大后,便不再奢求那些不会属于自己的东西。

但萧矜会,他会在深夜发现陆书瑾发了高热,会将他从湿透窄小的床榻上拉出来,会耐着性子站在桌边,慢慢将药熬好,等药冷却到合适的温度,再把难受的他唤醒,端药给他喝,还会提前备好果干,在他喝完药后放一块进他的嘴里,压住满腔的苦涩。

生病之人的心性都脆弱,陆书瑾也不例外,他看着萧矜,纵使平日里再冷静克制，那高高筑起的心墙也在这一瞬间瓦解，他的目光一瞬不瞬地盯着萧矜，忽而身体缓缓往前，像是朝着萧矜而去。

萧矜见状，还以为陆书瑾头晕坐不住了，便往前探了探，想扶着他躺下，却见他动作缓慢，将头靠过来，靠在他的颈窝处。

陆书瑾额头上的灼热温度立即贴着萧矜的脖子传递，呼出的气息也带着无比灼烫的热尽数洒在萧矜的脖颈处，顺着他的侧颈迅速扩散，将他整个人都点燃。

陆书瑾靠在萧矜的颈窝处不动了，像是飞了许久，已然筋疲力尽的山鸟找到了暂时可以依靠的栖息之所，所呼出的每一口气都带着疲惫，渴望着休息。

陆书瑾身体柔软，萧矜的肩胛几乎感觉不到什么重量，却让他僵住身子，一动也不敢动，这是陆书瑾头一次对他做出如此亲昵的举动。

旖旎的气息在拔步床中突生，被双层床帐困在其中，紧紧缠绕着萧矜与陆书瑾。

微弱的灯光渗透进来，萧矜闻到他身上还未消散的酸苦药味，混合着桂花和果干的气味，化作一团令他心软得一塌糊涂的香甜味道。肩上的人没动静了，呼吸宁静而绵长。

陆书瑾这突如其来的依赖比萧矜想象中的更令他愉悦，他下意识想要抬起双手，将他拥在怀里。

陆书瑾那么瘦小柔软，若是抱在怀中一定很舒服，但念头一闪而过，他还是遏制住双手，却控制不住错乱的心跳。

喉头滚了滚，萧矜低声问："你是不是困了？"

陆书瑾用慵懒的声音应了一声，抽身离去，一言不发地钻进被窝里。

萧矜盯着他的后脑勺看了片刻，最终还是端着药碗离去。

萧矜折腾了好一会儿才爬上床榻。

上床的时候，陆书瑾已经睡沉了，绵长的呼吸需得躺下来静静地听才能听到。

萧矜轻手轻脚地躺下，给自己盖好被褥就不动了，他在一片宁静中听到身边人的呼吸声，不知为何，他自己也跟着陆书瑾的呼吸节奏吸气吐气。许是因为心跳的声音太吵，他刻意压抑着自己的呼吸声，不想压住陆书瑾的呼吸声。

这次跟上次那个雨夜一样，两人都是各盖着一床被褥睡觉的，但不一样的是，这张床柔软而泛着清香，今夜也没有下雨。万籁俱寂下，他能清晰地听到来自陆书瑾的所有动静，且陆书瑾不知道是因为生病还是别的什么原因，完全放下了戒心。

上回陆书瑾将自己裹得严严实实，面朝着墙蜷缩着身体，非常戒备。这次他平躺着，脸朝向墙面，萧矜转头看去，能在微弱的光线下看到他小巧白嫩的耳朵和恬静的侧脸。任何人在睡着的时候都是很乖的，更何况是他这种白日里醒着时，模样都非常乖巧的人。

双层深色床帐落下，本来就不亮的灯也被遮了大半，昏暗下，同床共枕的两人莫名生出一股子暧昧来。

萧矜完全没了睡意，他转头看向旁边的陆书瑾，整颗心都荡漾了起来。只看了那么一会儿，一种隐秘的欲望就从他的心底露出个头，蹬鼻子上脸，往心尖上爬去。

萧矜看着那小小的一团，想覆身过去将人搂住，压在身下，想做一些不能宣之于人的、见不得光的事。但很快，他就将心底冒出的念头重重地压下去，按死在心里最深处，并附上几句唾骂。

许是夜色迷人，掩盖了太多黑暗里的肮脏东西，一些平日里不敢想的，不该想的，竟在这个时候胆大包天起来，撕扯着萧矜的理智，企图占据他的思维。

他又想起神女祭那日所见的陆书瑾，肤若白雪，干净漂亮，唇若点朱，见之难忘，那一身随风轻飘的雪纱长裙，频频攻击他的防线。

萧矜移开视线，深深地吸了一口气，克制得呼吸都微微颤抖。

不行，不可以，不能够。萧矜闭上眼睛，干脆绝情地背过身去，狠狠掐死一切念头，杜绝自己在冲动下做出奇怪的事。

这一招果然有用，他盯着面前的床帐半晌，心绪慢慢平静下来，闭上眼睛打算睡觉。

只要睡着，一睁眼就是明早咯。他盘算得挺好，但眼睛刚闭上，身后突然传来了动静，床榻轻响，很快又归于平静，他好不容易分散的注意力又被吸引到身后。

他想着陆书瑾方才应该是翻了个身,下意识也想要翻身过去看,但又生生遏制自己的身体。

如此一来,又耽搁了好一会儿,当他终于压下冲动,准备再次闭眼时,身后的陆书瑾又动了,他好像又翻了个身。

萧矜刚转移的注意力立马又跑到陆书瑾身上,甚至比方才更想要转头去看他。

他深吸一口气,心道再这样下去今晚也不用睡了,索性闭上眼睛开始回忆先前看的《戒女色》,在心中默背起来。

他是真没想到这玩意儿有朝一日能在他这里派上用场,别说,还真挺有用,背了那么一会儿,他的心境当真平和不少,呼吸也平稳了,心跳也正常了。实乃神书也,萧矜在心中暗夸。

正想着,陆书瑾又翻身了,好像掐准了他每回平静下来的那个点儿,就是看不得他今晚有一点儿安宁,不想让他安然入睡,他咬着牙根,接着背《戒女色》。

忽而臂上一重,有个东西突然压了过来,他先是吓了一跳,一句"国破家亡皆为色"差点儿从嗓子里跳出来。他转头看去,就见一只手从后面探过来,搭在他的臂膀上,纤细的手垂下来,透过昏暗的光线,还是能看见其白嫩的指尖,是陆书瑾的手。

萧矜的心海骤然澎湃起来,掀起一阵阵波浪,他极力镇压,飞速背着《戒女色》,然而这神书却是半点儿用处都没了,完全挡不住他的激动情绪,于是干脆不背了,自暴自弃起来。

他心想:陆书瑾方才翻了三次身,是不是睡得不安宁?他现在是什么姿势?是不是距离他的后背相当近?自己翻身的话,会不会压到他?他会做梦吗?梦里是什么?会梦到他吗?也不知道退热没有,那药有没有用?

萧矜忽然给自己找了一个正当理由,他只想看看陆书瑾有没有退热,关心他的病情,于是他宽恕了自己,慢慢地翻了个身。

415

拾叁 萧矜心里的秘密

这一翻身可不得了,萧矜发现陆书瑾这几次翻身,竟然把身上的被褥完全蹬下去了,就裹着棉衣呼呼大睡,许是没了被褥之后又觉得冷,他的身体微微蜷着,他惊得当场一个仰卧起坐。合着陆书瑾这折腾来折腾去的,就是在掀被子!

萧矜起身去拽他蹬到脚边的被褥,忽而瞥见陆书瑾交叠在一起的双脚。他的脚小巧白嫩,指头圆润,脚指甲也被修剪得秃秃的,全部蜷缩在一起,看起来可爱极了。

他心神一晃,赶忙拽过被褥重新将他盖住,学着陆书瑾平日里的模样,把他整个儿包裹起来,像蚕蛹似的。

萧矜顺势朝着他躺下来。

陆书瑾睡得正沉,闭上了那双乌黑明亮的眼睛,长长的睫毛乖顺地贴在白嫩的脸颊上,眉眼间有一股姑娘似的甜美俏丽。在这昏暗的环境下,更让萧矜有了一种绝对的错觉,仿佛面前躺着睡觉的是个姑娘。

这个念头一闪而过,他的心不知道吃错了什么药,竟开始毫无规律地跳动,半点儿不客气地往胸腔上撞,非要用一下大过一下的声音告诉萧矜,他的心跳乱了。

萧矜几乎要沉溺在自己编织的梦里,但他又非常清醒,陆书瑾是男子,而他也是一个头脑聪明,性格镇定,处变不惊的男子,这个清醒的认知总算让萧矜从迷蒙中挣扎出来。

平日里他对自己颇为严苛，但眼下这个寂静的深夜，他似乎可以稍微放松一点儿。他盯着陆书瑾的脸，从眉毛看到眼睛，再看向嘴唇。

他的心脏又猛地一跳，那些先前被压下去的东西又挣扎着要破土而出，他赶忙移开视线，长长地呼出一口气，心想嘴唇不能看。他往别处盯了一会儿，又忍不住去看陆书瑾。

这张床上只有他们两个人，而陆书瑾睡得正香，没人知道萧矜在干什么，也没人因为他的行为质问他原因，他选择自欺欺人，宽赦自己。

盯了良久，陆书瑾又动了，这下萧矜看了个全程。

陆书瑾先是在被褥里挣扎了一会儿，然后一只手从被子里挤出来，捏着被褥就往下推，一下就将上半身露出来，继而抬起腿，白嫩的脚丫子也伸出来，踩在被褥上，往下一蹬，被子就又被蹬到了脚底下。他翻了个身，平躺着。

萧矜失笑，又起身把被子拉过来，盖在陆书瑾身上。

陆书瑾现在正发热，浑身烧得不舒服，自然想要凉快一些，但若是一整夜都不盖被子，没准儿明天一早病情还会加重。

萧矜是纵容他，但在此事上不行，他刚把被子盖上去，陆书瑾就拧起双眉，在睡梦中无意识地反抗，推拒身上的被褥。

萧矜不想把睡得正香的他吵醒，就将被子往下拉了些许，但即便如此，也是不行的，陆书瑾固执得很，就是要将身上的被褥蹬下去。他摆动双手，双脚也蹬起来，着急摆脱桎梏。

萧矜没想到他如此抗拒，便先顺着他将被褥拉下去，待他的呼吸慢慢平静了，再悄悄将被子拉上来，结果没一会儿，他又掀开被子。

萧矜这下明白了，陆书瑾只要一觉得热，就会掀被子，跟他睡得深不深没有关系，他是潜意识里按照自己的感受来行动的。他把被褥裹在他身上，而后用手臂圈起来，将他困在自己怀中，以此来压制他的双手，阻止他再掀被子。

陆书瑾本就瘦小，如此一摆弄，整个人隔着棉被窝在萧矜的怀中，陆书瑾甚至还往前凑了凑，额头轻轻抵上他的胸膛，他都怕自己的心跳声把他吵醒。

陆书瑾只感觉被关在了一个大火炉里，不出一会儿就烘烤得浑身是汗，热得他奋力想要逃离。怀中的人又开始挣扎，萧矜终是不忍心如此冷漠地钳制他，更何况他还生着病。

于是萧矜就隔着棉被轻轻拍着陆书瑾的后背，用极轻的声音哄他："乖乖，是不是难受呀？别乱动，忍一忍就好了。"

萧矜用温柔的声音重复了几遍，陆书瑾便当真不动了，乖顺地让他抱在怀中，忍耐着火炉一般的热意。

萧矜也一动不动，只慢慢收紧手臂，将心中被强行压制的心思悄悄地释放那么一丁点儿，把他缓缓地往怀里拥了拥。

陆书瑾很不好受，没多久额头就冒了汗，萧矜发现了，便捞起搭在床头的湿帕子给他擦了擦。

整个后半夜，萧矜都没能入眠，隔一段时间他就得给陆书瑾擦脸上的汗，直到他的高热彻底退了，萧矜才松开了他，躺回自己的位置，闭上眼睛睡觉。

后半夜的事情，只有天知，地知，萧矜知，再没有第四个人知道。

生病真是不好受，陆书瑾这一晚睡得都不安宁，里头的棉衣全部汗透，浑身黏腻，再加上梦中好似被关进了火炉里，任凭他如何挣扎都摆脱不了，直到后来听到有人在耳边轻声呢喃。他没听清楚对方在说什么，也不知道是谁在说话，只觉得那声音很熟悉，也无比安心，神奇地抚平了他的躁意。

隔日早晨，陆书瑾刚睁开眼睛就看到面前的俊脸，仅有一掌的间隔，如此近的距离，让陆书瑾顿时惊醒，完全没了睡意。

萧矜的半张脸埋在被褥里，微微勾着脖颈，闭着眼睛睡觉，俊朗的眉目没有任何攻击性，看起来乖巧又温驯。

陆书瑾并不为美色所迷惑，他惊讶地察觉到自己居然一点儿戒备心都没有，可见昨晚实在病得太糊涂了，竟毫无防备地与萧矜面对面睡觉了。

陆书瑾支起上半身往外看，才发现自己将萧矜挤到了床边，他侧着身子，堪堪停在床沿的位置，再往后翻身就会掉下去。

陆书瑾觉得自己睡觉是很乖巧的,有时候能保持一个姿势睡大半夜,再窄小的地方都睡过,不至于在这样一张两个人睡都绰绰有余的床榻上挤得萧矜险些掉下去。不过由于昨晚喝了药之后一觉睡到现在,并不知道夜间发生了什么。

陆书瑾缩回了床榻里面,背靠着墙,目光却一直盯着萧矜。他睡得很沉,呼吸有些重,双眉平和,睫毛长俨然处于深睡眠的状态,看起来并没有做不好的梦或者藏了沉重的心事。

扑面而来的男性气息让陆书瑾有些无所适从,奇怪的感觉从心里隐秘的角落腾起,他从未想过有一日睡醒睁眼时,身边躺着一个男子,像是同床共枕的夫妻。

陆书瑾想起那晚喝醉的萧矜,强行按着他手腕的力道,落在他脸颊上耳垂边那湿热的呼吸和不安分的唇舌,身上涌起了热意。

陆书瑾别开视线,盯着床帐看了半晌,有些忍受不了身上黏腻的感觉,于是裹着棉衣慢慢从被褥里爬出来。他的动作已经足够轻缓,但跨过萧矜是不可避免的,就在他的脚踩上床沿时,萧矜像是察觉到动静,忽而动了动头,他的眼睛稍稍睁开一条缝,下意识往床榻里面看了一眼,发现被窝是空的,又抬起头往后面扫一眼,看到陆书瑾正踩在床边,就顺势往里面挪了挪。

他挨到天亮才睡,这会儿没什么精力,便没有说话,很快又闭上眼睡过去。

陆书瑾见他一副没睡醒的样子,也没打扰,就下了床榻。结果床边只有他的木屐,陆书瑾弯着腰找了找,忽而想到昨晚是被他扛过来的,鞋子还在自己的床榻边。陆书瑾笑了,想着反正他还未醒,便借了他的木屐穿。

萧矜的木屐是特制的,冬天穿有些冻脚丫子,陆书瑾将脚套进去的时候被凉得打了个激灵。

木屐的尺码比他的脚大了很多,走起来发出嗒嗒的声音,他赶忙走去自己的床边,换上鞋子,再将他的鞋子送还。

他先去浴房烧上水,继而将昨夜被水浸湿的被褥拖出来,抱去门外的杆子上晾晒,外头的日头正好,是仲冬里少有的暖阳,陈岸等随从一大早就在门外守着。

"陆公子,早啊。"陈岸熟稔地与他打招呼,顺手去接他手中的被子。

陆书瑾笑着应道:"辛苦了。"

两人一起将被子搭在竹架上,陈岸问道:"公子的病可好些了?"

陆书瑾稍稍一愣,点头道:"自然,多谢关心。"

陈岸说道:"昨夜少爷突然唤人洗药炉,我还以为是少爷生病了呢,没想到是陆公子。我们少爷从未动手熬过药,可见少爷极为看重陆公子。"

陆书瑾何尝听不出这话的意思,笑了笑,打了个太极:"萧少爷是好心的。"

萧矜是不是好心人,打小就在萧府长大的陈岸自然门清。

他道:"陆公子是斯文人。"

陆书瑾回房之后,浴房的水也烧得差不多了,他往池子里倒了凉水,反锁好门,整个人泡进热水池里,发出一声喟叹。

出了一身汗后泡个热水澡,再舒服不过了,陆书瑾都舍不得从里面起来,可惜冬日里的水凉得快,虽然陆书瑾很贪恋泡热水澡,也只能在水温降下去前爬出来。

陆书瑾绾起湿发,穿好衣裳,顺势坐在小板凳上,用泡澡剩下的水洗净了衣裳,起身时扭了扭酸痛的腰,这才推门出去。

陆书瑾自出来后就没买过女子相关的衣裳,所以即便是贴身衣裳,也没什么见不得人的,便一并挂在外面的竹架上晾晒。

回去后关上门,陆书瑾一边擦着头发,一边给自己熬药,虽说一早起来感觉状态还不错,但方才洗了澡,他怕病情反复,还是再熬一包药比较稳妥。

云城冬季寒冷,鲜少听到鸟儿的啼叫声,勤奋的学子也不会在大冬日早起,站在外面背书,所以陆书瑾往桌前一坐,房里就显得相当安静。

很快药煮好了,咕嘟咕嘟地滚着,他将窗户开大了一点儿,拿着萧矜昨日用的扇子将药味和炭火味往外扇,另一只手则拿着书,沉浸地看。

陆书瑾没注意时辰,看了许久书,才发现汤药被熬得缩水一半,他赶忙将汤汁倒出来,放在窗边晾凉。

药汁熬得极为漆黑,看起来如墨水一般,一股酸苦的味道,光是闻着就已经知道它的厉害,他翻出之前买的糖果,先往嘴里塞了一小块,待吃得差不多时,药也放凉了。

陆书瑾闻着就觉得害怕,便捏着鼻子,一口气将半碗药喝了。这比萧矜昨夜熬的药苦太多,陆书瑾简直要被苦出两行泪,他赶忙往嘴里塞了好几块糖,饶是如此,也是许久之后才驱散嘴里的药味。

陆书瑾将药罐洗刷干净,一切都忙活完,萧矜还在睡。

陆书瑾满心疑惑,就算萧矜比他晚睡,也不该到现在还没醒,难不成被他传染了风寒,正在被窝里难受?

陆书瑾越想越觉得有这个可能,便赶忙放下了书,轻步走去床榻边。刚想开口唤他,但隔着床帐,就看见他的被子盖了一半,露出半截手臂,脸朝着外侧,睡得正香,陆书瑾一下就止住了将他唤醒的心思,只伸手撩开床帐,蹲在床边,目光从他俊朗的眉目上滑过,没忍住多看了两眼,而后想去探一探他额头的温度。

谁知陆书瑾的手刚靠近,萧矜的手便猛地一动,扣住陆书瑾的手腕,将陆书瑾吓了一跳。

"干什么?"萧矜的声音带着浓浓的困倦,大有一副醒不过来的架势,但动作却迅速精准。

陆书瑾不禁疑惑道:"你醒了吗?"

萧矜这才慢慢掀开眼皮,惺忪的眼眸看着他,同时松开了手,嗓音喑哑:"醒了。"

他翻身坐起来,被揉散的衣袍散开,露出光洁的膀子,他打了一个哈欠,问:"什么时辰了?"

"还不知道,"陆书瑾说,"我以为你被我传染了风寒,便来看看。"

萧矜动作缓慢地穿好衣袍,嗯了一声,说:"还真有可能。"

陆书瑾道:"那你等着,我去给你熬药。"

"不用。"萧矜立马就精神了,出口拦住陆书瑾,"说笑的,我还不至于脆弱到那种程度。"

陆书瑾见他没事，便没强迫他，转身回桌边收拾书本。

萧矜穿好衣袍出门问时辰，发觉自己睡了还不到两个时辰，回头问陆书瑾："今日不是常假日，你怎么还在舍房？"

"早课取消了，不必去那么早。"陆书瑾将小书箱背在身上，说道，"不过时辰也差不多了，我先走一步了。"

萧矜道："你等一下我。"

他用极快的速度洗漱，拿了几个包子煎饺当早膳，出门时就见陆书瑾背着书箱站在舍房外的树下，正仰头朝上面看。

树是常青树，这个天气仍是枝繁叶茂，细碎的光影透过缝隙落在陆书瑾的身上，竟如一幅精心描绘的画卷。

"走了。"萧矜喊了一声。

陆书瑾转头看他，背着书箱，脚步不徐不疾，他长发绾起，长长的发带一根垂在脑后一根搭在肩膀前面，模样极是讨喜。

萧矜没有可分享的人，于是在心里对自己说：在这样悠闲的时间里，与陆书瑾并肩同行前去学堂，是一件美好的事。

去了学堂后，季朔廷早早地在座位上等着，待陆书瑾走到位置上时，他递出一个长锦盒，温笑着对陆书瑾道："昨日到底是因我连累你落水，今儿给你赔礼道歉。"

陆书瑾一顿，下意识推拒："我落水并非季少的责任，季少不需要如此。"

陆书瑾分明是因为救叶芹才跳进湖里的，不能因为叶芹是去湖里捞季朔廷扔下去的东西，就将此事怪到季朔廷身上，没有这样的道理。他若是真被叶芹烦得厉害，如此拒绝也无可指摘，毕竟谁也没想到叶芹会跳进湖里。

季朔廷微微摇头，认真道："收下吧，否则我心有不安。"

陆书瑾哪能平白无故收旁人的东西，还要坚持推拒时，萧矜一把将锦盒拿过去打开，看了一眼里面的东西，嗔了一声，说："收了吧，这是他该给的。"

陆书瑾顺势看去，发现锦盒里是一支十分漂亮的白玉笔，笔杆上雕刻了山水的图样,笔尖看上去光泽莹润,不似凡品。

"别拒绝了,昨日之事源头在我,合该是我向你赔礼道歉。"季朔廷也说。

陆书瑾再无理由拒绝,只好道了谢,将笔收下,坐下来时,脑子里忽然冒出一个怪异的想法,但是很快又觉得不大可能,于是被陆书瑾按下,不再多想。

日子照旧,不过萧矜这两日忙活起来了。

他先前说过要让陆书瑾借扇子一事打响"玉羲之"的名号,也不是说空话,他稍微一打点,便定下了一条简单的销路。

先由张月川在店铺里接私人定制的字画,再将其要求转交给陆书瑾,由陆书瑾完成,最后成交的银钱中,张月川分走一个固定的数额。

正如萧矜所言,赝品当正品卖,鲜少有人去买,但仿品不同,且还是萧矜在其中牵线,短短几日,陆书瑾就接到了各种委托,定价非常高。起初陆书瑾还觉得不大合适,一幅字画卖出这样高的价钱,简直比抢劫还容易。

萧矜却撂下一句话:"都是些谄媚攀附的坏东西,不赚他们的钱赚谁的?他们那些银子赚得不干不净,你再从他们手里抢过来,那是行侠仗义,价格再往上加加。"

陆书瑾闻言,狠心加了五两,萧矜却大笔一画,在前面添了"贰拾"。

陆书瑾是不是在行侠仗义另说,萧矜倒的确是在抢钱。

连着几日,陆书瑾写完课余文章就开始完成字画委托,抽不出一点儿空闲时间,直到叶芹再次找上门。

她像上次一样进了海舟学府,站在陆书瑾桌边的窗子下面,将胳膊搭在窗框上,笑眯眯地道:"陆书瑾,你在做什么?"

陆书瑾正收拾写好的字画,见她突然出现,不免惊讶道:"叶姑娘,你怎么又进来了?"

她笑得双眼弯成月牙,露出一行贝齿,说:"我来找你玩呀,上次回去之后我生了几日病,哥哥不允许我出来,我是偷偷跑出来的。"

"偷偷跑出来,找我?"陆书瑾一脸讶然,而后笑道,"叶姑娘可真会给我找麻烦呢。"

"你上次说教我识字,还作数吗?"叶芹睁大眼睛看他。

她的眼睛有着十分明显的双眼皮,看起来又大又亮,更特别是那双眼睛里满是澄澈与干净。

叶芹的身上仿佛看不见悲伤的情绪,她时时刻刻都洋溢着开心。

陆书瑾点头道:"当然作数,但这里不行,学府里全是男子,此处又是男子的舍房,叶姑娘长久待在这里不合适。"

叶芹道:"那我们可以去春风楼呀,哥哥在家中厌烦了,便经常跑去春风楼,而且不带我,他说那里是绝世清净之地。"

绝世清净之地吗?

陆书瑾想起上次在月水间看到的场景,不由得笑了笑,说道:"我们如何进去?"

叶芹俏皮一笑,亮出了叶洵的腰牌,得意地道:"我又偷出来啦!"

叶芹是有备而来,她先前泡了湖水病了好几日,此刻再站在陆书瑾的面前,却也神采奕奕,完全看不出失落的情绪,但陆书瑾仍是心软。

正好自己手头上的活已干完,便应允了叶芹,收拾了一些笔墨纸砚放进书箱里,背着它出门。

陆书瑾在门口挂锁,叶芹就从窗户那边跑过来,踮着脚往书箱里看:"你带的什么东西呀?"

"自然是一些有用的东西。"陆书瑾将门锁好,才发现叶芹这次是一个人来的,身旁并未有随从跟着,她还真是偷偷跑出来的。

陆书瑾说:"那咱们先说好,入夜之前你必须回家。"

叶芹想也没想就应了,说:"好啊。"

陆书瑾没想到她会应得那么爽快,仔细想来,她似乎是极好哄的人,三言两语就能将其骗住,且又极为乖巧,说什么便应什么,大概这就是叶洵愿意经常带她出来的原因。

陆书瑾与叶芹相处时,有一种奇妙的轻松感,没有算计和猜忌,更不用去防备什么,不由得心情愉悦。

二人出了海舟学府,沿大路走了一段,然后拦了一辆拉车前往春风楼。

春风楼依旧热闹,上次陆书瑾被萧矜带进来的时候,一眼望去,到处都是身姿婀娜容貌漂亮的姑娘,那会儿陆书瑾鲜少来这种地方,所以根本没心思去仔细观察周围。但今时不同往日,自己俨然成了半个老油条,甚至能背着书箱步伐稳健地走进春风楼。

刚进门,面前就来了一个年岁瞧起来不大的姑娘,她先袅袅行上一礼,继而笑着道:"谢拒女客是春风楼的规矩,还请姑娘留步。"

陆书瑾转头看向叶芹,就见她摸出叶洵的腰牌,说道:"这是我哥哥的腰牌,他要我们先来月水间等他,他和小四哥随后就到。"

小姑娘接过腰牌说道:"二位请稍等。"

人走了之后,陆书瑾转头看向叶芹,说:"叶姑娘方才是撒谎了?"

叶芹眨了眨漂亮的眼睛,认真地说道:"哥哥说这不叫撒谎,这是自保的手段。"

陆书瑾心想,叶洵这个哥哥认字念书不教,尽教叶芹一些歪门邪道的东西。

小姑娘拿着玉牌找人核实去了,不过没让陆书瑾和叶芹等多久,回来后,她将玉牌递还,说道:"二位请随奴家来。"

叶洵是春风楼的常客,比萧矜和季朔廷来得都勤快,所以腰牌拿出来,月水间的门就敞开了。

两人被带到月水间,小姑娘一边开锁一边道:"二位可要喝些什么?要什么人,都可先跟奴家说。"

陆书瑾刚想说不必,就听叶芹道:"你将小香玉唤来。"

陆书瑾想起上次叶芹来春风楼也是想看小香玉,没想到过去那么久了,她还惦记着。

陆书瑾轻咳一声,提醒道:"叶姑娘,我们是为正事而来。"

"我知道。"叶芹打发了那个姑娘,将门关上,对陆书瑾说,"我只看一眼,绝不捣乱。"

陆书瑾一脸无奈,猜不到叶芹在想什么,更无法妄加干涉,于是脱了鞋子走到矮桌边,盘腿坐下,将书箱里的笔墨纸砚拿出来,一一摆在桌上,开始研墨。

叶芹挨着他的肩膀坐下,看着他研墨的动作斯文有礼,忍不住心动,说道:"我可以试试吗?"

陆书瑾点点头,很自然地帮叶芹将袖子挽起来,把砚台推到她面前,说道:"画着圈地磨就成。"

叶芹学着他的样子,用墨块一圈一圈地磨着,很快空气中就弥漫起一股醇厚的墨香。叶芹沉浸其中,陆书瑾也安静地在旁边看着。陆书瑾认为若想爱上读书,就要先爱上笔墨纸砚,先让叶芹接触一下这些东西是没问题的。

在她磨出过多的墨汁之前,陆书瑾出声制止:"这些差不多够了。"

叶芹当即停手,小心地将墨块放下。

陆书瑾递给她一支笔,说道:"叶姑娘会握笔吗?"

叶芹点头,将笔在指间摆弄了一会儿,做了一个错误的拿笔姿势,却说:"哥哥教过,我还会写字。"

陆书瑾一脸讶然,道:"你先前学过写字?"

叶芹道:"对。"

"原来叶少教过你写字,我还以为你当真一个字都不识呢。"陆书瑾抬手过去,摆弄她的手指,说,"这才是正确的拿笔姿势,你尝试写一写字,我看看。"

叶芹对捏笔的姿势适应了好一会儿,才慢慢在纸上落墨。

初学者的通病,叶芹的手止不住地颤抖,无法控制好用笔的力道,写出的字歪歪扭扭,完全不成型,然而陆书瑾是什么人啊,萧矜用左手写的字她都能认出来,岂能被叶芹的字难倒?

陆书瑾歪着头认真地看了看,说道:"许?你为何会写这个字?"

"哥哥说这是我娘的姓氏。"叶芹见他认出了这个字,非常高兴,"我是不是写对了?"

陆书瑾笑着拿起笔,在旁边端端正正地写上一个"许"字,说道:"你是写对了,但不好看,正确的写法应该是我这样的。"

叶芹认真地看了看,说:"你再写一遍,写慢点儿给我瞧瞧。"

陆书瑾并没有顺应她的要求,而是写了一行笔画在纸的最上方,说:"相同的笔画可以组成不同的字,你若是想学写字,必须先认识这些笔画,从最简单的横、竖、撇、捺开始。"

"所有字都是这些笔画组成的吗？"叶芹问。

陆书瑾道："认字的历史源远流长，其中蕴含的文化也博大精深，不同朝代不同字体演变至今，经历过各种形态，我们今日就先学简单的，过程可能会枯燥乏味，叶姑娘若是觉得乏了，咱们就休息。"

叶芹一边照着陆书瑾写的笔画去学，一边应道："好。"

陆书瑾开始教她笔画如何写，如何组成字。叶芹学得非常认真，尚未学会控笔的她，写出来的笔画非常杂乱且不成形，陆书瑾干脆握住她的手，让她亲自体会控笔的力道。

叶芹并没有男女授受不亲的意识，而陆书瑾知道自己是姑娘，想着反正此处没人，不用在意那些所谓的规矩分寸，紧紧地与叶芹靠在一起。房里相当安静，两个姑娘都专心致志，偶尔才说一两句话。

但很快，陆书瑾就发现了一个问题，叶芹学得确实认真，可她记忆力却不怎么好，说难听点儿就是笨。前脚学的笔画，后脚就忘记，甚至重复了几遍的东西，也能转头就忘，或许并非她记性不好，而是这些东西她没有真正学到脑子里去，只是在眼睛和笔下过一遍而已。

陆书瑾不动声色地问道："叶姑娘，为何你哥哥只教你写了一个字？"

叶芹撇嘴道："他说我太过蠢笨，学一个字就足够了。"

果然如此，陆书瑾想，教叶芹写字需要巨大的耐心和定力，寻常人很难做到。幸好陆书瑾别的没有，就是不缺耐心，陆书瑾笑了笑，说："叶姑娘不笨，只是学得慢而已，咱们重头学一遍，我先教你写几个字。"

如此反复，折腾了一个时辰，叶芹总算将一些简单的笔画记住，并且学会了几个非常简单的字。

陆书瑾提笔落墨，在新的纸上写下四个字，说："来，你看。"

叶芹将头凑过去，仔细观察，然后指着其中一个字高兴地说："我知道，这个字念'大'。"

"对。"陆书瑾用手指一个一个指着上面的字，说道，"这是'叶芹'，这是'大吉'，前面是你的名字，后面则是上上签。"

叶芹兴奋极了，喊了一声："我要写自己的名字！"

然后她开始认真临摹字体,一遍又一遍地写着,丝毫不知疲倦。

陆书瑾倒是累了,搁下笔,揉了揉眼睛,盯着满桌子的纸,忽而道:"叶姑娘,我们做个约定如何?"

叶芹头也不抬,说:"你说。"

"我希望叶姑娘不要跟任何人说起我教你识字一事,"陆书瑾道,"即便是你哥哥,也不行。"

叶芹停下笔,转头看他,说:"为何?"

"因为这是只属于我们两个人的秘密,"陆书瑾说,"我不想要第三个人知道,所以烦请叶姑娘不要告诉别人,你学会认字一事,更不可与别人说是我教的,你答应吗?"

陆书瑾目光盈盈,认真地盯着叶芹,用神色向叶芹传达自己的态度。

叶芹约莫在隐瞒哥哥这件事上犹豫了片刻,但仅仅是片刻,就点头说:"好哇,我绝不会告诉第三个人。"

陆书瑾笑着揉了揉她的头,说:"那就这么说定了。"

"说定了,拉钩。"叶芹对他伸出小拇指。

陆书瑾也相当配合,勾住她的小拇指,二人便在这销金窟里用最纯真的方式做了彼此的第一个约定。

叶芹又闷头练了半个时辰的字,陆书瑾见她一个劲地写也不知道休息,便将笔抽走,说道:"学写字并非一蹴而就之事,今日学这些就够了。"

她听不懂陆书瑾前半句是什么意思,但明白陆书瑾是让她休息,于是说道:"那你饿不饿?要不咱们买些楼里的糕点吃?"

"也可以。"陆书瑾把桌上的东西全部收拾好,重新放回书箱里,再把书箱搁在桌边。

叶芹出房间唤了人,过了一会儿才回来,矮桌很宽敞,能坐下七八个人,但她就是要挨着陆书瑾的肩膀坐,说:"我们下次什么时候来?"

"嗯……"陆书瑾想了想,道,"下次便不来这里了,总不能让你次次都偷叶少的腰牌,我在城东租了一个小宅院,环境幽静,我们可以去那里。"

叶芹高兴起来，像个孩子似的，上半身前后轻摆。

"不过叶姑娘下次出门还是带着随从吧，你孤身来找我不合适，会传出不必要的流言。"陆书瑾一脸谨慎地道。

叶芹又应了，好像不管陆书瑾说什么，她都会答应。

二人又聊了几句，门就被叩响，叶芹高声应道："进！"

门被推开，只见一个女子端着托盘进来，走到近处，一掀帘子，探进来半个身体，朝陆书瑾和叶芹望去。

"哇——"叶芹看见她，当即失神道，"好美。"

陆书瑾没什么表情，说道："你将东西放下就出去吧。"

女子往屋里看了一圈，微微挑眉："只有你俩？"

来人正是小香玉，她走过来将托盘放下，里面是两碟糕点和一壶酒。

陆书瑾道："我们不喝酒。"

小香玉道："不喝酒，那来春风楼作甚？"

陆书瑾道："闲来坐坐而已。"

小香玉目光一转，落在叶芹身上，对上她痴痴的眼神，忽而弯唇一笑："小丫头，你又来做什么的？"

"我……"叶芹顿了顿，看了陆书瑾一眼，继而说道，"我来找小香玉。"

"我就是啊，"小香玉说，"你寻我做什么？"

"你就是小香玉？"叶芹惊诧地瞪大眼眸，手在矮桌下面抓了一把陆书瑾的衣袖，将心里话说了出来，"你怎么生得如此美丽？"

小香玉咯咯笑起来，拿起酒壶慢悠悠地倒上三杯，说道："春风楼里有不美的人吗？"

她将酒盏推到陆书瑾和叶芹的面前，没等陆书瑾拒绝，就先说道："不是烈酒，是桃花酿成的蜜水，里面兑了一点点酒而已，喝起来也只有酒味，不醉人的。"

陆书瑾没应声，凑过去闻了闻，果然闻到沁人心脾的桃花香。

叶芹捧着杯子浅尝一口，咂咂嘴，说："甜的。"

"叶大小姐来了，我哪敢给你们端上烈酒。"小香玉笑吟吟地道。

"你认识我?"叶芹又惊了一下。

她不知道,但陆书瑾心里清楚,小香玉的真正身份乃是季家培养的暗线,她可不是简简单单的青楼女子,能够打探到叶芹的消息再正常不过。

"我们天黑之前要回去。"陆书瑾没碰酒,而是拿起一块糕点递给了叶芹,温声道,"你先吃点儿东西垫垫肚子,空腹饮酒会不适。"

小香玉一边喝着桃花酒,一边用手支着脑袋,说:"距离天黑还早着呢,喝两杯醉不了,还能暖暖身体。"

陆书瑾吃了一块糕点,提出疑问:"香玉姑娘明知道这月水间里只有我们二人,何故而来?"

"你以为你是什么人?"小香玉笑着看他,"我可不放心你一个男子与叶大小姐独处一室那么久,自然要来看看。"

"叶姑娘是你的什么人吗?"陆书瑾又问。

小香玉应答从容:"谁人不知叶小姐与季少爷有婚约在身,若是让你败坏了叶小姐的名声,春风楼也会跟着遭罪呢。"

"是吗?"陆书瑾不咸不淡地回了一句。

小香玉是季家人,她如此紧张叶芹的原因只有一个,无非就是季家有意让季朔廷与叶芹成婚。

陆书瑾对朝中错综复杂的势力并不了解,但从萧矜口中得到的消息加上他的猜测,不难看出季朔廷有意与整个季家对抗。

处在中立的季家有意选择叶家,打算让两个孩子的婚事成为两家结盟的纽带,就代表要站队六皇子,而萧矜却力挺三皇子,如此一来,双方势力必将你死我活的局面。但季朔廷作为季家嫡子,却选择了萧家,或者说,他选择了萧矜。

"婚约?"叶芹的嘴里全是糕点,塞得腮帮子鼓起来,说道,"不是的,我跟他没有婚约。"

"他也喜欢你。"叶芹又说。

"也?"小香玉挑出一个字眼。

"对,"叶芹点头道,"他喜欢我,也喜欢你,对不对?他经常来找你。"

小香玉诧异地挑眉,咻笑道:"你怎么说起胡话来了?"

"你长得美丽,他喜欢你,应该的。"叶芹认真地说。

小香玉的唇边挂着意味不明的笑,在连喝了三杯桃花酒后,才叹了一口气,说道:"算了,左右这里也没别人,我就实话实说了吧。"

"萧少爷跟季少爷就跟寺庙里的和尚一样,楼里的这些风尘女子哪能近得了他们那金贵的身体?"小香玉摇头叹道,"什么喜欢我,都是胡话,季少那是为了跟叶少争才会如此,只是给叶少心里增添不痛快罢了。"

"当真?"叶芹有些不信。

"此事又不是秘密,都不用你打听,若是哪个姑娘傍上了那两少爷,早就走街串巷吆喝了,谁还藏着掖着啊。"

"喀!"陆书瑾红了脸,大声咳嗽了一下,示意小香玉别说得太过了。

小香玉耸耸肩膀,对叶芹道:"你若还不信,可以回去问你哥,他知道得最清楚。你甭听别人瞎说,季少与你有婚约,自然要为你洁身自好,守身如玉。"

"行了,别说了。"陆书瑾听出小香玉话里话外都在强调叶芹与季朔廷有婚约,便出声制止,"你不必在此误导叶姑娘,他们是否有婚约,最后能否成婚,并不在他们二人。"

小香玉何尝不知,她仔细打量了陆书瑾好几眼,有些戒备:"小书生,你与叶姑娘是什么关系?"

"我们是朋友。"叶芹抢先回答,她轻轻地靠着陆书瑾的肩膀,说道,"我们的关系很好!"

小香玉看着两人过于亲昵的距离,微微眯眼,而后起身告辞:"那二位吃完这些就走吧,莫耽搁久了。"

她走后,叶芹一边吃着糕点一边夸赞她的美貌,神色里是掩不住的开心,她问陆书瑾:"你觉得她说的话是真的吗?"

"是实话。"陆书瑾尝了一口桃花酒,入口清甜,泛着浓郁的桃花香味,几乎没有酒气,陆书瑾笑了笑,说,"因为我们只需出门拉着楼里的姑娘随便一问,便能戳破她的谎言,她便没必要说谎。"

叶芹觉得陆书瑾聪明又有才华，说什么都是对的。

二人在房里吃着糕点，喝着桃花酿，不知不觉一整壶桃花酿被二人喝光，糕点也吃得只剩几块。

陆书瑾看了眼外面的天色，已是日暮，便拉着叶芹道："走吧，咱们该回去了。"

"好！"叶芹应答的声音很大，情绪都有些莫名的亢奋。

陆书瑾仔细看了一眼，发现她脸颊通红，眼眸发亮，疑惑道："你……喝醉了？"

叶芹摇头晃脑，说："不知道，头晕。"

"糟了。"陆书瑾啧了一声，意识到这酒是能喝醉人的。

陆书瑾从未喝过酒，并不知道自己的酒量如何，若是叶芹都喝醉了，那他估计也悬，他要在喝醉前回舍房才行。

陆书瑾站起身，头猛地一晕，眼前的场景开始乱转，他只当是起身急了没缓过来，但刚走两步就天旋地转，难以掌控身体的重心，整个人跌在地上，摔了个大跟头。

"陆书瑾……"叶芹含糊地咬着舌头，手脚并用地朝他爬过去。

陆书瑾赶忙坐起来，恍然明白这种陌生的滋味叫喝醉。

陆书瑾制止了叶芹的行动，回了矮桌旁，说道："先坐一会儿醒醒酒，稍微清醒了再走。"

叶芹也乖巧，坐在他身边没动，但她处于兴奋的状态下，不停地说话，却因为咬字含糊不清，陆书瑾不太明白她在说什么。

酒劲上头，后劲越来越大，排山倒海的眩晕几乎将陆书瑾淹没，很快他就听不清也看不清了，只觉得叶芹一直在耳边叽叽喳喳，成了催眠的符咒。他难受地靠在身后的软垫上，闭着眼睛想休息片刻，结果这么一闭眼，竟然睡着了。

也不知睡了多久，但对陆书瑾来说真就是一闭眼一睁眼的工夫，他听到外面有些嘈杂，皱着眉睁开眼，房里一片漆黑，紧接着有人推开了门，亮光飞快地靠近，垂帘被人一把掀起。

陆书瑾的意识还模糊不清，但听到声音，下意识地朝光亮的地方看去，就见萧矜站在帘子前，拧着双眉看他，此刻他完全思考不了，只看了一眼，又把眼睛闭上。

好难受，喝醉的感觉真的好难受。陆书瑾不舒服地拧着眉，又觉得身体颇为沉重，像是被大石头压着，喘不过气。

萧矜保持着掀帘的姿势没动，季朔廷从后面走上来。他一眼就看见叶芹与陆书瑾坐在矮桌前，陆书瑾靠着软垫歪着头睡觉，而叶芹则侧着身子搂住了陆书瑾的脖子，将半个身体都压在陆书瑾身上，二人看起来亲密无间。

若是两个姑娘自然没什么，但这一男一女，又都喝了酒，自然清白不起来。两个少年站在帘子边，一时都没有说话。

小香玉从后面走过来，踮着脚要朝里看，说道："这两人过了晌午就来了，一直在房里呢，也不知……"

"滚出去。"萧矜启声，表情冷漠如霜。

小香玉缩了一下脑袋，瞧了瞧季朔廷的背影，而后出了雅间，顺道带上门。

萧矜的呼吸有些急促，极力压抑着情绪，他大步走过去，将压在陆书瑾身上的叶芹拽开，丢到一旁的软垫上，继而将身上的披风覆在陆书瑾身上，低头看了看陆书瑾紧紧拧着的眉头，气得牙根痒。他一把将帽兜盖在陆书瑾脸上，然后往他的腰间和腿窝一抄，抱起来往外走。

季朔廷怕他一气之下伤了陆书瑾，便在错身而过时拉了一下他的胳膊，说道："萧矜，你还记得前段时间信誓旦旦说的话吗？"

萧矜敛了敛眸子，说道："我现在烦得很，你别招惹我。"萧矜前几日接到了他爹要回云城的消息，这几日忙得脚不沾地，一早就从舍房离开，忙到深夜才回去。

今夜他倒是提早回了舍房，却没瞧见陆书瑾，但舍房今日并无人值守，没人知道陆书瑾去了哪里。

有了上回吴成运的前车之鉴，萧矜不敢有丝毫懈怠，立即派人去寻，他自己也出了海舟学府，纵马去寻人。只是还没等找到他，季朔廷就先带来了小香玉传出的消息，说是他与叶芹待在春风楼的月水间里。

听到这个消息，萧矜想也未想就赶往春风楼。他心里清楚陆书瑾是什么人，也清楚叶芹亲近陆书瑾并非男女之情，但是不知为何，心

433

中就是憋着一股子火气。一路上他都隐忍着,面上分毫不显,可就在推开月水间的门,看到陆书瑾与叶芹亲昵地依偎在一起的时候,这股被强压的火气瞬间难以抑制。他来不及其他思考其他事,脑中只剩一个念头,就是将陆书瑾赶紧带离这个地方,带离叶芹的身边。

他早就知道陆书瑾身体羸弱瘦小,先前扛在肩上的时候只感觉轻,现在抱在怀里,却觉得如此柔软。被抱起来之后,陆书瑾的脸下意识往萧矜的怀中蹭了蹭。

萧矜将他往怀里紧了紧,绷着嘴角,一言不发,沉着脸将人抱出了春风楼,径直上了马车。马车驶动,前往海舟学府。

陆书瑾躺在座椅上,不大舒服的姿势让他动了动,睁眼一看,只见马车里的灯光微弱,萧矜双手抱臂,面色阴沉地坐在对面,直勾勾地盯着自己。

陆书瑾的脑袋晕得太厉害,翻了个身又险些从座椅上栽下去,身上的披风掉落在地上,他被惊动,哑着声音唤道:"叶姑娘……"

萧矜气了个半死,没搭理他。

"叶姑娘……"陆书瑾又唤了一声,带着些许着急。

"闭嘴。"萧矜凶他。

"叶姑娘……"陆书瑾意识不清,手在身边胡乱摸着,似乎在寻找叶芹。

萧矜二话不说,一拳捶开了窗户的卡扣,将车窗一把撅上去,寒冬的冷风瞬间从外面涌进来,他又将另一边的窗户打开,两边的风呼啸着吹进来,将马车串了个透心凉,陆书瑾歪着身体片刻,很快就感觉到寒冷,下意识地蜷缩起身体。

萧矜看在眼里,有一瞬间的心软,他冷声道:"这里哪还有叶姑娘。"

寒风袭面,就这么一句话,陆书瑾被冻得清醒了一些,真跟萧矜对上话了:"她人呢?"

萧矜没好气地道:"被山上的狼叼走吃了!"

陆书瑾信以为真,竟一下从座椅上蹿起来:"什么?"

马车尚在摇晃,他有些意识不清,刚起来往前走了一步,整个人又跟软面条似的要摔倒。

萧矝的身体行动快于意识,眨眼的工夫就将他的胳膊抓住,用力道稳住他的身体,以防他跌倒撞到桌子,而后又把他拽到自己旁边的座椅上,低声斥责道:"你乱动什么,坐好!"

"不成……叶姑娘必须天黑之前回家。"陆书瑾仍死死地记着下午与叶芹的约定。

"你倒还知道天黑前让她回去,"萧矝重重地哼了一声,"叶芹偷跑出府,又久不归家,结果在春风楼与你一起,你就等着叶家问罪吧。"

陆书瑾只觉得耳边有人叽叽喳喳地说个不停,起初还能听清楚些许,后面就模糊了,陆书瑾拧着眉道:"聒噪。"

萧矝听后,一双眼睛瞪得老大:"你说我聒噪?怎么着,说到你不爱听的话了?"

陆书瑾此时满脑子糨糊,不知道萧矝的话到底是什么意思,但能直白地感觉到萧矝的情绪,那是一种类似于敌对的、带着隐怒的情绪。他本就身体不适,便推了萧矝一把,自己靠在车壁上,说道:"走开。"

"喂,陆书瑾,"萧矝顺势抓住他的手腕,将他往自己面前拽,"你看清楚我是谁。"

陆书瑾迷蒙的双眼睁了睁,眼前所有的物体都是重影的,越看越晕,他干脆闭上眼睛,将头扭过去。

萧矝彻底被惹怒了,他双眉紧皱,气道:"难不成是我坏了你的好事,你跟我闹起脾气了?"

陆书瑾只觉得马车晃得恶心,心里难受极了,语气自然也不算多好:"闭嘴,别吵了。"

"我才说了几句话,就吵到你了?"萧矝终是按捺不住心中的怒火,不禁将力道收紧,捏得陆书瑾的手腕生疼,他道,"那叶芹向来是话多的,与她在一起你就不嫌吵吗?想来也是,否则你们怎会在春风楼逗留那么久。"

陆书瑾的手腕骤然疼痛,惊得他酒醒三分,下意识去挣脱,一转头就对上萧矝盛满怒意的双眸,他扭了扭手腕,说:"萧矝,放开我。"

"陆书瑾,我以为你心里是清楚的,不管什么事皆没有读书重要,你无家世，唯有考取功名才能走上仕途，那才是你应该走的路！"萧矜正在气上心头，头一次对陆书瑾说这么重的话。

陆书瑾恍然想起半年前，姨母将她带到那丑陋的残疾人面前，说那是她定下亲事的丈夫。她不愿，委婉地向姨母提起，试探姨母的口风。

当时姨母说什么来着？陆书瑾记得极为清楚，她冷着脸，面含讥讽道："陆丫头，你爹娘早死，我养你这么多年就指望你给我报这一回恩，你也没有旁的用处，这便是你应该走的路。"

陆书瑾不知道自己应该走什么样的路，她不愿成为笼中鸟，不愿让别人在自己身上缠上重重的枷锁，将她活生生困死。

入朝为官对陆书瑾来说是一场无法破解的死局，萧矜对自己寄予的厚望，一开始就注定失望。

陆书瑾酒劲上头，心里一直沉沉压着的事在此刻增重千倍，堵住了胸腔，让他感到难以忍受的窒息，他也不知道自己是什么表情，更没思考如何措辞，只听到自己说："萧矜，我不会入朝为官。"

这话压在心头太久了，说出口的一刹那，陆书瑾浑身轻松，得到了解脱。

萧矜被震住了，怔怔地看着他，说："你说什么？"

"我有自己想做的事，不会走上仕途。"陆书瑾双目无神，盯着某一处，乍然看起来像是无意识地说着胡话，但语气又如此坚定，完全不像说笑。

萧矜的五脏六腑被一把火烧了个干净，他说："你想做的事是什么？是想入了叶家当赘婿，以求后半生衣食无忧，坐享其成？"

陆书瑾被这话刺得胸口一痛，难以置信地看向萧矜，说："你怎么能说出这种话？"

"这段日子你与叶芹往来频繁是为哪般？你读书十几载，张口却说不为仕途不进朝堂，你对得起自己读过的圣贤书吗？"萧矜的思维彻底进入死角，他完全想不出陆书瑾放弃科举的理由。

这世间男儿，或是寒窗苦读，通过科举入朝为官，或是习武练剑，精忠报国，守卫国土，爬得上山顶方能俯瞰盛世，爬不上则坐井观天，一生庸庸碌碌。萧矜一时间无法接受陆书瑾拒绝同行的想法，他不知道自己怎么了，只感觉那股怒气烧毁了所有理智。

他认为自己捧着一腔热忱送到陆书瑾面前，欲与他结交同好，却没想到从一开始他就对他的赤诚不屑一顾。

萧矜的心肺被灼烧得疼痛起来，他很痛苦。他对陆书瑾说："陆书瑾，你既然不入仕途，那对我而言就是无用之人。"

他眼里的失望和冰冷让陆书瑾如坠冰窟，一口气将寒风吸了个透彻，从头到脚都裹上一层寒霜。

陆书瑾一直对自己说，萧矜这等身份的大少爷，并不是因为他仿的那一手字，或是记忆力超出常人，思虑周全，也并不是奔着想将他培养成自己的左膀右臂才与他交好，一定是因为一些他与别人不同的地方，才让他乐意与他这个穷酸到每天吃饼度日的人做朋友的，而非各取所需地利用，结果那一句"对我而言就是无用之人"却将他的心戳成一摊烂泥，到头来竟还是他的一场自我欺骗。然而这是一场暂无解法的死局。

陆书瑾克制着颤抖的呼吸，敛了敛眼眸，光影落在他的侧脸上，将醉酒后的绯色添上几分坚毅，说道："我陆书瑾可以起誓，我绝对没有入赘叶家的心思，否则天打雷劈，万石碾骨。但我有必须做的事情，更有绝对无法入朝的原因，还望萧少爷见谅。"

萧矜听得这一声"萧少爷"，只觉得无比刺耳，恍若刀刃从心尖划过，痛得他呼吸一窒。

"停车！"他扬高了声音喊道。

马车很快停下，陆书瑾也知道萧矜这是要将他赶下车，便自觉地站起来，扶着车壁往车门去，却见萧矜转过头，眼神重重地在他脸上落了一下，继而一把推开车门，自己下了车，再反手砸上了车门，将他独自留在马车里。

马车很快又动了起来，继续往海舟学府而去，陆书瑾被晃得跌落在座椅上，一瞬间感觉自己被抽走了全身的力气，连带着该有的情绪也一并抽走。他双目失神，坐了许久，久到被寒风吹得脸颊和双手都没了知觉，才缓过精神，生出了后悔的情绪，仿佛不该将这事提前说，萧矜那表情压根就是不能接受，他不想也不愿与萧矜发生争吵。

可就在他想去找萧矜的念头浮出的下一刻，又很快否决，总是要说的，这件事能藏多久呢？

马车停得很急，陆书瑾的后脑猛地撞上车壁，发出沉闷的响声。醉酒让他所有的反应都慢了下来，隔了好一会儿才伸出手，慢慢地揉着后脑勺撞疼的地方。陆书瑾疑惑为何只是撞了一下后脑勺，怎么就疼得呼吸都困难了？

等下了车，被随从架着走进舍房，又点了灯之后，看着屏风另一边萧矜所住之处，处处都摆着萧矜的东西，这才后知后觉，原来他不是后脑勺疼，而是胸口疼。

陆书瑾拖着沉重的步伐，晕乎乎地走去床榻，刚走两步就摔在了地垫上，或许摔疼了，但他一点儿都感觉不到，只觉得累极了，于是躺下不动，闭上眼睛，再也不想起来。

萧矜下了马车后，被寒风裹了个严实，他沿着街边走了许久，意识逐渐清醒。他自小就学会了伪装自己，装成花天酒地的纨绔子弟，能轻松应对萧府里遍布的眼线和云城里藏匿的探子，但在陆书瑾面前，他却连一点点情绪都伪装不了。

陆书瑾起誓的那一瞬间，垂着眼帘的那一刻的神情，立即让萧矜清楚地意识到自己错了，他不该，也不能对陆书瑾说出那种话，即便是一时的气话，也过分了。

一种陌生的情绪支配了他，他不知道是什么。他没穿披风，在寒风中走了半个时辰，最终还是回了舍房。

马车将陆书瑾送到之后，随从便离开了，舍房的门口没点灯，但屋里却亮着光，萧矜没想到陆书瑾还没睡，便在门口站了一会儿，最终还是推门而入，责骂也好，不理睬也罢，他只为认错而来。

推门走进去，萧矜才发现陆书瑾竟歪倒在地上，不省人事。

萧矜顿时吓得魂飞魄散，匆忙上前将他的上半身揽入怀中，唤道："陆书瑾，陆书瑾！"

很快他发现，陆书瑾只是睡着了，并不是晕厥，他的呼吸平稳，处在醉酒后的深眠状态。

萧矜大松一口气，他将陆书瑾抱上了床榻，顺手脱掉了他的鞋子。

他站在床榻边，低头看了片刻，随后动身打了一盆水，烧热后端到床边，然后将棉布浸湿，拧成半干，擦拭他的脸。

陆书瑾的脸颊冰凉，但仍带着喝醉之后的微红，热气腾腾的棉布覆上去后，绯色在脸颊上蔓延。

萧矜目不转睛地看着，视线定格许久，才将他的手拿起来，仔细地擦着他的手掌和手指，每一个指缝都认真擦过。他有些笨拙地学着陆书瑾先前帮他擦脸的模样，把他的脸和双手认真擦了三遍，才停了手。

萧矜把水倒了之后，又来到陆书瑾床头，他蹲在床边，视线正好能与陆书瑾的脸持平。

"陆书瑾，对不住。"萧矜缓缓说道，"方才我对你说的话太过分了，那并非出自我的本心，是我……太浑蛋了。方才我仔细想过，你想做什么就做什么，我不会妄加干涉，毕竟这世间并非只有入朝之路。老话不是常说，三百六十行，行行出状元，你这般厉害的人，哪怕是乞讨，也能讨出门道来，对吧？还有，我也没有对你抱有利用的心思，那都是没过脑子的话。"

他说着，摸了摸陆书瑾的脑袋，将碎发往旁边捋，说："我可真不是个好东西。"萧矜又觉得自己好笑，陆书瑾都睡着了，哪还能听到他的话，应该等到明早再说的，但陆书瑾终被他闹醒了，又密又长的睫毛轻动，眼睛微微睁开。

萧矜的动作顿住，紧张起来，不自觉放软了声音："你都听到了？"

陆书瑾的目光有些涣散，隐约看到床榻前的萧矜，却仍记得他与萧矜已冷脸争吵，萧矜的气性那么大，性子骄矜，不会在这个时间来找自己。

头脑眩晕，意识模糊，陆书瑾以为自己在做梦，萧矜入梦而来，对他温声细语，低头认错。

陆书瑾一把抓住萧矜的手腕，手指与他的手指虚虚勾缠，含糊道："你既入了我的梦，可能知我心忧？"

萧矜看着两人缠在一起的手，心中酸涩无比，更加后悔自己在车上说的那几句浑话，他低头看他，说："你心忧什么？"

陆书瑾不说话，歪着头盯着萧矜，目光虚虚的，好似落不到实处。

萧矜等了好一会儿，没忍住问："你在想什么？"

"想一些你已经忘记的事情。"陆书瑾没头没脑地回答。

"我忘记的事？"萧矜疑惑道，"什么事？"

"你上次喝醉。"

"啊，是我不小心打了你的那次吗？"

"你没打我。"陆书瑾一个醉鬼，说话也直白起来，他毫不遮掩，还有一丝委屈，"你将我按在床上，轻薄我，我推不开，挣不脱，被你压着欺负了很久，你却全部忘记，"陆书瑾说，"只有我记得。"

萧矜的神色猛然一变，他越听他的话，眼中越是慌张，待他说完，他已然惊慌失措，呼吸都急促起来。

那些有时候在他脑中翻过的、断裂的记忆片段被挑出来，被他藏在心中隐秘而不可说的旖旎，瞬间拼凑在一起。他一直以为那是他太过压抑情感后产生的幻想欲望，没想到竟是真真切切发生过的事。他恍惚记得自己将姑娘模样的陆书瑾抱在怀中亲了又亲，却又以为那是一场大梦。

一刹间，他极力想要隐瞒的、嘴硬也要反驳的、拼命装作不在乎的心事，被揭露在明亮的光照下，无所遁形，无可辩驳。

他明白了今晚胸腔里横冲直撞的情绪是什么，是妒恨，是他看见陆书瑾与别人亲昵之后产生的晦暗情绪。自神女祭那次见到扮了女装的陆书瑾后，他便再也难以忘怀，虽然他坚定地否认，一遍一遍地在心中重复那是新奇感官遗留的情绪，算不得数。

在辗转难眠的深夜，和无数次出神想陆书瑾的时刻，萧矜总是忍不住提醒自己该清醒一些，别犯浑。但越提醒，越无用，他的伪装能骗过别人，却骗不了自己。那一颗心明明白白地告诉他，他就是心动了，他就是惦记上扮成姑娘模样的陆书瑾了。

纵使他再不愿意承认，那疯狂敲击胸腔的心跳也能将他心中的答案用别的方法表达出来。从他烧了那封给父亲写的信开始，其实就藏了私心，只是他不愿承认罢了，后来他也再没提过将陆书瑾收作义弟的事。

陆书瑾仍在看他，那双乌黑的眼眸映了微弱的光，明亮又澄澈，却也带着致命的引诱。

萧矜终于无法嘴硬,他缓缓低头,说:"对不住,是我的错,对你有了非分之想。"

两人的距离近到呼吸相撞,炽热直白,萧矜的眼睛里再也装不下别的东西,他也不用再伪装掩饰,眸中那热烈的喜欢尽数落在陆书瑾脸上,落进他的眼睛里。

萧矜的喉结滚了滚,他慢慢凑近,一点点地朝陆书瑾的嘴唇压过去,心跳声仿佛在他耳边响起,他再也听不见别的声音,只剩下满心的喜欢。

陆书瑾眸光轻动,眼看着萧矜的靠近,却也没有任何抗拒,面上是萧矜灼热的呼吸,攥紧了他的心,须臾间,他闭上了双眸,那是无声的邀请。

萧矜绷紧的弦顷刻间断裂,他低头将嘴唇压了上去。他的第一个念头便是柔软。陆书瑾的嘴唇比他想象中的更加柔软,是日夜肖想的滋味,唇瓣是甜的,探进去之后便有一股桃花的清香,伴着淡淡的酒气。

萧矜像快要渴死的人,在陆书瑾口中汲取生命的源泉。他一再靠近,一再索取,不知满足。

陆书瑾的舌头也是柔软的,他主动仰起头,与他的唇严丝合缝地贴在一起,像舔舐糖果似的,勾得他呼吸粗重,几乎失控。

他的心一边大喊着不对,一边又高举欲望的大旗,耀武扬威地挥舞,他的心被毫不留情地撕扯成两半,变得狰狞可怖,往深渊坠去。

但落在陆书瑾口中的力道却是温和缱绻的,带着深深的眷恋与难以言说的绝望,他闭着眼,一滴泪从眼中滑落,滴在陆书瑾的鼻尖上。

陆书瑾做了一个春梦,梦中,他被萧矜的气息层层包围,几乎要溺死在其中,待醒来,大梦散去。

陆书瑾睁开眼时,那从梦中带出来的心悸和情动让他的呼吸都变得不平稳。他眨了眨眼睛,想要坐起来,脑袋却传来一阵钝痛,顿时又有气无力地躺下。他生来第一次喝醉,才明白宿醉的滋味并不好受,浑身上下哪哪都不舒服,但他也无暇理会身上的不舒服,只直挺挺地躺着,眼睛盯着床顶的纱帘。

昨夜有些混乱，发生的事陆书瑾记得不大清楚，但他仍记得萧矜与他发生了争执，他说的话如尖利的刀子，狠狠地戳到他的心口上。

陆书瑾也知道萧矜因为自己失落伤心，但他无从辩解，更无法让萧矜理解。想起昨晚那场让陆书瑾疼痛的争吵，眼下心里空落落的，好似心脏走失了。

陆书瑾后知后觉地发现，他对萧矜的信任和依赖已经超出寻常范围，在他自己都意识不到的时候，总是忍不住去想萧矜，猜测他在干什么，面对着什么人，今夜会不会回舍房睡。一切转变都是悄无声息的，丝丝缕缕渗入他的心，等他反应过来时，那些无形的东西已经编织成坚固的牢笼，将他的心困在其中。或许很早之前，他就清楚，只不过不愿面对罢了。

陆书瑾叹了一口气，慢悠悠地从床上爬起来，只觉得脑袋沉重无比，意识昏沉。

醉酒的滋味当真不好受，且他已经忘记昨日是如何回到舍房的，醉酒后唯一记得的，只剩下萧矜那句"陆书瑾，你既然不入仕途，那对我而言就是无用之人"。

每多回想一次，都会让他心痛，可是再多的疼痛只能化作一声低低的、无奈的叹息。

陆书瑾起身后，缓慢地给自己烧上一壶水喝，身体好受些后，便拿了衣物进了浴房，将浑身上下遗留的酒气洗了个干净，换好衣裳出门时，却发现陈岸等人正在搬萧矜的东西。

陆书瑾捏着布巾，当场愣在浴房门口，眼看着随从将萧矜平日里常用的东西一点点搬出去。

过了很久陆书瑾才回神，他快步跑到陈岸身边，问道："这是怎么了？为何突然把萧少爷的东西搬走？"

陈岸正在收拾萧矜平日里佩戴的那些玉佩，头也不抬地道："老爷回云城了，少爷不能在学府留宿了，便干脆让我们将东西全部搬走。"

"全部搬走？"陆书瑾恍然只听到这四个字。

全部搬走就意味着萧矜不会再回来了。

他有些失神，面上的表情算不上难过，但也绝不是平日的冷静。

他捏着布巾，在陈岸边上站了好一会儿，看着他把萧矜的玉佩全部都整理好搬走，这才回到屏风的另一边，在桌前坐下。

桌子被他收拾得很整齐，上面摆放着笔墨纸砚以及各种书籍，放眼望去，他曾经所用的那些鸡毛笔、劣质墨已经不见踪影，取之而代的是精致的砚台和雪白的宣纸，他盯着那些墨笔出神，翻开的书放在面前更像是一种掩饰。

坐了约莫半个时辰，陈岸在门口道了一声"陆公子保重"，继而关了门，周围彻底安静下来。

陆书瑾这才站起身，绕过屏风往另一边看去。

萧矜是在金银窝里长大的少爷，吃穿用度无一不是最好的，即便是住在舍房里，也要大费周章地改造一番。他在地上铺上柔软的毛垫，中间摆放着红木矮桌，桌上没几本书，但笔墨纸砚全是上等的，仿佛摆起来做样子。拔步床是一点点搬进来组装的，床边的角落放着几个柜子，是专门收纳他的玉佩和头冠、簪子等物品的。

他还有熏香的习惯，精致的镂空香炉置放在柜子旁，散发出清淡的香味，能让陆书瑾一夜好眠。

昔日往这边一瞧，这么大点儿地方，能让萧矜的东西占得满满当当但又不显得拥挤，令人赏心悦目。但今日他往屏风边一站，再看去时，东西已经全部搬空。

他的心止不住地往下坠，视线一一扫过，因为记忆力好，即便眼前什么都不剩，也能在脑中回想起摆在各个地方的东西和模样。

拔步床被拆了带走，整个地方空旷一片，被陈岸等人清理过后，再不剩下任何东西，什么都没了。

萧矜当初来得突然，一如他出现在海舟学府门口，一个包子砸在陆书瑾后脑勺上，走得也突然，好比现在。

陆书瑾将这片空地从左到右来回看了几遍，最后转身回到桌前，继续看书。从早到晚，他未进食一口，眼睛也没从书本上离开，这是他进入海舟学府后第一次旷课。

他也不想如此任性，更珍惜这来之不易的学习机会，但今日的他状态实在不好，以前也从未这样低迷。他孤独长大，最难过的时候，不过是在姨母家被嘲讽漠视,被罚跪认错,在孤寂的夜晚偷偷想逝去的爹娘和祖母。但就算难过伤心,他也会很快将自己调整好,不会让低迷的情绪影响自己太久。今日却成了例外,不知为何,他看了一整天的书,却无论如何也走不出那一处黑暗的死角,在里面迷茫兜转。

陆书瑾坐了整整一日,临近日暮才去食肆吃了饭,填饱肚子后回到舍房,直至深夜才将灯熄灭。

第二日一早,陆书瑾穿上海舟学府雪白的院服,长发用发带高束,脸颊白皙,眸色干净,一切恢复如常。

蒋宿来得早,支着脑袋在座位上打瞌睡,见到陆书瑾来了,当即精神,赶紧抓着他问:"你昨日怎么没来?"

"身体有些不适。"陆书瑾的目光在后面一排桌子上晃了一下,没瞧见桌上有书。

蒋宿说:"昨日你们三个人都没来,只有我一人,我快无趣死了,还以为你们又结伴去了哪里玩不叫我呢。"

陆书瑾眸光一怔,说:"他们也没来吗?"

蒋宿点头道:"是啊,萧大将军再过两日就要回云城了,萧哥约莫在忙旁的事吧。"

"那季朔廷为何没来?"陆书瑾落座后,将书本一一拿出。

"一同回来的还有季哥的祖父,就是尚书大人,他应当也没时间来学府。"蒋宿叹了一口气,幽幽道,"这几日就剩咱俩为伴咯。"

陆书瑾抿了抿嘴唇,没有说话。

萧矜一直没来学堂,季朔廷倒是来了,他的情绪看起来也不高昂,想来是因为祖父要回来,他的压力很大。

见不到萧矜,也无法打探到任何消息,他不来学堂的原因究竟是忙,还是旁的,陆书瑾不清楚。但季朔廷和蒋宿对他的态度并没有发生转变,显然他们还不知道他与萧矜大吵一架的事情,更不知道他不入仕途一事。

思来想去,陆书瑾动身去寻乔百廉。

乔百廉在自己的房中作画,见陆书瑾来了,便赶忙让他进来坐。

"来,你正好瞧瞧我这幅画如何。"乔百廉搁下笔,将画拿起来给他看。

"先生妙笔,这百鸟争鸣之景栩栩如生。"陆书瑾揖礼而应。

乔百廉很受用,笑起来道:"练手罢了,你来寻我是为何事?"

陆书瑾颔首,恭敬道:"学生想回甲字堂,望先生准许。"

乔百廉听后,露出些许惊讶来:"哦?为何?难不成是无法识清庐山真面目而生了退缩之心?"

陆书瑾摇头道:"学生已经看清楚庐山的真面目,只不过那是一座无法攀越的大山,学生现在还没有能力攀上去,只得退缩。"

上一次乔百廉喊他单独谈话,想将他调回甲字堂,但当时的他仍不愿意放弃,想揭露萧矜的真面目,于是用一句诗向乔百廉表示他想要坚持的想法,乔百廉准许了。

而今他主动请求调回去,用的是同一种比喻,只不过选择却截然不同。

乔百廉拍了拍他的肩膀,柔声说:"书瑾啊,你不必苛求自己,你尚年轻,还有很长的路要走,不必因为攀不上其中一座高山而气馁,只需坚持本心,做自己就好。"

他看出了陆书瑾敛起的眼眸里藏着的受伤,被他倔强而冷静的外表虚虚掩着,如躲在角落里独自舐舐伤口的幼兽。

一直以来陆书瑾都扮演着坚强的人,但实际上的年岁和阅历,远远及不上坚强的程度,充其量只是一个用尽全身力气保护自己的小姑娘罢了,陆书瑾低着头不说话,须臾,一颗泪珠无声滚落。

乔百廉一脸慈祥,摸了摸他的头,说:"乖孩子。"

陆书瑾回了甲字堂,临走的时候,蒋宿老大不乐意,差点儿当场哭起来,拖着陆书瑾的胳膊不让他走。

陆书瑾宽慰了他几句,说都在一个学府,日后肯定还能天天见面,蒋宿见劝不住陆书瑾,赶忙回头喊季朔廷帮忙。

季朔廷一直在旁边看着,与陆书瑾对视了一下后,走到陆书瑾边上,说道:"你随我出来一下。"

陆书瑾的书箱被蒋宿抱在怀中,他无奈地跟在季朔廷身后,出了学堂,二人站在外面的树下,周围没人。

季朔廷神色平缓,态度一如既往的和善:"陆书瑾,你和萧矜的事我已经知道了。"

陆书瑾没有说话,猜到季朔廷会知道的,就算萧矜不说,季朔廷也能猜到。

他忽而握拳,在他肩膀上轻轻捶了一下,像少年间的打招呼,笑着道:"你别蔫着,打起精神来。"

陆书瑾有些茫然。

"你的能力如此出众,即便不走仕途,也能闯出自己的一番天地。萧矜他就是太在乎你,想日后与你共同为官,所以听到你不愿为伍之后太生气,才一连几日在家中憋着不出门,但他的脾气来得快去得也快,用不了几日就好了,你别在意。"季朔廷说。

陆书瑾没想到季朔廷会真的出口挽留他待在丁字堂。

季朔廷看起来并非轻易能够结交的人,他虽然面上总是带着笑,脾气看着也比萧矜温和许多,但总是与人保持着几分疏离,对不相干的人不相干的事,不会瞥去半分目光。同样的,他的温柔和细腻心思也都藏了起来,只在不经意间才稍稍流露。

若说萧矜是一把张扬而喧嚣的利剑,季朔廷则是合鞘之刃,瑰丽的寒刃都藏在鞘下,他更清楚自己的目的和该做之事,所以他敢于跟整个季家,跟自己的长辈对抗。

陆书瑾有些动容,眸光平和,回道:"我回甲字堂一事已向乔先生请示过了,他也同意,无法再反悔。"

见他态度坚决,季朔廷也不再劝,只道:"切记,你在任何时间遇到麻烦都能找萧家和季家,不可硬抗,不可只身涉险。"

陆书瑾点点头,郑重道:"多谢季少爷。"

季朔廷回到学堂,将蒋宿抱着的书箱抢了过来,递给陆书瑾,陆书瑾站在门口,冲蒋宿笑了笑,而后转头离开丁字堂,回到原本的地方。

回去之后,吴成运已经不在,梁春堰倒是主动与他坐在一桌。这对他来说并没太大的区别,不管同桌的人是谁,只要不是萧矜,他的注意力就会一直在书本上。但是与萧矜同桌不行,他会忍不住轻晃目光，去看他桌边摆着的水果，去看他纸上写得潦草字体，去看他低着头微微皱眉钻研《俏寡妇二三事》的模样。陆书瑾此刻才明白，他不是好奇那些东西，而是好奇关于萧矜的一切，只是现在的他，没有了往萧矜身上探索的机会。

陆书瑾与萧矜之间有着看不见、无法跨越的鸿沟。只要萧矜想，那么他永远无法跨越这道鸿沟，踏足不了他那属于高门望族、世家子弟的领地。

陆书瑾留在这头，或许还会频频朝对面张望，但不会再尝试跨过鸿沟。

萧云业已有差不多一年未回云城，回来之后的第一件事，就是惩戒留在萧府的幺子。

祠堂的大门敞着，萧云业的声音从里面传出来，疾声厉色。

"你是不是以为我在京城当职，就管不了你？我原想着你留在这里能知悔改，慢慢磨去那些恶习，不承想你竟变本加厉，在城中胡作非为！除了喝花酒逛青楼，你还会做什么？我萧家的脸面全被你一人败光，今夜你就好好跪在祠堂，对着萧家的列祖列宗反省自己的过错！"

萧云业年过五十，身体却依旧硬朗，发丝乌黑，剑眉星目。他征战沙场多年，浑身都带着浓郁的杀戮之气，非寻常人的气场能够比拟，他发怒时如雷霆降世，令人大气也不敢喘一下。

萧矜跪在摆列整齐的牌位前，腰背无比板正，头微微垂着，视线落在地上。

萧云业回来就发了好大的脾气，萧府的下人皆跪在地上不敢吱声，胆小一些的更是吓得浑身发抖。

萧矜一言不发，沉默地挨着骂。

许久后，萧云业骂累了，转头出了祠堂，命人从外面将门锁上，不到明日天亮不准萧矜出来。

门口还站着两个妇人，看上去年岁不小，她们身穿素色锦衣，一脸急切地等待。

萧云业气冲冲地从祠堂出来后，两个妇人便齐齐迎上去，福身行礼后,哀声道:"将军,矜哥儿已经一整日未进米水,再搁祠堂跪上一夜,铁打的身体也吃不消啊!"

另一位夫人也道:"是啊,将军不在的时候,矜哥儿也将萧府打理得井井有条,虽然平日里行事混账了一些,但到底年岁尚轻,训斥几句他皆能懂,何必将他锁在祠堂一夜?"

这两个妇人是萧云业二十出头时纳的妾。当时他接了圣旨赶赴边疆平乱伐蛮,萧家人不得违抗圣旨,万般无奈之下,要求萧云业纳妾留种,若他当真在边疆遭遇不测,萧家嫡系也不至于在这一代断掉。

后来他在战场九死一生,挨了一身伤却活了下来,自此萧家稳坐高位,站在云端之上。

临近三十,萧云业娶妻,生下幺子萧矜,也是唯一的嫡子。几年后,妻子病入膏肓离世,萧云业再未续弦,萧府的后院只有两个未抬身份的妾。

两个妇人老实本分,并没有什么乱七八糟的内宅斗争,常年大门不出二门不迈。自萧云业妻子去世后,两个妇人对萧矜疼爱至极,每回萧云业在府中教训他,二人便闻风而来,一顿央求,多年过去,萧矜长成十七八岁的少年郎,二人还是如此。

萧云业看见两人,顿时一个头两个大,说道:"你们赶紧回房去,此事与你们无关。"

"将军啊,你常年不归家,留矜哥儿自己在家中,即便是受了欺负也无人撑腰,如今你刚回来便重重地责罚矜哥儿,这让他心里是何滋味!"萱娘说着,便拿起手绢开始哭,虽一把年纪了,但尚存的几分风韵还能窥见她当年的弱柳扶风之态,另一个名唤春娘的妾也跟着哭。

二人陪伴萧云业多年,虽一直没抬身份,但也孕育了萧矜上头的三个哥姐,俱已是一家人。

他大半年未归家,刚回来也不忍心训斥二人,便道:"他能受谁的欺负?也就你们二人还成天把他当孩童看待,现如今他都快及弱冠还到处惹是生非,我不训斥他,难不成你们来?"

"将军好生绝情。"萱娘埋怨。

"我怎么了?不过是罚跪,又没动家法。"萧云业颇为自己不平。

"何以矜哥儿就是惹是生非,换作旁的男孩就是性子率真不拘小节?"春娘也道。

"我何时说过那种话?"萧云业拧眉反问。

两人又呜呜咽咽地哭起来,左右都是劝萧云业将萧矜放出来,他被烦得不行,板着脸凶道:"你们回房去,别在此处添乱!"

春娘与萱娘用幽怨的目光看着他,哭哭啼啼地离开。

萧矜被锁在祠堂,门一关上,里面的光线变得昏暗,光从窗户斜斜地照进来。临近日暮的夕阳,是一种绚烂璀璨的金色,落在萧矜身上,给他的脊背和长发都披上金衣。斜阳从脖子处往眉下勾勒,萧矜跪得笔直,垂着双眸,面上没有任何表情。

影子映在地上,久久未动,直到斜阳消失,祠堂亮起烛光,云城的报时钟敲过了三更,薄雾遮了月亮,他都保持着同一个姿势。

第二日一大早,天还未亮,门外的锁就被打开,下人站在门口道:"少爷,时辰到了。"

祠堂幽静无比,一点儿动静便能在其中回荡,天色灰蒙,下人只往里面瞥了一眼,就瞧见烛光幽幽处,萧矜跪在诸多萧家牌位前,恍若听不见任何声音。

萧矜从小到大都爱惹事,萧云业虽然表面训斥得厉害,实际上却从未严厉惩罚过这个幺子,大多数时间都是关在祠堂反省一夜,这是萧府下人皆知的事。

加上两个妾室常来求情,或是趁守备宽松时悄悄将萧矜放走,萧云业对此也睁一只眼闭一只眼。

有时候萧矜犯的错严重了,则会在门上挂一把锁,等到第二日早晨才能打开。

下人们都心知肚明,哪敢真锁小少爷一晚上,皆赶在天没亮就去开门,每回来都能看见小少爷将蒲团拼在一起,躺在上面睡觉,再一唤就会起来,带着朦胧睡意回自己的房间,唯有这一回,他板板正正地跪在牌位前。

"小少爷?"下人又发出了询问声,以为他跪着睡着了。

"出去。"萧矜清冷的声音传来,没什么温度,却彰显着他极为清醒的意识。

下人吓得噤声，连忙离去。

天色渐亮，萧府的下人逐渐忙活起来，萧云业起床后随口问了一下萧矜，却得知他仍在祠堂里。

萧云业沉默片刻，便道："由着他去。"

下人备了早膳，由萧府的老管家送进祠堂，片刻后却又原封不动地端了出来。

萧家千娇万宠的小少爷头一回这样，所有下人皆十分震惊，两个小妾也心疼得厉害，来到祠堂外面，焦急地唤他，让他莫与他爹闹脾气。

萧矜的声音从里面传出来："二位小娘请回。"

二人劝了好一阵，还是擦着眼泪离去，又去央求萧云业。

萧云业便道："要跪就让他跪，这些年他闯的祸事不少，若是诚心悔过也是好事。"

大老爷沉着脸，心情不虞，小少爷长跪祠堂，拒食不进，整个萧府都蒙上一层阴霾，所有下人皆小心翼翼行事，生怕犯错。

晚上送进去的饭食又没动，萧矜只喝了一点儿水。

到了第三日，萧矜仍不出来，两个妾室实在坐不住，哭着喊着要萧云业去将萧矜劝出来，哭声震天，吵得萧云业双耳嗡鸣，他被烦得不行，只好动身前往祠堂。

萧云业进去后让下人关上门，他在门边站了一会儿，忽而放轻脚步，悄悄走到窗边，弯着腰撅着屁股，顺着窗户朝外看，左右瞄了一会儿后，才转头看向跪在祠堂中央的小儿子。

萧云业稍稍松了一口气，走到萧矜边上，说道："咱们府里究竟还剩多少暗线？何至于你在这里跪三日不起？"

萧矜已有三日粒米未进，只有如厕的时候会起身从祠堂小门出去，前往后面的恭房，其他时间皆跪在这里。

他的面色极其苍白，唇上毫无血色，满是干裂的嘴皮，眉眼中没有平日的张扬，像压上了浓厚的雾霭，隐藏了他的情绪，也隐藏了他的心事。

萧云业一看就知道萧矜的状态已濒临极限，他心疼得很，也半跪下来，抚了抚萧矜的后背，低声说："儿啊，差不多就行了，咱们做戏也不必做得如此认真，这十几年不都这么糊弄的吗？"

萧矜半敛着眸子，恍然出神，并未回话。

"怎么了，这小子？"萧云业摸了一下他的额头，只觉得烫得厉害，啧了一声，道，"听爹的话，快起来吧，有什么事跟爹说。"

萧矜仍没有说话。

"你多少也为我想想，再跪下去，春娘和萱娘能把我的耳朵吵聋，时时刻刻在我跟前哭，不知道的还以为我死了呢！"萧云业对这唯一的嫡子自小便尽心栽培，用心教导。

但也因为萧矜肩负着很多重担，萧云业也尤其心疼溺爱他，虽然父子俩三天两头做戏给府中的暗线和探子看。

"快起来吧。"萧云业低声哄道。

"爹，"萧矜总算开了口，声音沙哑得不成样子，如浸满了水的棉花，沉甸甸地，"我惦念上了一块美玉。"

萧云业只觉得莫名其妙，说："看上就买呗，这些年你买的玉还少吗？"

萧矜听了这话，头低了下去，更显落寞："买不得，也不能买。"

萧云业摸了摸下巴，便道："是什么品种的玉，你告诉我，我厚着脸皮找皇上要赏赐去。"

萧矜说："世间独有，再无第二块。"

萧云业道："不可能，哪有玉是独一无二的，同样的品种，更漂亮的多了去了。"

萧矜将嘴唇抿得紧紧的。

过了一会儿，萧云业叹了一口气，半点儿没有大将军的样子，盘腿坐下，道："我活了大半辈子，憾事多到十只手都数不过来。人生不如意本就十之八九，这世上求之不得的太多太多，你总要学会放弃，接受放弃。"

拾肆 留在云城过年

萧矜又何尝不知。

他跪在萧家祖宗的牌位前不起,从双膝疼痛难忍到双腿麻木无感,冬季夜间的祠堂冷如冰窟,跪上一夜身体就完全僵住,饿得肠胃痉挛,头昏眼花,却仍咬紧了牙关跪得笔直。

他这自虐一般的行为无非就是为了消磨心中那些不该出现的念想,将躁动磨平,将挂念撕碎,让自己的头脑重归清醒。

可纵然身体疲惫到了极限,心也被撕扯得鲜血淋漓,只要萧矜有片刻的恍惚,就能看到暗色中翩翩起舞的银色蝴蝶,看到陆书瑾身着雪白衣裙,冲他莞尔轻笑。

这成了他不可磨灭的、藏在心底最深处、永远也见不得光的罪孽,甚至连最亲近的亲人都无法说出口。

他不是求不得,而是不能求。他跪在祖宗的牌位前,企图用此来惩罚自己,涤清身上的罪,碾碎那几乎将他淹没的妄念。

无用,全部无用,他就是想得到那块美玉,做梦都想。

"我该如何是好……"萧矜低声喃喃,心里夹杂着飞蛾扑火的狂热与绝望。

"儿啊,想开一点儿,你年纪还小呢,日后定会碰见更想要的,若每次都得不到,岂不是每次都要这般惩罚自己?"萧云业劝慰道,"命里有时终须有,命里无时莫强求,别跟自己过不去。"

只有这么一块玉,往后再也没有了,萧矜心里清楚,他的情绪越来越激动,最终因身体实在撑不住,双眼一花晕了过去,重重地摔在地上。

萧矜身子骨硬朗,一场病并不能对他造成什么影响,吃了饭喝了药,不出几日就恢复如常,恢复后就去了学府。

丁字堂还是一如既往的吵闹,他一进去便立即有人像往常一样围上来,萧哥长萧哥短地叫着。

往日萧矜还能笑着应付一二,如今却完全没有心情,他冷淡地回到位置上,谁也没理会,众人都以为是萧将军回来之后责罚了他,导致他心情不好,便也没再纠缠。

萧矜落座时,季朔廷和蒋宿已经在座位上,他几乎出于本能朝陆书瑾的座位投去目光,那里平日里会摆着整齐的笔墨纸砚和书本,现在只剩下一张空桌子。

"别看了,人都走了两日了。"季朔廷拖着腔调的声音从旁边传来。

"去哪里了?"萧矜下意识地问。

蒋宿扭过头来,撇嘴道:"他回甲字堂了,我和季哥挽留许久,他都没留下。"

萧矜收回目光,只觉得心好像被挖空了一块。

见他没什么反应,蒋宿又道:"萧哥,你去把他叫回来吧,他虽然平日里看着老实乖巧,实际性子倔得很,只听你的话。"

这话像是往他的心上刺刀子,痛得难以忍受了,他就微微皱眉,说道:"他自有他的去处,何必妄加干涉。"

蒋宿泄气了,将头扭回去,不再说话。

丁字堂再没有了那个会在闹哄哄的学堂里安静看书的小书生了,萧矜的目光晃过去时,再也看不见他勾着头露出的白皙脖颈和小巧耳朵。

起初萧矜极为不适,又要极力掩饰,心情一直处于低落状态。

过了几日,他渐渐习惯了这种钝刀划出的伤口,重新披上伪装,变回从前的模样。

萧云业回城,萧小少爷自然收敛起来,不再去春风楼,也不再旷课,只是身边还是围着一群纨绔子弟,走到何处都是众星捧月。

而海舟学府说小不小，说大也不大，丁字堂在甲字堂北边，萧矜等人平日里不去食肆也不去舍房，并不会路过甲字堂，但这日萧矜的饭菜送过来时凉了，几人便决定去食肆吃。

就这么往南走了一遭，便在石像前遇到了陆书瑾。

萧矜、季朔廷、蒋宿等人从食肆回去，往北走。陆书瑾则要去食肆吃饭，往南走，正好在石像前碰上。

蒋宿先瞧见了他，咦了一声，像是自言自语："那是陆书瑾吗？"

很小的一声，却还是在周围人叽叽喳喳的说话声中被萧矜捕捉到，他立即别过头看去，就见陆书瑾从石像的另一头走过来，他仍旧穿着雪白的院服，长发高束，垂下长长的发带，鼻尖冻得通红，如寒日里甘洌的清泉。

"陆书瑾！"蒋宿高声一喊，陆书瑾应声看来，对上了萧矜的视线，下一刻，萧矜将视线移开，头别过去，没有丝毫波动和停留，如看到了一个再寻常不过的陌生人。

算起来他们已有十日未见，陆书瑾恢复了以前的样子，独来独往，不与任何人为伍，先前那些翻涌的情绪已经逐渐平息，如烧尽了自己熄灭的火，但现在乍然瞧见萧矜，只朝他漂亮的眼睛看了一眼，火骤然又烧起来，将他的心炙烤得疼痛不已。

陆书瑾想笑着对蒋宿打招呼，像以前一样，却笑不出来，只点了点头，没有过多地寒暄，抬步便走。

萧矜也脚步未停，二人在石像前错身而过，背道相驰。

蒋宿伸长脖子望了许久，约莫有些失落，但也并未多说。

陆书瑾吃了饭，回到甲字堂看书。课前，梁春堰问他："陆兄家住何方？打算何日归家？若是顺路，我们二人可结伴同行。"

陆书瑾这才想起，海舟学府腊月初要休课，便道："我不回家，留在云城。"

"过年你也不与家人团聚吗？"梁春堰惊讶道。

陆书瑾的脑中又浮现出萧矜笑着让自己留在云城过年的画面，陆书瑾心不在焉，无心多聊，低低地应了一声。梁春堰也有眼力见，没继续追问。

仲冬结束，云城进入腊月。舍房里许多人开始收拾东西，待学府休课便启程返家，而陆书瑾没有家，选择留在云城，先前陆书瑾与萧矜签了相当正规的租赁房屋纸契，所以仍能住在他的那座小宅子里。

这半个月，叶芹也来寻了他几次，陆书瑾问了上次叶芹喝醉之后的去处，叶芹只说自己醒来后就在家里了，其他一概不知。

叶芹身边带着不少随从，他们有时去陆书瑾的那个小宅院，有时候去茶楼雅间或是张月川的铺子，陆书瑾慢慢地教会她写一些简单的字。

陆书瑾也一直在忙活字画的事，赚的银子越来越多，他不放心存在银庄，便全部放在箱子里，藏在小宅院的房中。

张月川跟着陆书瑾赚钱，原本生意萧条的铺子进账越来越可观，心里也高兴得很。

一户姓王的男子找上门来，说要代东家购买扇子五十把，字画七十幅，交了一部分定金。

这是一笔不小的生意，张月川隔日就跟陆书瑾说了，陆书瑾听说来人姓王，便多问了一嘴："那人是从何地而来？若是地处偏远，人口稀少，买这么多恐怕很难销空。"

张月川说不知，看着陆书瑾凝重的神色，便问："这生意那咱们还接吗？"

陆书瑾皱着眉，犹豫了片刻，心想应当不会这么巧，便说："自然要接，何来放着生意不做的道理，不过你转告他，交货之期恐怕要等到年后。"张月川喜滋滋地应了。

腊月初二，海舟学府正式休课，陆书瑾请人帮忙，将部分日用品搬到小宅院，从海舟学府离开。

小宅院里的东西置办得极其周全，全是奢华之物，处处都有着萧矜的影子，陆书瑾看后，时而觉得心中烦闷难受，时而又眷恋满足，总之他不舍得搬动任何东西。

陆书瑾鲜少出门，一连几日都在家中，直到梁春堰找上门来。

陆书瑾很是惊讶，说："我还以为梁兄已经启程回家。"

梁春堰温柔地笑道："我爹娘皆来了云城，今年便留在大伯家过年，我闲来无事，便来寻你解解闷。"

陆书瑾正好也闲着，便将他迎入正堂，坐着闲聊，没多久叶芹也来了。

她这几日来得不多，且必须在天黑之前赶回去，所以每次走时都依依不舍，今日却没有多留，只是拿出几份洒了碎银的烫金帖，说道："过两日我妹妹及笄，我爹要大办宴席，我便朝哥哥要了几份邀帖，想问你去不去。"

"在叶府？"陆书瑾拿过其中一张帖子，翻开看了看。

叶芹点头说道："你会来吗？"

陆书瑾当然是不想去的，叶家宴请宾客，自己去算什么。

"哥哥说你可以来玩，让我将你从侧门带进去，这样你就不必送礼，也不必被人询问家世，"叶芹说，"你还可以带朋友来。"

陆书瑾更惊讶了，没想到叶洵竟然会同意自己去。

叶芹捏着他的手轻晃，垂着嘴角，轻声说："来呗，你若是不来，我自己也很无趣。"

陆书瑾先前与她闲聊时，偶然得知她与其他兄弟姐妹的关系并不好，只亲近叶洵。

陆书瑾有些犹豫了，不知道自己该不该去，叶芹的模样实在可怜，让人很难拒绝。

此时梁春堰笑道："叶小姐，我能去吗？"

叶芹看他一眼，点头说："可以的。"

梁春堰便对陆书瑾道："届时云城数得上名号的家族应当都会去，咱们去叶府见识一番也无妨。"

陆书瑾有片刻失神，云城数得上名号的家族，排名第一的不就是萧家吗？

不等陆书瑾细想，叶芹就附和道："对呀对呀，小四哥还有朔廷哥哥也会来的。"

那日在夫子石像前相遇，萧矜那漠然的目光让陆书瑾不断回想，思量许久，终是收下了邀帖。

叶芹高兴极了，抱着陆书瑾跳了两下，然后相约两日后相见，便急匆匆地离开了。

陆书瑾用手指摩挲着邀帖，敛着眸子沉默了好一会儿，知道自己做了任性的选择，也知道萧矜如今对他的冷漠和无视，他们已隔着万丈高崖，再回不去从前，但他就是想见萧矜。

姨母的丈夫姓柳，在杨镇也算是有些家底的商户，时而也会办些宴席，请生意上的朋友参加。每逢这种日子，前院总是热热闹闹的，请来的戏班子唱到晚上才停歇，陆书瑾是不被允许参加的，每次只坐在房中听着遥遥传来的喧嚣声。

陆书瑾只参加过一次宴席，就是二表哥结亲那次，给她留下了极其不好的回忆，至今她都鲜少回想。

这次去参加叶家宴席，虽说与陆书瑾没什么干系，但到底是叶芹亲自递上的邀帖，陆书瑾颇为看重，于是在着装上挑挑拣拣。

现在的陆书瑾已经学会如何给自己买衣裳，不会再像之前那般去成衣店随便挑些粗麻布衣，而是会将自己的尺寸量好，交由裁衣店挑选布料，去定做贴合身架的衣裳，后来也陆陆续续买了七八件，但都及不上萧矜最开始送的那三件。

最后陆书瑾挑了一件天青色的衣袍，对着镜子一件件穿好，又取了一顶月白的小玉冠，费了好一番功夫才束在发上。

这是陆书瑾几件衣裳中为数不多的亮色，像是万里晴空下的蓝天，一抹在冬季稍显突兀，却又相当衬陆书瑾的颜色。

玉冠朝两边落下银色长缨，落在陆书瑾柔顺的长发上，泼墨一般的眉眼仿若映在了白雪上，仙笔勾勒出一张精致的脸，陆书瑾拂了拂衣裳，确认自己衣着整齐，毫无差错后，才抬步踏走出房门。

打开房门的一刹那，他看到天空呈一片青灰色，正慢悠悠地飘下来雪花，很细碎，但又极为美丽。

看见雪，陆书瑾兴致总算稍稍提起来一点儿，他几步走到檐外，伸出手，就这么轻易地将雪花接在了掌中，但由于雪花太小，瞬间就融成了水珠。

他很喜欢雪，自小时候起便喜欢，因为总觉得下了雪，就代表着这一年要结束了。新的一年，新的一岁，陆书瑾曾经无比盼望着长大。

他站着看了片刻,回身将门挂了锁,哈出一口白气,出了小宅院。

刚出门,就看见梁春堰往这边走,梁春堰见了他,便停下脚步说道:"我正打算登门,没想到陆兄倒先一步出来了。"

陆书瑾一脸奇怪道:"梁兄为何来此地?"

"自然是想与你一起前往叶家。"梁春堰勾起唇角笑,温润的眸中多了几分羞赧,"毕竟我与叶家姑娘并不相识,厚着脸皮求了一封邀帖,也不大敢自己前往。"

陆书瑾笑道:"梁兄言重了。"

两人一同出了巷子,巷外停了一辆马车,是梁春堰租来的。

陆书瑾在他对面落座,一坐下便不动了,浑身上下皆彰显着规矩二字。梁春堰也鲜少看到陆书瑾这副模样,便多看了两眼,忽而问道:"陆兄与叶姑娘的交情甚好?"

陆书瑾道:"叶姑娘性子活泼,喜好结交朋友,我不过是其中之一。"

梁春堰极有分寸,并没有深问,而是将话锋一转,说道:"以陆兄的资质和学识,恐怕将来会大有一番作为,陆兄日后可有什么计划?"

"计划?"陆书瑾不知道他突然问这种问题是何意,陆书瑾虽然早就想好日后要做什么,但并没有说,而是半开玩笑道"安得广厦千万间,大庇天下寒士俱欢颜"。

梁春堰听后便低笑出声,说:"没想到陆兄如此心怀大志。"

陆书瑾说:"这些事,想一想也不费力气,倒是不知梁兄日后有什么打算?"

梁春堰认真地想了想,说道:"我只愿忠明主,侍明君。"

陆书瑾笑着点头,说:"此为天下臣子共同之愿。"

很快两人就到了与叶芹约定的地点,位于叶府隔街的茶楼门口。

陆书瑾下了马车,就看到叶芹正坐在茶楼门口搭的棚子里,那是方便平日里起早做活计的人路过饮一杯热茶而搭的,棚子里坐着三五个中年男子,叶芹虽然坐在边上,但依旧显眼。此刻她正盯着往来的马车,翘首以盼。

看到陆书瑾从马车上下来后,她立即站起身迎过去,围着陆书瑾转了两个圈，嘴边是压不住的笑意，高兴得跟什么似的："陆书瑾，你今日看起来……看起来……"

她找不到合适的形容词。

梁春堰下来后，顺口道："仪表堂堂。"

叶芹不懂，但还是附和道："没错，大概就是这个意思。"

陆书瑾倒不是很在意，只道："天寒地冻，你为何坐在外面等？待在马车里就行了。"

"可是若我坐在马车里，你来了见我不在，回去了怎么办？"叶芹说。

"你可以安排一个随从在这里等候。"

实际上，叶芹比陆书瑾还大一岁，但相处中，陆书瑾则更像年长的那个。叶芹很听陆书瑾的话，总觉得他嘴里能冒出一串又一串道理，还有一些自己无论如何都听不懂的话。

叶芹一脸欢喜，与他并肩而行，上了叶府的马车，前往叶府侧门。

所有宾客皆由大门而入，奉上贺礼之后再穿过一片竹林，就到了正堂待客之处。而叶芹带他们所走的院子，其实是下人出去采买时所走的，靠近下人居住的院子，虽说对客人来说领着他们走侧门是极其失礼的事情，但叶芹不懂这些，陆书瑾也完全不在意，梁春堰自然更没有异议了。

这是陆书瑾第一次来到叶芹生活的宅院中。

三人穿过下人的院子，下人来往匆忙，有些人见着叶芹，倒是会停一停匆忙的脚步，对叶芹行上一礼，而有些则直接无视，仿佛瞧不见她似的，她也面色平常，压根不注意这些。

行过一段曲折的游廊，就来到了一汪湖泊前，那里三三两两站了不少人。

陆书瑾没想到叶府竟然大到在宅中修建湖泊，湖泊上修了拱形的白石桥，上面雕刻着栩栩如生的图案，岸边栽了树，但因正值冬季，树叶全部掉光，只剩下光秃秃的枝杈。

树后坐落着几个八角亭，皆罩上了厚重的棉帘，上头绣得花红柳绿，给枯竭而黯淡的冬色添了几分鲜亮。

桥上湖边皆站着人，不过俱是男子，模样都很年轻。

叶芹拉着他前往其中一个八角亭，边走边说："大人们会留在前院，这里多是与你我年岁差不多的人。"

陆书瑾见周围人多，不方便与叶芹拉扯，于是不着痕迹地推开了她的手，说道："我会跟紧你的。"

叶芹没在意，对梁春堰也交代道："你也跟紧我哦，不要乱跑。"

梁春堰倒是有些哭笑不得。

叶芹将他们带到其中一个八角亭外，斜斜地撩开棉帘，探进去半个身体。

里面隐隐传来说话声，但又在叶芹探进去时停了，就听叶芹唤了一声哥哥。

叶洵的声音传出来："大冷的天，你乱跑什么，快进来坐。"

"我去接人了嘛。"叶芹没有立即进去，而是转头对陆书瑾说道，"你进来坐吧。"

叶芹走了进去，棉帘即将合上的时候，陆书瑾伸手接住，踩上台阶往里面走，刚进了半个身子，倏尔对上一双稍显冷淡的眸子，顿时停住动作。

八角亭十分宽敞，当中一张方形石桌，四面座椅，里面坐着六个人，正对着门的位置坐的是萧矜。

许是叶家的宴席属于正式场合，他今日盛装而来。一身墨黑色长衣，雪白的衣领走了一圈细金丝，顺着臂膀往下，袖摆腰身皆是金线所绣的云纹。长发用银冠高高束起，垂下来的马尾散落在肩前背后。

他倚在身后的栏杆上，姿态有些不正经，嘴边挑着懒散的笑，但双眸极为冷淡，与陆书瑾的视线撞上的瞬间，虽然不是他的意愿，但神色还是有一瞬的怔然，就这么一下对视，两人的目光立即错开，陆书瑾的眸子垂下去，萧矜则转向叶洵。

"我就说怎么一大早没看到叶少的小尾巴，还以为今日见不着了呢。"

叶芹挨着叶洵坐下，陆书瑾见状，便想往方形石桌的另一边座椅走去，但被叶芹拉了下衣袖，她抬眸看着陆书瑾，虽然眼神无声，但意愿已经表达得相当明显了。

她的举动十分突然,且毫不掩饰,亭中所有人都瞧见了,同时将目光定在叶芹拽着陆书瑾衣袖的手上。

萧矜眸色微沉,表面上看不出半点儿变化,但嘴角那几分笑意却悄无声息地消失了。

叶洵赶忙在她手背上拍了一下,低声训斥:"拉拉扯扯像什么样子。"

"哥哥……"叶芹低低地叫了一声。

"就坐这儿吧,"叶洵很是无奈地对陆书瑾道,"等会儿可能还有人来,稍微坐近一点儿。"

陆书瑾座在叶芹的旁边,这边就没位置了,最后进来的梁春堰只得坐在另一处。

桌子上摆着点心,还有一壶滚烫的热茶。叶洵倒了一杯茶,递到叶芹面前,说道:"快喝点儿热的,暖暖身体。"

他又对陆书瑾说:"你就自个儿倒吧,不必见外。"

陆书瑾应了一声,却没动手。

萧矜的目光落在面前的杯子上,热气散出的白雾腾腾上升,化作虚无缥缈的烟,脑中却满是陆书瑾方才撩开帘子探进来的那一眼,怎么就如此巧合,刚进来的第一眼就与他的撞上了,完全来不及避躲。

天青色的衣裳恰如夏季晴日里的天空,将陆书瑾的肤色衬得极为白皙,也就更显得那双眼睛乌黑明亮,如夜空的月亮般皎洁纯粹,漂亮极了,导致他就算是视线错开,也还是心脏乱跳。

"你发什么愣?我跟你说话呢。"季朔廷忽而在他胳膊肘上杵了一下,低声说。

萧矜猛然回过神,将心中掀起的波浪隐藏得完全不露痕迹,转眼看向季朔廷,说:"什么?"

只听另一边的人说道:"今日这宴席,项家四小姐似乎也来了呢,萧少在门口的时候没遇见吗?"

萧矜眼眸轻转,落在说话的那人身上,正要回答,余光就看见梁春堰提着壶倒水,将杯子推给陆书瑾,陆书瑾转头低声与他说了句什么。

梁春堰上半身歪斜,像是将耳朵主动送到陆书瑾嘴边,所以就算萧矜耳力好,也没听清他说了什么。

萧矜突然有些不知缘由的烦躁,语气自然也算不上好:"你少在背后议论那些姑娘。"

那人讨了个没趣,也不在意,笑着应和,顺便吹捧了萧矜两句。

陆书瑾对梁春堰道了谢,说了句"梁兄不必如此"后,便将手搁在杯子边,用指尖轻轻描摹着杯沿,热气涌上来,将他的指尖裹上湿意。

陆书瑾的记忆力好,知道那人所说的项四小姐是曾在及笄时给萧矜赠了簪花,又被拒绝的人,只好压下心中的悸动,开始想办法找理由离开这个八角亭。

叶芹凑到陆书瑾耳边,说道:"那个项四小姐很讨厌的,待会儿我们要是撞上,就赶紧走得远远的。"

她很少在陆书瑾面前说哪个人讨厌,陆书瑾听后不免有些诧异,转眼见她沉着嘴角,便轻声问:"怎么了?"

叶芹就与他凑得更近一些,小声说:"她及笄时我也去了呢,她说带我去吃糕点,结果将我带到一片山石中让我等,我等了好久她都没来,在山石里转了很久都没出来,最后还是哥哥找到了我。"

"我去找她,问她为什么要将我丢在那里,你知道她说什么吗?"叶芹没有直接说,而是丢下一个问句。

这是她跟陆书瑾学的。

陆书瑾没忍住,弯着眸子笑了笑,道:"什么?"

"她说我厚颜无耻,总要哥哥带着我乱跑,往小四哥身边凑。"叶芹的声音低下去,有点儿委屈,"我才没有呢。"

陆书瑾之前也见过表姐妹之间的争风吃醋,对此并未感觉稀奇,只顺着叶芹的话说道:"那看来她的确不是好人。"

"她们不喜欢我,我也不喜欢她们,"叶芹说,"我不喜欢不喜欢我的人。"

陆书瑾听了这句话,不知怎么的,突然抬眸往坐在斜对面的季朔廷看了一眼,却没想到这一眼竟正好与季朔廷的视线撞上了。

季朔廷很快就对他露出笑容:"你今儿穿的这身衣裳颜色好,衬你。"

陆书瑾波澜不惊地回道:"季少爷谬赞。"

"嗳,原来季少与这位公子是相识的吗?"有一人惊奇道,"方才叶大小姐将人带进来时,我还在好奇是什么人物呢,先前在云城倒没见过。"

"你前段时间没在云城并不知道,"另一人说,"这小公子应当与萧少交情甚好,前段日子一直跟在萧少身后呢。"

"是吗?"

话题引到了陆书瑾身上,亭内所有人皆看着他,萧矜这时候若是再刻意不去看他,倒显得不对劲了。他与旁人一起,缓慢地将视线移到他身上。他看清了他的墨眸雪容,头顶的小玉冠,耳边的碎发,白皙的脖颈。

只见他面色极为从容,启唇缓声道:"并非如此,我与萧少爷只是同窗。"

亭内顿时变得寂静无比,一时间竟没人说话了。

陆书瑾觉得自己没说错话,便低头喝了一口热茶,茶水下肚,滑进腹中,稍稍缓解了身上的寒意。

只有叶芹听不出话中的不对劲,她凑到陆书瑾身边,低声问:"我们也是同窗吗?"

陆书瑾笑着应答:"叶姑娘并未在海舟学府念书,我们不算同窗。"

叶芹道:"喔。"

叶洵不明白其中的弯弯绕绕,他看了看陆书瑾,又看了看萧矜,微微挑眉,继而转手拉了叶芹一下,说:"你坐好,别东倒西歪的。"

这么一句话,打破了亭里僵持的氛围,对面坐着的人把话题引开,说道:"叶姑娘看着倒是与这位公子交情不错。"

"当然,我和陆书瑾是好朋友。"叶芹回答。

萧矜一直没言语,先前人还没进来的时候,他的面上还有几分笑意,但眼下再一瞧,笑意却半点儿都不剩了。他的表情看上去平静,但双眸微沉,散发出一种不虞的气息来,只是藏在桌下的拳头拢在袖子里，攥得紧紧的。

萧矜知道陆书瑾说得没错，更知道他心中或许是带着气愤的，毕竟那日与他的争吵是萧矜没把控好情绪才挑起的争端，而后又像个胆小鬼似的逃跑了，搬空舍房里所有的东西，似乎想将过往的交情全部抹平。

这样是对的，萧矜在心中告诉自己，他不可能去爱一个男子，世俗不容，萧家也不容，但即便如此，他还是抑制不住心底冒出的烦躁和痛楚。

好在这情绪在他能够克制的范围，他拿起杯子，猛地喝了一大口，继续沉默不语。一抬眼，梁春堰又凑到陆书瑾身边低声说话。

萧矜想不明白，这梁春堰的脖子是鹅脖子不成？他分明坐在另一面的椅子上，竟然还能将脖子伸那么长，去跟陆书瑾说话，不是说读书人脸皮都薄吗？陆书瑾坐着动都未动，显然是不想与他说话，他还毫无眼力见地往上凑。

厚颜无耻，厚颜无耻！萧矜没好气地暗暗磨牙，又喝了一大口水，杯子见底。

季朔廷低低地叹了一口气，提起手边的水壶又给他倒了一杯，说道："你多喝两杯。"

"又不是酒，我喝那么多干吗？"萧矜可算开口说话了，语气里夹带着火气。

"你也知道不是酒，何故两口闷了一杯水？"季朔廷存心不让他好过，把杯子添满，"这么渴就多喝点儿。"

萧矜瞪着满满的杯子，顿时又冒出了其他不满的念头来。

叶府的宴席，梁春堰是什么身份，他与叶芹又不熟，凭什么也能跟着一起来参加？陆书瑾与他才认识多久，他就上赶着黏在陆书瑾身边，岂能不是别有用心？这叶洵也是没脑子的，就让他妹妹乱把人往府里带。

思及此，萧矜更生气了，心想叶洵是干什么吃的，也不知道看好叶芹，让她一个姑娘家整日去找陆书瑾，还让两人坐在一起，叶芹总往陆书瑾身上凑都看不见吗，叶洵的眼睛是瞎的吗？

萧矜越想越冒火,他沉了沉气息,转头问叶洵:"叶少的眼睛最近还好使吗?"

"啊?"叶洵被这突如其来的问题问得一头雾水,"我的眼睛怎么了?"

"眼白发黄,眼眶发青,瞧着像是要得眼疾。"萧矜说道,"我知道城里有个老医师专看眼睛,叶少有时间去瞧一瞧?"

叶洵揉了一下眼睛,说道:"我视物尚好,并无异样。"

萧矜此时仿佛化身那专看眼睛的老医师,开口笃定道:"指定有毛病。"

季朔廷立马咳嗽一声,暗暗提醒他少说些胡话,继而冲叶洵笑道:"萧矜这也是关心则乱,叶少既然觉得眼睛没异样,便不必在意。"

"关心则乱?"叶洵的表情像是白日撞鬼,"我?"

季朔廷喷了一声,笑道:"看你说的,都是兄弟,关心你不是很正常吗?"

叶洵约莫也是想笑着迎合的,但这实在太怪异,导致他的表情无法彻底转换,神色就变得有些古怪。

"哥哥,我们什么时候能看烟花?"叶芹拽着叶洵的衣袖问。

叶洵道:"快了,午膳前会放。"

叶芹显然很高兴,转头对陆书瑾道:"你看过烟花吗?"

陆书瑾想了想,说:"在年夜的时候会瞧见。"

"不是那种烟花,"叶芹说,"是五颜六色的,像烟雾一样,在空中炸开时像一朵朵花,很漂亮。"

陆书瑾没见过烟花,听到叶芹的描述,有一瞬间的迷茫。

梁春堰便主动搭话,:"我先前倒是看过,飞得没有那种烟花高,颜色会在空中留存些许时间,若是许多烟花一起放,会在空中组成一幅彩色的画,有些奇人便能用那种烟花作画。"

陆书瑾惊讶道:"这么厉害?"

梁春堰笑道:"咱们今日算是来对了,要大饱眼福了。"

萧矜轻轻地敲着杯子,须臾便抬眼看陆书瑾一眼,他的面上带着轻笑,倒看不出来有多高兴,似乎对烟花并不感兴趣。

"你这丫头,今年也十七了,年岁不小了,怎么整日就知道吃喝玩乐。"叶洵叹了一口气,说道,"前两日父亲还忧心你的婚事,今日来的都是城中有头有脸的家族,待会儿你四处转转,去瞧瞧有没有喜欢的。"

这话在这种场合说是绝对不合适的,且还有几分离经叛道。

陆书瑾下意识地朝叶洵望了一眼,觉得他这话像是在故意试探。

谁知叶芹这时候突然挽住陆书瑾的胳膊,说道:"我喜欢陆书瑾。"

亭里几人脸色同时一变。

对面一男子立马大笑起来,合掌道:"叶姑娘眼光独到,这陆公子看起来极为儒雅,想必定是出身书香世家,叶姑娘正好登对。"

这一番话不知是褒是贬,被说的陆书瑾和叶芹还没什么回应,萧矜倒是先开口了,他冷漠地问:"就这么好笑?"

那人立即噤声,晃眼一看几个人的脸色都不怎么样,才知道自己说错了话,连忙赔笑:"叶少莫在意,我不过是胡言乱语。"

叶洵温笑着,宠溺般摸着叶芹的脑袋,说:"无妨,所有人都知道我这个妹妹与寻常人有些不同,如今十七还未婚配,我爹择婿也并无旁的要求,只要芹芹喜欢就行。"

叶芹又说了一遍:"我喜欢陆书瑾。"

叶洵转过脸,朝季朔廷望去,却见他只垂着眸子,慢悠悠地给自己倒茶,仿佛并不关心这边的事。

倒是旁边的萧矜黑着的脸,把叶洵吓了一跳。这是谁又惹到萧小爷了?这表情看起来像是下一刻就要起身掀桌揍人。

叶洵刚想说话缓和一下气氛,就听陆书瑾不徐不疾地开口:"这么说来,叶姑娘是想嫁给我了?"

亭中几人同时看向陆书瑾,但见他眸中含笑,像是说了一句调侃的话。出乎意料地,叶芹并没有立刻回答,而是道:"等出去了再说。"

她像是不想说给亭中的其他人听,叶洵哭笑不得,点了点她的脑袋,说:"你与陆公子还有小秘密了是吧?"

叶芹嘿嘿笑了,整个亭中,似乎只有她傻乐开心。

梁春堰又凑过来与陆书瑾说话:"陆兄知道这是什么茶吗?"

陆书瑾鲜少喝茶,也不会品茶,当然猜不出是什么,但见梁春堰每回跟自己说话都要伸长脖子将身体斜过来，似乎很吃力，于是说道："梁兄往那边坐坐，我与你坐一起吧。"

梁春堰道了句见笑，往旁边挪动。

这两句话萧矜听清楚了，他心中烦躁，将季朔廷刚倒的茶又喝了大半，杯子放下来时，陆书瑾起身，下意识去看叶芹，虽是无意间的动作，却颇像使眼色。

叶芹将这个眼神接了个正着，她这会儿机灵了，一下就拉住陆书瑾的衣袖，说道："陆书瑾，你要去哪里？"

陆书瑾道："此处拥挤，我坐那边去。"

"不成，"叶芹不管不顾地撒娇，"你要与我坐在一起。"

"叶姑娘，我并不走，只是坐在旁边，相隔也不远。"陆书瑾试图劝说她。

叶芹却撇嘴道："你若是坐过去，小四哥会生气的。"

萧矜怎么也没想到她会把自己拉上，有些茫然："啊？"

陆书瑾终于又望向萧矜，只见他坐在斜对面，正面无表情地看着这边。自他进来后，萧矜就没说两句话，陆书瑾猜想会不会是因为他突然的出现，让萧矜不高兴。

"此话怎讲？"陆书瑾问叶芹。

"因为小四哥不喜欢穿蓝衣服和绿衣服的人坐在一起。"叶芹胡说八道。

萧矜只觉得胸口一闷，喉头涌上一口血，这是什么理由？就算编也该编得像样点儿，这不纯纯把他当成大傻子吗？

陆书瑾满脸疑惑："什么？"

叶芹转头道："是不是啊，小四哥？"

陆书瑾所穿的天青色属蓝色，梁春堰穿的竹青色属绿色，两人正好一蓝一绿。

萧矜将视线别到一边，含糊道："确实看不大习惯。"

叶洵的表情已经不能用古怪来形容了，他甚至怀疑萧矜也磕坏了脑子，怎么看怎么不正常，他赶忙道："芹芹，后厨这会儿应该做好甜口糕点了，你带着陆公子他们去尝尝。"

叶芹喜欢吃甜口的东西，听了这话，立即转移了注意力，拉着陆书瑾往外面走："我家的糕点可好吃了。"

陆书瑾就这样被拉出了八角亭，临走前想再看萧矜一眼都来不及。

梁春堰也跟着出去了，亭里又剩下几人，萧矜往合上的棉帘看了一眼，周身的躁意迅速冷却，仿佛陆书瑾的离开带走了他多余的情绪。他唇边又挂上懒散的笑，恢复如常。

陆书瑾被叶芹带出去后就直奔后厨，后厨忙得热火朝天，下人脚步匆匆，叫喊着做活，十分吵闹。

叶芹唤人拿了几块刚出锅的糕点，用油纸包住，分给了陆书瑾和梁春堰。

她还想回到亭子里，陆书瑾却道："去湖边走走吧。"

三人便沿着湖泊散步，边走边聊，一时没注意，走到了湖泊的另一头，那头站着的都是来叶府游玩的姑娘，大多是叶家主母邀请而来。

叶家如今的主母并不是叶洵与叶芹的娘，而是今日刚及笄的四小姐的生母。

叶洵行二，头上有一个庶出的大姐。府上的事除了叶大人可以做主，其余都是叶洵这个嫡子一手操办，所以就算叶芹是个傻的，府中也无人敢欺负她，该给她的东西主母也一分不少。

陆书瑾看眼前站的都是姑娘，便停了脚步，道："再往前就不合适了，在此掉头吧。"

叶芹刚转过身，就听有人在后面喊："三姐姐。"

她转过头，疑惑道："叶玉？你叫我？"

"三姐姐一大早去了何处，怎的这会儿才出现？"一个面容清秀的姑娘缓步走来，身边伴着两个年岁相差不大的姑娘，身后还跟着几个丫鬟。

叶芹不大掩饰情绪，看见几人后，她明显不开心了。

叶玉停在几步外，目光从陆书瑾和梁春堰身上逡巡了一圈，讶然道："三姐姐怎能与男子站得如此近？这不合礼节，快到这边来。"

"你别管我。"叶芹直截了当地说。

旁边有个姑娘哧笑一声，说："算了，玉儿，你将人家当姐姐，人家未必把你当妹妹。"

"项梦荣,谁准你来我家的?你快走。"叶芹仿佛变成小刺猬,充满攻击性,但气势不强。

陆书瑾别过头,悄悄打量了那个姑娘一眼,心想这应当就是传言中的项四姑娘。

项梦荣被主人家直接赶,脸色很难看,压低声音道:"叶芹,今日是玉儿的及笄宴,你莫在此处丢人现眼,我若是你,便识相地回房去,才不会到处招惹男人。"

此话说得相当难听,搁在任何一个姑娘身上都是莫大的羞辱,但叶芹却不以为意,反击道:"你才是丢人现眼。"

陆书瑾知道这样的争吵没有任何意义,也不想看叶芹被欺负,于是伸手拦了拦想要与项梦荣吵架的叶芹,神色平缓道:"我们方才只是出来拿东西,叶少与季少还在亭中等着,恕不奉陪。"

说完,陆书瑾便给叶芹了个眼色,转身就走,叶芹也不再跟她们争执,跟上了陆书瑾的脚步。梁春堰礼节周全,对面前的姑娘扬起一个笑容,稍稍一颔首,便也离去。

梁春堰五官精致,有一种偏女相的美丽,如此一笑更是撩人心魄。

叶玉春心一动,红了脸颊,低声道:"那是谁?"

项梦荣这会儿正烦心,说话也十分不客气:"怎么,你看上那人了?瞧他身上所穿的衣料,都知道不是什么富裕人家,且还与叶芹混在一起,能是什么好人?"

叶玉被她说得满脸通红,暗生懊恼:"这个叶芹……"

从湖泊那头离去,陆书瑾也没回亭中,三人就站在湖边人少的位置闲聊。

不多时,天空又开始飘起了雪花,雪茄慢悠悠地落下来,瞬间给乏味的冬景添上了几分灵气,一切都显得生动起来。

临近午膳,叶府的下人便动身将烟花搬出来摆在湖边,一箱箱摆在一起,不多时动静就大了,引得周围的人开始往桥上聚集。叶芹也想拉着陆书瑾去,但那儿人多,陆书瑾不愿拥挤,便留在了原地。

萧矜等人也从亭中出来,上了拱形石桥。很快,桥中央就让出了一片空地，让萧矜叶洵等人站在其中。

所有人都来了桥边，萧矜都不用刻意在人群中搜寻，只往下一看，便立即找到了站在湖边的三人。

陆书瑾正仰着头，露出白嫩的脖子，微微抬起右手去接落下来的雪花。他目光专注，似乎盯住了其中一片下落的雪花，视线从上慢慢落下来，最终落在了桥上的萧矜身上。

这一次对视又很突然，萧矜来不及闪避，陆书瑾也猝不及防，陆书瑾觉得萧矜是有话对他说的，因为那双眸子里似乎藏了很浓厚的情绪，平日里被掩饰得很好，但总能在不经意间完全泄露，让陆书瑾窥得一清二楚，是什么呢？

拒绝入仕途的事，萧矜会不会没那么生气了？若是其他事，陆书瑾还能去解释一二，但是这件事，陆书瑾没法解释。

正因找不出一个正当的不入仕途的理由，萧矜与他之间横亘的问题才暂无可解。

正想着，耳边砰的一声巨响，陆书瑾被吓了一大跳，猛地转头看去，就见下人点了烟花，一抹颜色冲到了空中，飞到三丈高就炸开，爆出绚丽的红色烟雾，倒还真如一朵花似的。

砰砰砰！

其他烟花相继被点燃，冲向空中的颜色越来越多，交织汇聚在一起，恍若春风吹来百花齐放，空中姹紫嫣红，各种缤纷色彩层出不穷，美不胜收。

雪仍在下，桥上是俊俏张扬的少年郎，湖对岸是各有殊色的姑娘，当中用彩色烟雾绘出眼花缭乱的繁华，形成一幅生机勃勃的画卷。

叶芹在他身边发出低低的惊呼声，指着其中的颜色兴奋地说话。陆书瑾仰起头认真地看着，面色非常平静，即便是绚烂的烟花，也无法渲染他乌黑的眸子，一切仿佛毫无韵味，他情绪不高，看什么都没兴致。

点到三人跟前的烟花时，砰的一声巨响后，原本要冲往空中的烟花却忽而偏离轨道，且在一半的距离就炸开，爆出的粉末兜头盖在他们三人身上。

那粉末进入眼睛只是一瞬间的事，陆书瑾只感觉很多细碎的颗粒扑进了眼睛里，紧接着眼睛一痛，陆书瑾本能地闭紧了眼睛，用手背去揉，耳边传来叶芹的叫喊，她也中招了。

眼中的粉末不少，眼球又柔软脆弱，如此一揉，粗粝的颗粒磨着眼睛，陆书瑾的双眼立即湿润，冒出很多水，倒是没什么火辣辣的痛感，只是相当难受。陆书瑾正不知如何是好的时候，一只手忽而扣住他的手腕，将他揉着眼睛的手拉开。

陆书瑾闭着眼睛，视线一片黑暗，先是吓了一跳，而后下意识用手推拒，那人又将他的另一只手捏住，下一刻他的腿窝被一只手抄起，整个人被抱了起来。

陆书瑾吓得惊叫出声，猛然闻到一股檀香的气味。这味道他太熟悉了，是萧矜比较偏爱的一种香，他经常会在舍房里点，安眠效果也比别的香好，导致他后来也喜欢上这种香味。

陆书瑾的心开始不受控制地乱跳，也不挣扎了，是萧矜吗？

陆书瑾微微别过头，这样的动作看起来像是往人的怀里埋了埋，檀香味变得浓郁了。原本有着安神效用的香却在这时变作燎原的火，一把点燃了陆书瑾心中的旷野，是萧矜。

他的动作似有些急，手臂却极有力量，抱着陆书瑾一点儿都不费劲，走得很快。

陆书瑾听到那些嘈杂喧闹的声音渐渐远去，像是进了屋子里，空中的寒意消失了，化作一股暖意。

萧矜的速度虽快，但将他放下来时动作却很轻，他又很快出去。

陆书瑾坐了一会儿，再听到响动时，萧矜正端着一盆水进来。

他将水盆放在桌上，看着闭着眼睛、睫毛被泪水打湿的陆书瑾，低沉着声音说道："你把眼睛浸在水中，睁眼清洗。"

陆书瑾伸出手，摸上了盆的两边，乖乖地将脸探过去，肩上的头发滑下来，垂在颈边，有些不方便。

萧矜看了一眼，忽而将他两边乌黑柔顺的长发拢起，拽下腰间玉佩，将上头串的玉摘下来，用赤红长缨一圈一圈缠在他的头发上，打了一个结。

陆书瑾将脸埋在盆里，不断地眨眼，清洗眼里的杂物。

此处没有旁人，也没有杂声。

萧矜似乎可以在这时候放松片刻，目光肆无忌惮地盯在陆书瑾身上。

陆书瑾觉得洗得差不多了，便将头抬起，水从他脸上哗哗往下流，他仍闭着眼睛，摸索着从袖中找锦帕。

忽而一只手伸过来，捏住他的下巴，那块干燥温暖、还带着檀香味的锦帕就覆在他的脸上，动作轻缓地将水擦去。锦帕从眉毛往下走，抚过鼻梁，擦过脸颊，在唇上顿了一下，又把下巴擦干，倒好像不是擦脸，而是在细致地描摹他的面容。

陆书瑾的睫毛轻颤，刚要睁眼，萧矜的手掌就覆了过来。

萧矜哑声说："别睁眼。"

陆书瑾就没睁眼。

亭中安静，灼热的气息在其中流窜，捏着陆书瑾下巴的手轻轻动了一下，像是爱怜地摩挲。于是气氛变得暧昧，本不该有的旖旎在二人之间环绕，萧矜分明想要流连更多，却还是收回了手，他搁下锦帕，起身离开了亭子。

他站在外面，深深地呼吸几次，企图将狂躁不止的心跳安抚。又越界了，他在心中道。

陆书瑾听到他离开的动静，却还是等了片刻才睁开眼。只见八角亭里，桌上放着一盆温水，一方锦帕，空中留有淡淡的檀香味。

陆书瑾将束着头发的长缨解下来，放在掌中看了一会儿，而后连同锦帕一起收进了广袖中，出去时已经不见萧矜的人影了，陆书瑾仍站在湖边没动。

过了许久，叶芹才顶着红彤彤的眼睛找来，拉着他左看右看，见他的眼睛没事才松了一口气，说："府中的下人说咱们旁边的烟花受潮了才出了问题，你方才去哪里了？我找了你好久。"

陆书瑾眼角带着笑意，指了指身后的亭子，说道："我去那里清洗眼睛了，梁兄呢？"

"他还在清洗眼睛，应该过一会儿就来了吧。"叶芹问，"你还看烟花吗？"

472

"当然要看啊,"陆书瑾笑道,"那么好看的美景岂能因为一次意外错过,咱们站远点儿看就是了。"

叶芹认真地看着他,忽而说道:"陆书瑾,你现在开心一些了吗?"

陆书瑾一愣,说:"什么?"

"你之前一直都不开心。"叶芹的目光直白而坦诚,说,"很长时间都是如此,你总是出神,像是在想一些不开心的东西,时不时还会叹气,哥哥说总叹气的人心里都是不开心的,我觉得你不高兴,所以才将你带来了叶府。"

"你现在开心一些了吗?"她重复了一遍。

陆书瑾怔住了,他恍然大悟。早该想到的,叶芹的脑子不太灵光,并不是盲目自傲之人。她之所以能说出"他喜欢我""她不喜欢我"之类的话,不是她凭借一己私欲的瞎猜,而是因为她天生对别人的情绪很敏感,这些都是她自己感受到的。

这段时间的情绪,就连陆书瑾自己都察觉不到,他只是觉得自己对什么事兴致都不高,往常一直做的事也会感到厌烦和索然无味,原来他不是心浮气躁,而是不开心。

叶芹发现了,所以才递上邀帖,邀请他来叶府游玩。

"我不想你不开心。"叶芹把手背到身后,用脚踢了踢地上的石头,一脸低落地说,"项梦荣说我是傻子,只会索取,伤害身边的人,我不懂是什么意思,我只是想跟你做朋友,并不想嫁给你。"

"这话是她刚刚对你说的吗?"陆书瑾问。

叶芹点点头,说:"对不起,害你的眼睛受伤了。"

"那是意外,怎么能怪你?责怪你的人才是别有用心。"陆书瑾眸光柔和,抬手揉了揉她的脑袋,轻声回答,"而且我现在很开心,谢谢你带我来叶府玩。"

"也谢谢你一直陪着我。"陆书瑾说。

陆书瑾与梁春堰并没有留在叶府用膳,在午膳开始前,二人从侧门离开了叶府。

陆书瑾坐上马车,回了小宅院。

虽然小宅院远远及不上叶府庞大,但即便是这二进门的院落,也让陆书瑾觉得空旷，他将门落锁的时候想着，是不是该去雇几个家丁和丫鬟，来填一填这宅子的孤寂。

陆书瑾回到房中，先是点燃了暖炉，然后将外袍脱下来，换上较为舒适的棉衣，他坐在暖炉旁边的地毯上，摸出了锦帕和长缨。

陆书瑾原以为萧矜当真如此冷漠绝情，但现在看来并不是，即便与萧矜在入仕途这件事上发生了争执，过往那些相处的情谊还是存在的。至少在自己眼睛里落进粉末的时候，萧矜是在乎的。

他大抵还在生气，气陆书瑾执意不参加科举，不入仕途。或许有朝一日，陆书瑾可以穿着漂亮的衣裙堂堂正正地站在他的面前，告诉他，自己是一个姑娘，向他解释自己不入仕途的真正原因，但不是现在。

陆书瑾叹了一口气，已不打算将长缨归还，而是绕着自己的左手腕一圈圈缠上去，最后打了一个小结。赤红的金丝长缨就这样缠在白嫩的皓腕上，乍一看倒像是珊瑚珠串，有种别样的好看，他将衣袖拉下，遮住手腕，而后起身去准备中午的膳食。

陆书瑾虽然厨艺不精，但是他吃得了苦，有时候一碗清水面条，都能吃干净，以填饱肚子为主。

不过这样的日子长久过下来也不是办法，陆书瑾就挑了一个晴朗的日子去找人伢子，买了两个会做饭且手脚利索的丫鬟，还有两个家丁，负责守门。

丫鬟的年岁都不太大，一个十七岁，一个才十四岁，都是家中穷苦，出来讨口饭吃的。

大的那个唤大丫，小的叫三娃，都没正经名字，陆书瑾哭笑不得，也不好给别人取名，便用春桂、寒梅暂代二人姓名。

春桂厨艺好，陆书瑾至少不用再吃清汤面条了；寒梅性格活泼，几日相处下来，她与陆书瑾越发熟悉，经常站在窗边与陆书瑾说话，陆书瑾不准许她们进自己的房间，一些细小的杂活还是自己干。

叶芹来得也勤快，经常会从街上买些好吃的东西或是有趣的玩意儿，献宝似的带给陆书瑾。

她学字也越来越顺利，从一开始的反复记反复忘，到后来能够通顺地读下一篇幼儿所读的文章，虽说这进步对正常人来说不值一提，但对叶芹来说却是巨大的进步，叶芹为此高兴了很久。

腊月中旬，大雪降落云城，陆书瑾揣着双手，站在檐下观雪。

春桂贴心，取了门口挂着的披风给他披上，说道："天寒地冻，公子当心着凉。"

陆书瑾道了声多谢，忽而想起去年腊月的第一场大雪。

那会儿的她尚没有被姨母订下婚约，所住的地方也没有这样宽敞的屋檐，想看雪就必须站在雪地里。

被姨母指派来的丫鬟并不是好相与的性格，大多时间都不怎么管陆书瑾，平日里只负责送饭和洗衣服。

见陆书瑾站在雪中，那个丫鬟就道："姑娘还是快些进屋里去吧，免得冻病了无药可吃。"

陆书瑾还是坚持在雪地里站了一会儿，才回到冷如冰窟的屋里，其实对于她来说，屋里屋外的区别倒是不大。

那个时候的陆书瑾烦恼没有宽敞的房间，暖和的被褥和更多能看的书，现在这些都有了，却也有了别的烦恼。

果然人不管处于什么环境，烦心事永远不会消失，像是秋季的落叶，扫去之后又会落下新的。

不过陆书瑾还是感慨道："日子总是越过越好。"

腊月二十往后，就要开始置办年货了。寻常人家开始做馍晒肉，储备一些过冬吃的食物，陆书瑾不会那些，可这是自己离开姨母彻底自由后过的第一个春节，陆书瑾非常重视，于是学着别人的模样去买年货，幸好有春桂同行，在旁边给了不少建议。

陆书瑾见她与寒梅身上还穿着打过很多补丁的老旧衣裳，便给二人也买了一身新衣裳，毕竟新年穿新衣。

叶芹从腊月二十往后便不再来了，约莫家中限制了她的行动。

腊月廿五是小年，春桂和寒梅努力整了一桌丰盛的晚餐，三人也没什么主仆之分，一同坐在桌上吃了这顿饭。

腊月廿七，陆书瑾又去了一趟张月川的铺子。这是年前最后一次交货了，下一次交货日期定在正月十五后，这样一来，陆书瑾可以好好休息一段时间。

陆书瑾背着字画刚进门,就听见里面传来了叫喊声,放眼一看,张月川正站在柜前与一个男子争吵。

"这位大哥,我们当初定好的日期就是正月十七,你现在向我要,我也给不了你。"

"给不出就将定金退给我!"那男子粗着嗓子喊道,手在柜台上拍得砰砰响,"东家催得急,为了这批货,我连回家过年都不能,现在交不出货我可不依!要么你就少收我十两银子,要么你就现在交货!"

屋里还站着一个妇人,身着艳红色的袄裙,头发盘起,未戴任何珠钗,也背对着门,双手叉腰,像是一副刚吵完架正在休息的样子。

陆书瑾一看就知道这夫妻俩是来耍无赖的,想从中捞十两银子的油水,用退定金一事来做要挟。

陆书瑾将书箱放下,启声道:"你现在就要货的话,也只能给你一部分,定金不退,再闹就送你们去衙门。"

陆书瑾的声音响得突然,屋里的三个人都被惊了一下,同时转头朝他看来。

张月川估计被缠得够呛,大冷天里生生出了一头汗,他赶忙从柜台后面走出来,说道:"陆兄,你可算来了,这两人委实难缠。"

陆书瑾道:"若是他们胡搅蛮缠,赶出去就是了。"

"陆兄?"身边传来女子略显尖锐的声音,她往前走了两步,用手扒拉了一下陆书瑾的胳膊,疑惑道,"你是不是……"

陆书瑾转头看去,心中登时大惊。

面前这女子二十三四的年岁,面容是久经风吹日晒的粗糙,两颊被冻得通红,瞪圆了一双眼睛,使劲往陆书瑾脸上看。

这人陆书瑾在柳家只见过两次,一次是她回娘家,陆书瑾曾遥遥见过一面;还有一次是二表哥的婚宴,她随夫来贺喜。这正是柳家的大姑娘,与她没有任何亲缘关系的表姐。

这位大表姐出嫁得早,商户之女并不讲究那么多,年岁不大时就经常跟着柳家人在外面跑生意,加之陆书瑾又足不出户,基本上没与她见过面。她知道大表姐嫁给了一户王氏商户,做的也是字画生意,先前陆书瑾听到这桩生意时,就生了怀疑。

但是杨镇离云城有些距离,且云城这么大,哪会有这么巧的事情?可事情偏偏就是这么巧,来的人竟是大表姐和她的夫婿。

陆书瑾的心跳得厉害,一股细细密密的恐惧从心底涌出,他强作镇定,拂开大表姐的手,将头别过去,说道:"这位夫人请自重。"

"让我再看看你。"大表姐还想拽他。

然而她的丈夫见状,却生了大怒,推搡了她一把,怒道:"你当我死了还是怎么的?当着我的面跟小白脸拉拉扯扯,待回家后再好好收拾你,先滚出去!"

大表姐被丈夫怒骂后也生了惧意,不敢再抓着陆书瑾细看,只得先顺了丈夫的话,出了店铺。

陆书瑾心有余悸,对张月川说道:"将人赶出去,莫让他们在此处胡闹。"

陆书瑾到底是那个拿主意的人,张月川先前不动手,只是怕毁了这桩生意,现在陆书瑾开了口,他也不再客气,推着男人往外走,瞪着眼威胁道:"云城岂是你能撒野之地,再不走,我便喊了捕快来押你,让你在大牢里过年!"

男人自然不敢动手,骂骂咧咧地被赶出店铺,在门口迁怒妻子,责骂了两句才离去。

陆书瑾暗松一口气,对张月川道:"这笔生意作废了,你将定金全数退给他们,莫与他们纠缠。"

张月川也赞同这个决定,抱怨了夫妻二人的无赖,转身去收拾陆书瑾带来的字画。

陆书瑾找了一处地方坐下,几个深呼吸后,情绪才渐渐平稳,心想着这大表姐统共没见过她两面,对她的样貌应当记得不是很清楚,否则方才看第一眼时定然已经认出她来,但她当时却满脸犹疑,看了好几遍仍不能确定。她又稍稍放了心,云城这么大,她根本无处打听,再者说,这大表姐过不了两日也要回杨镇去,应当不用太过担心。

"张兄。"陆书瑾唤了一声。

"何事?"张月川头也没回。

"若是有人向你打听我的事,切不可向他透露半个字,只咬死了说我是外地云游至此,暂住月余就好。"

张月川顿了顿,心想陆书瑾这样交代总有自己的理由,于是当即应道:"好。"

陆书瑾在店铺里坐了一个时辰才起身离开,还特地留了一个心眼,在城中繁华街道转了许久,才回宅院。

转眼便到了大年三十,陆书瑾给家丁和春桂、寒梅各一两银子,让他们回家过年。

春桂心细,提前备好了膳食,交代陆书瑾晚上吃的时候放在篦子上添水蒸热就行。

大家离开之后,整个宅院又显得清静空旷,陆书瑾在桌前写了一会儿字,突然觉得小腹传来钝钝的痛楚,一股液体从体内流出,他赶忙搁了笔,烧上热水,将衣裳脱下来一看,裤子上果然一片猩红,原是月事来了。

陆书瑾有很长一段时间身体极为羸弱,因长久地住在潮湿而阴冷之地,体内的湿气极重,月事常常来得不规律,两三月不来更是常事。但这次时间隔得有些久了,许是从杨镇逃出来之后奔波累着了,这些日子好歹调理回来,竟赶在大年三十来了。

不过幸好他已将人全部遣走,否则这种突发情况还真不好应对。

陆书瑾洗净身体,拿出很久之前就备好的棉条垫,换上干净的衣裳,又顺手将沾血的裤子洗了,忙活了好一番才坐下来休息。

陆书瑾喝了一些煮开的水,只觉得小腹不大舒服,便躺在床上睡了一会儿,晌午,忽而有人敲门。

陆书瑾披衣起身,穿过院子去开门,就见十日没见的叶芹站在门外。她穿着红色衣裙,头上梳着两个丸子,垂下来两条细长的小辫,鼻尖被冻得通红,看起来喜气洋洋。

她还提着一个大锦盒,顺手递给陆书瑾,说:"陆书瑾,你在做什么呀?"

"你怎么这时候来了?"陆书瑾怎么也没想到她会来这里,毕竟今儿是大年三十,该在家里等着吃年夜饭才是。

叶芹说道:"我想你应该一个人在这里,就偷偷跑出来找你了。"

"你爹不会怪罪你吗？"陆书瑾将锦盒接过，说，"这是什么？"

"不会，我在晚膳之前回去就是了，"叶芹说，"这是我问哥哥要的，上次咱们去春风楼喝的那个。"

叶府有很多叶芹不喜欢的人，父亲对她漠不关心，她的脑子又呆笨，不会有人在意她的去处，也不会有人跟她计较这些，所以她提了桃花酿，跑来找陆书瑾。

陆书瑾心中泛起一阵暖意，他没有家人，独自待在这冷清的地方，虽然面上没表现什么，但心里到底是孤独的。叶芹却特地跑过来找自己，这份贴心和关怀怎能不让人动容。

陆书瑾用手背蹭了蹭叶芹冻得冰凉的脸颊，柔声道："多谢，辛苦你了，先进来坐吧。"

"不不不，"叶芹拉了一把他的手，说，"今日的宁欢寺是最热闹的，有庙会呢，咱们去宁欢寺玩儿。"

陆书瑾想着反正宅中也冷清，倒不如去凑凑热闹，也好有个过年的气息，便将酒放在桌上，取了厚披风，坐上叶家的马车，前往宁欢寺。

大年三十到正月十五，是云城最热闹的一段时间。百姓忙活了一年，就为在这段时日里过得开开心心，所以不管是白天还是黑夜，城中繁华的街上都是满满的人。

宁欢寺更不必说了，出了城后行个一刻钟，就可以看到路边的铺子，有人挑着担子卖些零碎的小玩意儿，从前走到后地吆喝。还有卖花灯的，卖各种各样面具的，以及能将愿望带到天上去的天灯。密集的摊子一直延续到山脚下，还有衙门的捕快镇守在此，维持秩序。

再往上就是排着队往上行驶的马车，由于今日的人太多，马车的速度比平时慢许多，半个时辰后他们才到达山顶的宁欢寺。

叶芹与陆书瑾下了马车，欢笑嬉闹的声音如潮水般从四面八方涌来，大雪飘摇，浓厚的年味瞬间将两人包围。

先前陆书瑾在宅院里完全感受不到，此刻站在这里，才恍然明白，旧年要翻过去了。

宁欢寺的屋顶覆了一层洁白的雪，比前些日子来时更多了一番别

479

样的韵味。寺内人山人海,像多年前陆书瑾来时那样,几乎达到了拥挤的状态,来往皆是满面笑意的人。

叶芹害怕走丢,紧紧挨着陆书瑾。

陆书瑾反手握住她的手腕,尽量带着她往人少的地方走,行过门口那一处最拥挤的地方后,周围就显得宽敞一些。跟上次他们来的时候大不相同,现在的宁欢寺处处充满人气,雾气在空中乱飘,檐下的铃声响个不停。

陆书瑾与叶芹顺着人群的方向走着,每走过一间屋子,叶芹都要双手合十,在门口弯腰拜一拜,也不进去。

"叶姑娘拜佛的时候会想什么呢?"陆书瑾与她闲聊。

"我在想今夜的桌上能有我喜欢吃的菜。"叶芹说。

意料之中的事,陆书瑾笑了笑,说:"还有吗?"

"我还想哥哥能多陪陪我,他总是有很多事情要忙。"陆书瑾掰着手指头说,"我还想能一直与陆书瑾做朋友,一直与喜欢的人在一起。"

陆书瑾说:"你这些愿望这么简单,神佛一定会帮你实现的。"

叶芹听了这话很开心,脸上一直挂着笑。

行至岔路口,陆书瑾带她去了另一条人少的路,凭借着记忆,又来到了曾经那个摇中上上签的地方。

这屋里供的神像不多,大约不是什么受欢迎的神,屋里还是一如既往的人少。

陆书瑾抬步跨过门槛,来到那尊神像前,看到一个小沙弥站在神像旁边。她转身朝门那边看去,光影在这一瞬间似乎发生了变化,她看到一个身体干瘦,皮肤黝黑,身上穿着灰色布衣的小姑娘扶着门跨过门槛,慢慢走到神像面前,站定之后,盯着神像看。

她站了许久,神像旁的小沙弥主动对她说道:"施主有何祈愿,可向神明禀明,再摇一签,方能得到答案。"

于是小姑娘接过了签筒,用稚嫩的双手开始摇晃。起初力道太小,没摇下来,后来又加大了力气,刚摇几下,忽而有人从身后撞了一下她的肩膀,一根签子从筒中掉下来。她正想弯腰去捡签子,却见撞到她的人先一步将签子捡起,递到她面前。

她抬眼看去，就见一个身着靛蓝色锦衣的少年，头上还戴着小巧的银冠，颈间戴着金丝璎珞，腰间挂着铜板大的小玉佩。他面容稚嫩，一双颜色稍浅的眸子仿佛映了这满堂的光影，漂亮得惊人。

他的脸上有一个很随意的笑，用小男孩独有的脆声说："抱歉啊……"

"萧矜，快走！你爹派的人追过来抓你了！"门外传来另一人的声音。

那个少年立马转头跑了，只余一个风风火火的背影。

小姑娘看着他跑出了屋子，消失不见，再一低头，手中的签子上正是两个红字：大吉。

"萧矜……"陆书瑾低声呢喃。

在遇到萧矜之前，陆书瑾从不知道这世上会有人会像炽热的朝阳，可以散发出如此耀眼的光芒。他的笑好像是能给枯竭的万物带来生机的春风，他让陆书瑾明白，这世上有人可以活得灿烂而热烈，并非只是在阴暗潮湿的房中，吃着寡淡的凉菜，穿着单薄的布衣，面对着一日又一日的黑暗，最后她带走了那根上上签。

回去之后很长一段时间，陆书瑾都坐在门槛上，借着天光，用烧过的炭块在纸上写字，去猜测"萧矜"是哪两个字，陆书瑾写了很多次，也没能猜中。

那破旧的小院里还是一如既往地潮湿，天一黑就没半点儿光亮，陆书瑾抠抠搜搜大半年，攒下的第一笔钱就拿去买了烛灯，为他的黑夜带来光明。他在灯下写字，看书，坚信只要坚持如此，将来一定也能有更灿烂的活法。

多年过去，身边的许多东西都换了一遍，在宁欢寺遇到的少年也早就记不清面容，唯有那根上上签还一直被她好好珍藏。

直到陆书瑾逃出姨母家，逃离杨镇来到云城，来到海舟学府的门口，被那个软软的包子砸中后脑勺。回头看到站在朝阳下的少年时，记忆中的那张脸瞬间变得清晰无比。

陆书瑾看到了别人写下他的名字，心想：啊，原来不是肖金，霄今，骁津，而是萧矜。

现在陆书瑾已经说不清楚当初来云城是因为云城繁华，还是因为那个让自己遇见上上签的地方就在云城。

陆书瑾将上上签带在身边，珍藏多年，并不是因为她对少年萧矜念念不忘，而是她永远无法忘怀那日转头时所看见的耀眼而炽热的光芒。

她奢望，向往，追逐，想要抓住光，然后站在光里，所以从某种意义上讲，萧矜就是她的上上签。

幸运的是，如今的她已长大成人，且饱读诗书，她追赶上了光，不幸的是，那个少年还是闯进了她的心里，蛮横地搅乱了她的心房，又潇洒地离去，她关上了心门，对满屋的狼藉不知所措。

叶芹已经在佛像前磕完了三个头，起身对陆书瑾道："该你了。"

陆书瑾却摇头道："不了，我有一个上上签就足够了。"

陆书瑾从来都不是贪心的人。

两人从屋中离开，顺着人群转了一圈，来到后面那棵挂满红绳和红绸带的大树前。那里围满了人，大家都在忙着往树上挂东西，陆书瑾和叶芹挤不进去，就站在远处看着。

转了一圈后，他们出了宁欢寺，又在山脚下转悠了许久，叶芹买了很多东西，直到后面跟着的随从双手都拿不下了，才回到马车里，启程回家。

回到云城后，天色渐暮，叶芹没多逗留就回了家，陆书瑾也早早将门挂上锁，回去换了棉花垫，开始准备要吃的年夜饭。

春桂和寒梅在离开前已经将饭食备好，陆书瑾要做的只是将菜放在笼子上热一遍。

陆书瑾一个人吃，没热太多菜，简简单单一盘鱼一盘排骨一碗素菜汤，将叶芹带来的桃花酿也温了一壶。一刻钟后，所有的菜都已热好。

到底是过年，陆书瑾把家中的灯笼都换成了红灯笼，光芒落在桌上那些热气腾腾的菜上，倒有几分味道。

陆书瑾摆了五副碗筷，自己坐在下席，也不说话，只安安静静地吃着饭菜，时不时喝上一口香香甜甜的桃花酿。其实还好，他不觉得自己有多可怜，至少比起往年的年夜，今年已经好上很多倍了。

陆书瑾慢慢地吃着喝着，心里想着事情，没注意又喝多了，站起来时有些晕乎乎的，趁着酒劲儿还没上来，陆书瑾先去洗漱了一番，而后穿上厚棉衣，坐在房外的檐下，仰头看着一朵朵炸开在空中的烟花，还有那密密麻麻如银河汇聚，飘往看不见的夜空的天灯。

陆书瑾缩着脖子，有些冷，但不愿回房，想守岁到新的一年，抱着这个固执的念头，在椅子上睡着了。

萧矜是翻墙进来的。

前院一片漆黑，但是后院的灯笼全部亮着，他没走几步，就看到陆书瑾坐在檐下，歪着脑袋睡着了。

整个宅院无比寂静，只有不断炸响的爆竹和烟花声，除了陆书瑾，没有第二个人。

萧矜猝不及防地心中一阵酸楚，他立马想象到陆书瑾搬了椅子自己坐在檐下看烟花的场景，那酸楚几乎将他淹没，心被扯得又痛又难受，他再也顾不得这些日子的顾忌，抬步走去檐下，来到陆书瑾身边。

雪还在下，地上覆了一片白色，大红灯笼洒下的光将陆书瑾笼罩，他歪着头，半张脸埋进棉衣里，整个人像是冻得缩起来了，睡得十分香甜。

萧矜弯下腰，刚凑近就闻到陆书瑾身上散发着一股桃花酿的气味，这才知道他喝了酒。

他将脸凑过去，轻轻地唤了一声："陆书瑾？"

陆书瑾没反应。

萧矜便将他从椅子上抱起来，走到屋里，将他放在软椅上。

他回身关上门，将风雪挡在门外，房里显得既冰冷又孤寂。他点上灯，又点燃暖炉，取了一张毛毯盖在陆书瑾身上，将他的双手从毯子中拿出来。他的双手冻得冰凉，小巧白皙，指头泛着红色。他立马将他的手包在掌心里，焐热他冰凉的手。而后他干脆在软椅边盘腿坐下，与他的脸相隔不过半臂距离。

如此近的距离，他终于再一次将陆书瑾的脸仔仔细细地看清楚。

他的睫毛又长又密，睡着的时候显得乖巧极了，眼皮下藏着的是一双墨黑的眼眸，有时候像是黑曜石，有时候又像紫得发黑的葡萄，总之非常漂亮，让人看一眼就不舍得移开视线。

萧矜有意无意地捏着他的手指，力道很轻，眼睛一直盯着他的脸。

萧矜掰着指头数了数，他已经有四十三天没这样安安静静地坐在陆书瑾身边了。一开始他不适应没有他的午膳，不适应没有他的丁字堂，总是会在上课的时候将视线瞥过去，但落在眼中的已经不是他细嫩的脖子，午膳时也不能再喊他来一起吃饭。

萧矜记得他吃饭的样子，很文雅。他喜欢用左边的牙齿嚼东西，于是萧矜也在无意间喜欢坐在他的左边，看着他白嫩的脸颊鼓起，慢慢地咀嚼，然后咽下食物，不慌不忙地吃下一口，他吃得慢，也吃得仔细，但是给他的东西他都能吃完。

萧矜这样想着，便抬手摸了摸他的脸颊，一片冰凉，他起身出了屋子，摸去膳房，打算先烧些热水给他擦擦脸和手，祛除寒冷。

一进膳房，萧矜就看到桌子上的菜还没清理，两菜一汤。但他注意到桌上摆了五副碗筷，第一个念头是五个人吃三盘菜，够吃吗？

但是紧接着他就发现，其他碗筷都是干净的，只有一个碗里还余下一点儿葱花，陆书瑾一个人吃的年夜饭，且是如此简陋的年夜饭他也没能吃完。

萧矜的心好像被什么击中了，难受得不行，像是浸满了水的棉花，变得沉甸甸的。

他烧了水，又兑上一点儿冷水，端去屋里，搁在软椅旁边的地毯上，他将棉布浸湿后，坐下擦拭他的脸。

萧矜的力道极轻，先是用热意焐热了他的脸，再从眉眼间细细擦过，然后又抓起他的右手，将袖子捋起来，擦着冰凉的手。擦完右手换左手，刚把这只手的衣袖往上捋，就看到细嫩的手腕上缠着几圈金丝赤红的长缨，他一下就认出这是上回他拽下来给他系头发的玉佩绳子。

萧矜读过万卷书，但在这一瞬间，他找不到合适的词来形容自己的心情。像是一场进行在无边荒漠中的绝望之途，在他被灼热的曝晒和尖利的风沙伤得精疲力竭时，前方突然出现了一汪澄澈的清泉。

他的目光定住，喉咙干涩，盯着陆书瑾的手腕久久未动，他将半只手覆上去，用拇指轻轻地摩挲着赤红长绳，像是亲昵地触碰，仿佛心脏完全泡进了那汪晶莹剔透的泉水中，这些日子以来的苦涩与痛苦被洗刷殆尽，随即而来的是满满的酸胀。

陆书瑾却忽然皱起眉，露出痛苦的表情，嘤咛："好痛……"

萧矜吓了一跳，丢下手中已经完全冷却的湿布，低头过去问他："怎么了？你哪里痛？"

陆书瑾醉意朦胧，听到了萧矜的声音后，本能地往他的方向靠过去，陆书瑾虚虚地睁开眼睛，恍惚间看见了萧矜。

陆书瑾一时间愣住了，完全没料到萧矜会突然出现在这里，也没明白自己原本坐在檐下看雪看烟花，怎么就回到了房里。

"萧矜？"陆书瑾一脸迷茫地看着他。

萧矜低低地应了一声。

"你怎么来了？"

"我来看看你。"

"看我？为什么？"

"今日是年夜。"他有很多答案，但只说了最简单也最浅显的那个。

陆书瑾不再问了，看着萧矜，面上的疑惑褪尽，变成了一种非常平静的表情。

萧矜与他对视了一会儿，又问："今日你哪里都没去吗？"

"去了宁欢寺，"陆书瑾说，"那里有很多人。"

"对，今日的宁欢寺是热闹。"萧矜附和。

陆书瑾又不说话了，他好像没什么表达的欲望，只是一直盯着萧矜。

萧矜低下头，用指腹揉了揉他手腕上的红绳，问："你为什么把这个戴在手上？"

陆书瑾这才迟钝地反应过来，赶忙用右手捂住了手腕，把左手往后藏，像是不想让他看见。

陆书瑾的手却一下被萧矜握住，他说："我都看见了。"

陆书瑾听后，嘴角往下沉，先是强忍了一下，但终究没能忍住，他噘着嘴泄出了一声哭腔，那双黑得纯粹的眼睛迅速盈满液体，泪水决堤般从眼角落下来，连成了串，跟之前的哭不同，之前他哭起来都是无声的，表情也没太大的变化，但这会儿许是喝了酒，许是心中的难过太多，一张脸上满是委屈，他哭着问："萧矜，你为什么食言？"

萧矜瞬间不知所措，看见他的眼泪时心中酸苦极了，他抬手去擦他的泪水，低声哄道："别哭别哭，都是我不好。"

"你说让我留在云城，说会带我去萧府过年，但是你没有。你说带我逛庙会，见识云城的繁华，你也没有。你还说会在大年三十带我再去一趟宁欢寺，在树上挂上新的红绳，你全部食言，做不到的事情，就不要对我说。"陆书瑾自己擦了一把眼泪，啜泣着说，"我又不是非得跟你一起过年，反正我一直都是一个人，在哪里都一样，但是你那些对我说的话，难道就只有我记着吗？"

"还是说，那些话只是你看我可怜，随口说出来的？我不要你的施舍，也不要你觉得我可怜的时候就陪陪我，觉得乏味了就扔下我，我才不是你身边那些谄媚奉上的狗腿子，对我召之即来挥之即去，至少在我们的关系结束之前，我觉得你应该把那些说过的话全部兑现！"陆书瑾的睫毛上沾满了细碎的泪珠，经灯光一照，亮晶晶的。

也不知心中憋闷了多少委屈和难过，一哭起来，就停不下来，一直抽泣，像个孩子似的。

"是你让我留在云城的，你怎么能让我一个人在这里过年。"陆书瑾哭着控诉。

萧矜自八岁起就很少哭了，平日里练武受过很多伤，随着年岁的增长，如今即便是刀刃伤得深可见骨，也不会落一滴泪。但陆书瑾的眼泪像是这世上无比厉害的软刀，有着巨大的威力，一下捅进了他的心口，他根本没有时间做防备，眼泪就掉了下来。

他抱住陆书瑾，将他紧紧地拥在怀里，埋下了头，泪水落在陆书瑾脸颊上，颈窝处，他哽咽道："对不起，是我食言了。"

这段时间，萧矜的内心受到的折磨也让他苦不堪言，那被他死死压住，不敢往外泄露一星半点儿的情绪化作梦魇，日日夜夜地折磨着他。他想起陆书瑾的每一个瞬间都是甜蜜的，但甜蜜过后却又剧痛无比。

萧矜落了两滴泪就停了，陆书瑾却在他温暖的怀中哭了好一阵，当真是委屈极了，也伤心坏了，所有的情绪借着酒劲全部发泄出来，许久后陆书瑾累了,渐渐停了哭声,在他怀中小声抽泣。

萧矜抱着他,心想他有什么错呢?错的是他不该生出肮脏的心思,是他不该为一己私欲而疏远他,是他混账。

他低下头,怀中是布满泪痕的白嫩小脸,他满眼情愫,又极为克制地为他擦去眼角的泪水,哑着声音,无奈地低声说:"陆书瑾啊,你要是一个姑娘该有多好啊。"

说完,他低下头,在陆书瑾的脸颊上印了一个轻吻,这是他挂念已久的,在梦里反复做的事。

"我好痛……"陆书瑾又说。

"哪里痛?"萧矜赶忙将他松开。

"肚子,"陆书瑾还带着哭过后浓浓的鼻音,小声说话时更像是撒娇,陆书瑾将他的手拉过去,覆在自己的肚子上,说:"这里,揉揉……"

萧矜的手掌触及柔软的腹部,呼吸立即放轻了,大气也不敢喘,他用柔和的力道为他揉着腹部,又十分规矩,不敢上下乱动,他像是舒缓了一些,从嗓子里挤出几声哼哼。

萧矜听得心都要化成水了,低声询问他:"乖乖,为什么肚子会痛?"

陆书瑾轻声回答:"酒喝到后面就凉了,我懒得再去热。"

萧矜的眼里承载了满满的情意,他声音低低的,带着极其溺人的温柔:"那下次我给你热酒,好不好?"

陆书瑾没有说话,而是往他怀里蹭了蹭,像是极为眷恋他怀中的温暖。

陆书瑾腹部柔软,即便是隔着厚厚的棉衣,也能摸出没几两肉,想必他的腰极为纤细,萧矜控制着力道,在他的腹部打着圈地轻揉。

这力道显然很合陆书瑾的心意,在萧矜的怀中安静下来,不再抽泣,发出几声含糊不清的哼哼,继而没了声音,像是再次陷入沉睡中。

喝醉后又哭过一场的陆书瑾显得很柔弱,半点儿没有男子的样子,就像一个无意识撒娇的姑娘。他蜷缩在萧矜的怀中,将半张脸埋起来,凭借着本能向他靠近。

番外 常假日小记

　　陆书瑾会在书院放常假时,去书肆买一些没看过,但是很便宜的书,以前手里的银钱不多,平日节省的钱勉强能果腹,买不了几本书,但现在手头宽裕了,自然想去多买几本。

　　陆书瑾锁上舍房的门,见天空下起细雨,他没有伞,好在这雨势不大,于是陆书瑾扶了扶头上的巾帽,走入雨幕中,刚走了没多久,迎面行来一名身着竹青色长衫的年轻男子,他撑着一把伞,隔着不远不近的距离唤了一声陆兄。

　　陆书瑾停下脚步,转头望去,就见那人将伞面一抬,露出一张俊美的脸,正是梁春堰。

　　陆书瑾向他行了平礼,说:"梁兄,可是要外出?"

　　梁春堰几步行来,将伞分了他一半,微笑道:"我正要去成阳书肆,出来便在这儿瞧见了你,下雨天你为何不打伞?"

　　陆书瑾要去的也是成阳书肆,便道:"倒真是巧了,我也要去那里,我见这雨下得不大,便没想着打伞。"

　　"只是现在瞧着小而已,说不定几时就变成大雨了,万物凋零的冬季快要降临,老天也是要滴几滴眼泪的。"梁春堰热情地邀请道,"不如你我同行。"

　　陆书瑾倒也不好拒绝这样的好意,只颔首道了一句麻烦梁兄,而后与梁春堰一同往书院的大门走去。梁春堰的身量很高,为了照顾陆书瑾的身高,特地将伞举得很低,伞面几乎贴着陆书瑾的头顶,陆书瑾偶然看见后感觉过意不去,赶忙道:"梁兄不必如此,伞抬高一些也无妨,这毛毛细雨便是淋着也没知觉。"

梁春堰笑道:"陆兄不必介怀,这样打伞我遮得更严实,也不阻碍前方的视线。"

话说得如此周密,陆书瑾也无法再与他争辩什么,出于心中的歉意,便主动与他聊起了书院里学的课程,两人就这么说说笑笑地离开。

蒋宿站在檐下,抱着双臂看二人的背影走远,轻哼了一声,边上站着的人十分懂眼色,立即道:"陆书瑾这小子忒不知好歹,咱们萧哥昨儿喊他一块儿去喝酒他都不去,今日倒是跟那姓梁的一起出去,瞧他们勾肩搭背的样子,指定是去喝酒了!"

蒋宿觉得未必,陆书瑾不答应萧矜的邀约倒也没什么,毕竟他是书呆子,整天就想着念书,但这梁春堰似乎与萧矜有些过节,前段时日萧矜搬去了甲字堂,不知道发生了什么,后来一起喝酒时,他就听萧矜提醒了一句,说让自己离梁春堰和吴成运远一点儿。

蒋宿当时没放在心上,但是后来想了想,琢磨出不对劲,他是跟在萧矜的屁股后面长大的,虽然外面的传言颇多,将萧矜说成纨绔子弟,但他还是觉得他大哥是一个品行端正的人,至少萧矜从不会无缘无故地欺辱他人,既然梁春堰被萧矜单独点名了,那必然是梁春堰身上有什么不对劲,招惹了萧矜。

蒋宿再一打听,好嘛,原来是梁春堰忘恩负义,萧哥把他从刘全那个恶霸手底下救出来,他竟然连声谢谢都不说,书读到狗肚子里去了,蒋宿是萧矜身边最忠心的小弟,了解了前因后果后,立即为自己的老大打抱不平,心想这梁春堰不仅忘恩,还妄想从萧哥的手底下抢人,现在书院里谁不知道萧哥看重陆书瑾?

他一合计,立马想出一个整治梁春堰的办法,随即偷偷摸摸地跟上。

陆书瑾对此并不知情,正与梁春堰聊着书中的内容,可梁春堰又不是吃白饭的,他自幼习武,干的又是专门藏在暗处的勾当,自然在第一时间就发现了有人在后面跟踪,他不经意间一个扭头,很轻易就发现有人在后面鬼鬼祟祟,自以为很隐蔽地藏着。

梁春堰当下就认出后面这藏头露尾的人是一直跟在萧矜身边的人,心下疑惑,暗道难不成是萧矜从他身上看出了什么端倪,所以才派人跟着?

但他认为自己的伪装是很严密的,应当没有什么地方露出破绽,倘若这样还引起了萧矜的戒心,只能说明这个萧家幺子并非传闻中那么无用、纨绔。

梁春堰先佯装不知,同陆书瑾进了成阳书肆,收伞时留心了一下周围,发现并无别人跟踪,只有那姓蒋的小子一个人。

陆书瑾对这些全然不知,进了书肆后便在书架上挑书,今日下雨,他不打算多买书,正当他认真挑选时,门口晃进来一个人,刚收伞就高喊陆书瑾,丝毫不顾及书肆里的清静。

陆书瑾伸头望去,就见蒋宿步伐轻快地行来,一脸偶遇他的惊喜笑意,说:"真巧啊!没想到你也在这里。"

陆书瑾也颇为意外,说:"蒋兄怎会来此?"

"我来买几本书回去看看。"蒋宿随便找了一个借口,顺手从书架上拿了一本书,装模作样地翻了两下,再转头一看,陆书瑾满脸的不相信,登时让他心头一怒,"你这表情是何意?难道我就不能买书回去看吗?"

陆书瑾赶忙致歉,称自己的表情没有任何意思,并且强调自己很相信蒋宿是会把书买回去看的人。

蒋宿听他道歉后心里才好受一些,道:"左右今日放常假,你整天看书一定也闷了,不如晚上我喊上萧哥,我们一同去城郊喝酒。"

陆书瑾不喜喝酒,更无意跟一群男子出去吃喝玩乐,当下就要摆手拒绝,却见蒋宿拉长脸,还不等他说话就道:"萧哥昨日喊你,我今日喊你,你的架子还不小,这三分薄面都不肯给我们?"

这人也不知抽什么风,如此阴晴不定,陆书瑾想起昨日萧矜的邀约,也是犹豫许久才咬牙推拒的,少年嘴上说着无妨,眼神里却不免流露出失望,那模样扰了陆书瑾一个晚上。萧矜知道他爱念书,平日里跟旁人出去玩从不会叫他，许是想着放常假，他才打算喊他出去玩，但仍旧被他拒绝了。

想到这儿，陆书瑾便点头道："若是晚间雨停了，倒也可以抽出些许时间出去放松，但陆某不胜酒力，恐怕无法陪酒。"

蒋宿哪里在意这些，听到他应允了，便笑哈哈地拍着他的肩膀，连声答应，随后目光往后一瞥，轻咳两声，状似随意道："既然梁兄也在，那就一并去吧，反正人多热闹。"

梁春堰站在斜后方，方才就将蒋宿二人的对话一字不落地收入耳中，此时微微转身，面上挂着温和的笑容，应道："只要蒋公子别嫌弃在下的酒量浅就好。"

蒋宿满口说绝不会嘲笑他，与陆书瑾二人约定了晚间派马车去书院接人后，便又匆匆打着伞离去，全然忘记自己借口说来买书的事，好在他平日里总是这样想一出是一出，做事也随性，陆书瑾并未觉得奇怪。

陆书瑾买完书就同梁春堰回了书院。正午时小雨就停了，天色朦胧，将晴未晴，但已有了几分要出太阳的架势，陆书瑾坐在窗边温书，不知何时一缕阳光跳跃到书卷上，带来几分天晴之后的暖意，陆书瑾伸出手指，触摸那缕调皮的阳光，忽而院门被推开。

陆书瑾循声瞧去，是萧矜回来了，他今日着一身雪白长衣，束着高马尾，头戴莲纹银冠，两条卷金丝的红缨垂了下来，耷拉在双肩上，脚踩墨黑锦靴，十足的世家弟子模样。他瞥了陆书瑾一眼，大步流星地走进来，往椅子上一坐，什么话都还没说，一声轻哼先冒了出来。

陆书瑾见状，也不再看书，继而询问："是何人惹萧少爷不快了？"

萧矜就等着他问话呢，马上眼睛不是眼睛，鼻子不是鼻子，道："我看某些书呆子就是看我不顺眼，对我有偏颇，我好声好气地请不动，旁人不过随便三两句话的邀约就答应。"

陆书瑾解释道："我并无此意。"

萧矜佯装道："我又没说你。"

陆书瑾见他这副样子，一看就是憋了满肚子气来的，不哄上两句他怕是要拉着脸闹到夜里，于是道："昨夜回来之后我左思右想，觉得拒绝萧少爷的邀约十分不该，一是平日里大多时间我都在看书，既有

491

常假日,合该好好休息才是,二是因为蒋宿说会请上萧少爷一同前去,我正因昨日之事后悔,便应了下来,想当面向萧少爷赔不是。"

萧矜一听,脸色登时有了转变,状似不在意道:"当真?"

陆书瑾道:"自然,我对酒水并无兴趣,若不是为了见萧少爷,我何必答应?惹了萧少爷不快,是我的不是,还望你莫计较昨日的事。"

萧矜很轻易地接受了陆书瑾的说辞,不过两三句话的工夫,方才进门时的臭脸已然消失不见,这会儿又舒展俊俏的眉眼笑起来:"我又没说是你,你跟我赔什么不是,我又不是那种心胸狭隘之人,还能计较这些?"说着,他站起身,走到陆书瑾的边上,翻了翻他看的书,低头对他道,"你在舍房里老实待着,我晚点儿从书院路过来接你,我们一同过去。"

陆书瑾望着他凑近的俊脸,点了点头,表示答应,在目送萧矜离开后,他望着窗外出了一会儿神,半晌后才将注意力放回书卷里。

傍晚,萧矜果真来接陆书瑾,喊着陆书瑾上了他的马车,而蒋宿派来的马车则接上梁春堰。前往城郊的路上,天色渐暗,陆书瑾从窗户探出头去,见西方红霞满天,风景优美,待到了约定好的地方,天已经全黑了。

下了马车,陆书瑾就看见面前有一个老宅,里面点着灯,很亮堂,但仍旧给人一种老旧破败的感觉,萧矜站在他身边,仰头看了一下,莫名地笑起来,说:"他们的胆子倒是不小,约在这个地方见面。"

陆书瑾一脸好奇地问:"这个地方有什么来历吗?"

萧矜带着他往里面走,当跨过门槛时他说道:"这儿从前是云城一个当官的外室所修的屋宅,前两年他在此处寻欢作乐的时候被仇杀,宅中人全被灭口,无一存活。"

陆书瑾的脚步猛地一顿,没掩饰好脸上的表情,露出了惊慌。

萧矜转头看他一眼,笑话道:"你害怕呀?"

这不是说废话,寻常人站在发生了血案的宅子里,谁不怕?更何况陆书瑾自认不是血气方刚、胆量十足的人,说道:"为何要在这里喝酒?城中的酒馆不是有许多吗?"

萧矜见他隐隐有害怕之意,笑起来,说道:"蒋宿对此地好奇心很重,先前几次他都想来,奈何无人陪他玩乐,今日抓住了你,才算是让他抓住机会。"但萧矜又不想太吓唬陆书瑾,于是道,"已经是两年前的事了,这个宅子自从发生了凶案便无人问津,荒废之地自然来了许多野生动物,偶尔闹出一些动静也是常事,没什么可怕的。"

就算如此,陆书瑾也还是心里发怵,只是已经到了这个地方,再走已经来不及,陆书瑾又是天生不爱闹人的性子,于是忍下了心中的惧怕,跟在萧矜身边,与他贴得更近一些。

院内已经提前打点好,摆了凳子和酒菜,四处点上明亮的灯笼,还有随从守在旁边,这样的景象倒是让陆书瑾心里稍微好受点儿。

很快蒋宿和梁春堰也到了,同时到的还有吴成运,只是他不是被邀请之人,而是攀着房顶溜进来的。

吴成运本来打算今日好好睡个懒觉,在被窝里被梁春堰揪了出来,临时派上了活儿,他有些想不明白,蒋宿这人平日里看起来痴痴傻傻,一副不大聪明的样子,眼睛怎么会那么毒辣,怎么就找到梁春堰的身上呢?读书不见得多厉害,找死倒是很有门路。

蒋宿本人并不知道这些,还摩拳擦掌,一门心思要给梁春堰一个教训,帮他大哥出一口气,于是刚进门,他就驱散了院中的随从,命人将宅门锁上,过了夜班子时再来开门。

院中的桌上就坐着陆书瑾、萧矜、梁春堰和他四人,他热情地给几人倒上酒,说了一些烘托同窗情谊的客套话,喝了两杯酒,让气氛松弛些许,其后才引出了话头:"你们知道这儿是什么地方吗?"

陆书瑾顿了顿,回答:"方才我进来时萧少爷已经告诉了我。"

蒋宿顿时有些扫兴,转而将期盼的目光投向梁春堰身上。

梁春堰一只手扶着酒杯,表情温和,看起来有几分木讷,他太知道这是什么地方了,前两年是他亲自带人过来,手起刀落宰了企图勾结奸臣起反心的贪官,遵循皇帝的命令灭口,一人没留,他也是没想到两年后还能重游故地,却还是摇头说:"不知,还望蒋兄明言。"

蒋宿立即压低声音,故作玄虚道:"这个宅子两年前可是死了不少人,据说当时血染得满地都是,门打开之后,到处是横尸,所有人皆是一刀毙命,但是案子查了两年也没找到分毫线索,至今是悬案。这两年不断有传闻，说这个宅子里横死的人怨气未散，在宅中作乱，夜深时路过附近，还能听见有人活动的声响。"

梁春堰适时地露出被吓到的表情，说："那……那蒋兄为何还要选在此地饮酒？"

陆书瑾也趁机道："正是，不如我们换个地方……"

萧矜观察他的神色，从他的眉眼中看出了强忍的害怕，他从前未见过他这副模样，顿时没忍住乐了，偏偏要与人作对，说："要我说，在这里喝酒才有意思，比那些秦楼楚馆好得多。"

"对对对！"蒋宿当即赞成，从怀里摸出一个小沙漏，说道，"我们都是年轻气盛的男子，阳气充足，还能怕这些东西？我倒是有个好玩儿的主意，你们听我说。"

蒋宿提出的主意便是要一人进宅中放东西，放好之后出来，让另一人进去寻找，若是在限时内找到东西出来，放东西的人便要喝一杯酒，若是没找到，则寻找的人要喝一杯酒，以此循环。

陆书瑾光是听到他说这话都要吓死了，皱着眉毛看向那间黑漆漆的屋宅，知道里面到处是血迹后更加害怕，觉得蒋宿这主意不是人能想出来的，陆书瑾投反对票，萧矜是不指望了，原本希望梁春堰能跟自己一样，却不料梁春堰也答应了。

并且由于陆书瑾是唯一反对的人，所以蒋宿提议让他先进去放东西，他为自己争辩了几句，最终不敌蒋宿的嘴皮子，拿起手边的花球，提上一盏灯，起身时动作很慢，不停地朝萧矜望去，走出几步还要回头，一副欲言又止的模样。

三人看着他，都未说话，待他走到宅门外的时候，萧矜才含笑出口："你第一次来，可能不熟悉里面的路。"

"对。"陆书瑾赶忙顺坡下驴，转头道，"萧少爷先带我一程吧，我怕在里面迷失了方向。"

萧矜笑吟吟地起身，一边应着好一边朝陆书瑾走去，蒋宿"嗳"了两声也没能阻止，等两人进了宅中，蒋宿嘀咕："多新鲜，说得跟谁不是头一次来一样。"

梁春堰没说话，给蒋宿夹了一箸菜，温声道："蒋兄先吃点儿下酒菜。"免得等会儿被吓到的时候肚子空空,吐的全是酒水。

萧矜给陆书瑾提了灯笼,两人并肩进了宅中,漆黑瞬间将两人的身影淹没,只剩下灯发出的光亮照明,但视线仍然严重受阻,能看到的范围很小,很快陆书瑾就看见了墙上的血迹,虽然已经过去了两年,那些原本鲜红的血色已经变成了暗沉的褐色,但在红灯笼的光照下,血迹依旧无比瘆人。

陆书瑾只觉得这个宅子阴森无比,才进去走了几步,双腿就有些发软,一个劲儿地往萧矜的身上靠,手紧紧地攥着花球,咬紧了牙齿不敢叫。

萧矜将他的反应尽收眼底,越发笑得开心,只觉得这样畏畏缩缩,瞪着杏眼四处张望的他十分可爱。

"你若是实在害怕,可以牵着我的衣袖。"萧矜出声提醒。

陆书瑾当下也没有扭捏,拉住萧矜的衣袖,贴上他的臂膀,顿时感觉到他衣料下散发的热意,年轻蓬勃的气息传染了些许给陆书瑾,让自己稍稍镇定下来。宅中比陆书瑾想象中寂静,在这样的环境里,任何动静都能被无限放大,除却两人的脚步声,连彼此的呼吸声都能听得一清二楚。

陆书瑾的精神时刻紧绷着,且因为进来之前蒋宿那做作的语气,致使陆书瑾疑神疑鬼,总觉得这个宅子不吉利,里面藏着什么东西,因此光线照不到的黑暗地方,陆书瑾总是觉得有东西在,眼睛左右转个不停,一时没注意脚下的路,被门槛绊了个结实,当下就要往前摔去。

幸好萧矜时时刻刻注意他的状态,见他要摔倒,马上去扶了一把,同时不知哪个角落里骤然传出响亮的声音,像是某种瓷器砸在地上,摔出了极其刺耳的声音,陆书瑾当场吓得魂飞魄散,还没站稳就猛地扑进萧矜的怀中,抓着他的衣襟尖叫起来。

陆书瑾的个子不算矮,比之云城大部分姑娘都要高一些,但这样的个头在萧矜面前就不够看了,加之自己多年来都是瘦弱单薄的身体,扑进萧矜的怀中时几乎整个人都窝在里面,瑟瑟发抖的模样更是惹得萧矜哈哈大笑。

陆书瑾听见他胸腔里传来的闷声，又感觉后背被萧矜捞了一下，产生了被人抱住的错觉，少年快意的笑声在耳边盘旋，陆书瑾的心底瞬间冒出密密麻麻的春枝，缠着急速跳动的心脏，漫出了恐惧之外的情绪。

陆书瑾仰头去看，灯笼下，萧矜的脸依旧俊俏无双，他笑眯眯地瞧着他。

陆书瑾一下子怔住了，视线定在他的脸上，久久没有反应，笑够了的萧矜此时也反应过来，抬起一只手在他的眼前晃了晃，说："你怎么了？难不成吓傻了？"

陆书瑾一下子回过神来，登时意识到自己的失态，于是赶忙从萧矜的身上离开，站直了身体，心有余悸道："我确实被吓得厉害，我们还是快出去吧，已经走得够深了，藏在这里就行了。"

说着，陆书瑾慌慌张张，掩饰一般把手中的花球随便藏了一个地方，继而与萧矜原路返回。心却久久无法平静，不知道是被吓得还是因为其他，只加快了脚步出了宅子。

陆书瑾藏完东西后，蒋宿提议让梁春堰进去找，梁春堰仿佛毫无防备，提着灯笼就进去了，蒋宿见他的背影消失，起身走到墙边吹了两声口哨，示意安排在暗中的人可以动手了，暗处的随从立即分散潜入宅子里，藏在各处，准备按照蒋宿的吩咐将梁春堰吓得屁滚尿流。

梁春堰在里面走了一遭，的确听到了很多奇怪的动静，还有不少披着布来回飞奔的人，甚至他还看见了蹲在房梁上打哈欠的吴成运，他十分配合地喊了几声，出去时揉乱了衣衫，松散了几缕长发，看起来很狼狈，惹得蒋宿哈哈大笑，一副很是痛快的样子。

梁春堰整理好衣衫，赔笑道："在下失态了。"坐下来之后，他仿佛恢复了如沐春风的模样，蒋宿看在眼里，心道吓一次是不够的，要多吓几次他才能丢尽脸面，于是主张多玩几轮，自己提着灯笼进宅子，去置放花球。

这一去，整个宅子都热闹起来，蒋宿的叫声堪称撕心裂肺，在整个屋宅里久久回荡不息，到后来还哭起来，声响遥遥传来，令陆书瑾都不禁担忧起来，转头对萧矜道："他会不会遇到了什么危险？"

萧矜对他安排在暗处的人心知肚明,料想他这坏心眼也该受到教训,便笑着抿了一口酒,道:"这就是空宅子,哪有什么危险,是他胆子小。"

蒋宿的鬼哭狼嚎持续了很久,他出来的时候还因为跑得太急被门槛绊倒,狠狠摔了一跤,灯笼摔出去一丈远,梁春堰见状,上前扶起他,一脸关怀地问:"蒋兄,你还好吗?"

蒋宿一点儿都不好,他一抬头,脸上竟然全是血红的颜色,衣衫凌乱,还印了不少红指印,哭得一把鼻涕一把泪,喊道:"里面有鬼,有鬼!他一直拽着我,不让我走!他还把血涂了我一身……"

这也不知道是什么血,泛着一股子臭味,腥气浓重,蒋宿说到这儿,猛地吸了一口气,鼻子里全是这个味道,原本他就被吓得魂飞魄散,这一遭更是彻底扛不住,哗啦啦地吐起来,模样别提有多惨。

梁春堰起身闪避,陆书瑾惊得上前查看,萧矜却在后面哈哈大笑,热闹得翻天。

很久很久之后,几人坐在一起说起当年的事儿,萧矜才如实说出是他指使那些随从吓唬蒋宿的,因为当时他已经提醒过蒋宿离梁春堰远一点儿,蒋宿却还是不长记性,非要主动招惹对方,这种记吃不记打的人,只有狠狠教训一顿才会老实。

吴成运拍案道:"我就说嘛,我当年就是躲在暗处哭了两声,哪能把那个小子吓得又是哭又是吐的,冤枉死我了!"

图书在版编目（CIP）数据

谁在说小爷的坏话？：全2册/风歌且行著.
南京：江苏凤凰文艺出版社，2025.5. —— ISBN 978-7-5594-9236-4

I.I247.5

中国国家版本馆CIP数据核字第2025HT6851号

谁在说小爷的坏话？：全 2 册

风歌且行 著

责任编辑	耿少萍
特约编辑	姜　舟
封面设计	梦幻鱼
责任印制	杨　丹
出版发行	江苏凤凰文艺出版社
	南京市中央路 165 号，邮编：210009
网　　址	http://www.jswenyi.com
印　　刷	天津中印联印务有限公司
开　　本	880 毫米 ×1230 毫米　1/32
印　　张	15.75
字　　数	468 千字
版　　次	2025 年 5 月第 1 版
印　　次	2025 年 5 月第 1 次印刷
标准书号	ISBN 978-7-5594-9236-4
定　　价	69.80 元

江苏凤凰文艺版图书凡印刷、装订错误，可向出版社调换，联系电话 025-83280257